Sarah Marty est scripte, assistante-réalisatrice et écrivaine. Elle a publié, aux Éditions Denoël, *Soixante jours* (2018) et *Juste après l'amour* (2020).

À Yoldas

«… Quand le bien rencontra le mal
Il ne se méfia pas de ses mauvaises intentions
Et le mal trouva une solution pour régner demain
“Tu es usé par la marche
De mon dos, je te ferai une selle”
Le bien n’a pas douté de ces paroles
Et est monté sur son dos…»

Souad Massi, *Le Bien et le Mal*

Itinéraire suivi par Yoldas et ses compagnons de route

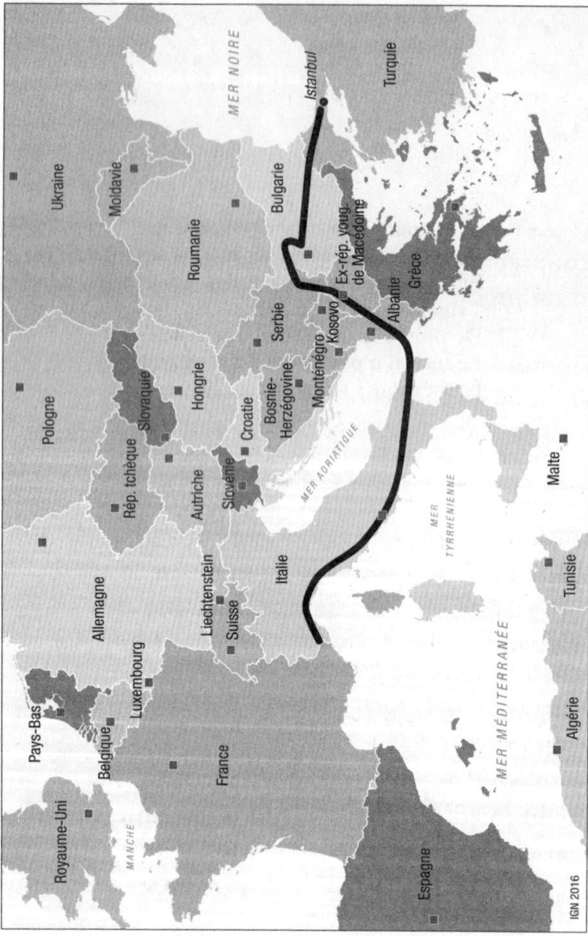

Prologue

Avant l'écriture d'une histoire il y a parfois un précipice, un vertige soudain né d'un regard, d'un prénom, d'un souffle…

Avant l'écriture de cette histoire il y a un homme venu jusqu'à moi. Il a marché des nuits et des jours. Sans relâche.

Trop longtemps on l'a empêché de parler.

La première fois que je l'ai rencontré c'était en juin. Je me souviens avoir ouvert avec difficulté la petite porte qui donne sur le jardin de ma vieille maison fatiguée, usée par des années d'abandon. J'ai serré la main de cet homme que je ne connaissais pas et que j'attendais pour effectuer des travaux, il a esquissé un sourire poli et s'est avancé davantage dans la cour. Il a immédiatement absorbé l'espace et je l'ai vu, sûr de lui, se diriger vers le mur d'enceinte effondré. Ensemble, nous nous sommes avancés vers cet éboulement de pierres qui quelques mois plus tôt se dressait en un mur solide.

Il s'est arrêté devant le mur écroulé qui demandait à être reconstruit. J'ai vu les yeux de ce maçon se perdre face à cet éboulement qui offrait un nouvel horizon, le grand jardin aux arbres séculaires qui appartient aux voisins. L'homme a grimpé sur le tas de pierres et m'a tendu la main afin que je le rejoigne. Celle-ci était épaisse et rugueuse, quelque chose de solide émanait de lui, une force implacable. Je me souviens m'être dit que cet homme serait capable de remonter pierre par pierre ce mur qui avait fini par céder sous la tempête. Les yeux fixés au loin vers l'horizon, nous n'avons pas dit un mot, puis après un long silence il m'a avoué avoir peur des forêts et cette confidence m'a étonnée, le contraste entre cet homme costaud et cette peur enfantine était saisissant.

Peu après, alors qu'il pensait être à l'abri de mon regard, je l'ai vu se baisser, toucher du bout des doigts les pierres qui jonchaient le chemin et avaient entraîné dans leur chute le lierre accroché là depuis des années. J'ai vu ses épaules se soulever et quand il s'est retourné vers moi ses yeux trahissaient une émotion particulière, quelque chose d'indéfinissable. Je ne sais pas pourquoi mais j'ai ressenti la même peur que lorsque petite je m'obligeais à me jeter du plus haut des plongeoirs, les yeux fermés, happée par le vide. À cet instant j'ai su de façon instinctive que l'un et l'autre nous avions déjà frôlé la mort.

L'homme a commencé à travailler dès le lendemain. Il ne parlait pas de la journée, uniquement concentré à déblayer et trier les pierres. De l'autre côté du jardin, je l'observais parfois en repeignant les volets. Son visage était souvent soucieux. Quelques jours plus tard, alors que j'étais au fond du jardin, le ciel s'est déchiré sous un violent orage et nous avons dû trouver refuge en courant sous un vieux marronnier. J'avais toujours cru jusqu'alors qu'il valait mieux se taire, flotter au-dessus de ce qui nous pèse. Pourtant je crois pouvoir dire aujourd'hui que tout ce que nous avons subi, tout ce qui nous a engloutis peu à peu tout au long de notre vie et qui sommeille en nous, un jour nous submerge brutalement, et c'est toute notre existence dans ce qu'elle a de plus abrupt qui d'un seul bloc nous étouffe.

C'est au pied de cet arbre, protégés par un rideau de pluie, que subitement je lui ai confié ce que je gardais enfoui au fond de moi. Je me suis racontée à lui avec une confiance qui ne me ressemblait pas. Pourquoi lui ? Est-il possible qu'il y ait une reconnaissance inconsciente entre les pauvres hères qui traînent la mort à leurs basques ? Qui l'ont vue s'abattre sur eux ? Se recherchent-ils dans le silence de leur exil ? Je me souviens avoir commencé par lui dire que le mur écroulé offrait un paysage de guerre et non celui d'un jardin. Puis, d'une voix étonnamment détachée, les mots sont venus courir sur mes lèvres et je lui ai balancé violemment un bout sombre de mon histoire personnelle comme un projectile que l'on jette avec le plus de force possible.

L'homme est devenu blême mais dans ses yeux qui n'ont pas cillé c'est de la bonté que j'ai lue, il y avait comme un pont suspendu entre sa vie et la mienne. J'ai vu parfois son regard s'échapper, sa bouche s'ouvrir comme pour chercher de l'oxygène, mais pas un seul instant il n'a fait un geste pour que mes mots cessent de l'atteindre. Il a laissé mes larmes couler puis d'une voix à peine audible, nouée par l'émotion, il m'a avoué avoir lui aussi une histoire très lourde à porter. Peut-être, un jour, pourrait-il tout me raconter s'il avait suffisamment confiance en moi.

Après l'orage, l'homme a repris son travail et comme un cadeau que l'on gagne, jour après jour, il s'est livré avec une infinie dignité et beaucoup de pudeur. Mot après mot il a retracé le chemin qui l'avait conduit jusqu'à moi. Nos souffrances se sont fait écho et, telles des vagues en flux et reflux qui s'élèvent ensemble, se nouent et retombent, nous nous sommes écoutés. Par la vertu des émotions, grâce au langage ineffable de la musique, nos horizons se sont confondus, les frontières se sont abattues et nous nous sommes compris.

Une fois le mur remonté, noble et solide, une fois la vie de cet homme exhumée, je lui ai fait une promesse, écrire son histoire qui m'a tant touchée. L'histoire de ce groupe de personnes dont il faisait partie et qui un matin de novembre ont fui ensemble la Turquie. Alors sans relâche, chaque jour, avec une ténacité particulière les mots sont tombés sur des feuilles livides, ma tête pleine de leurs voix qui me racontaient leur course folle. Flanc contre flanc j'ai partagé leurs souffles, leurs doutes, leurs sourdes angoisses. Je n'ai fait aucune concession, j'ai cherché sans relâche à retracer la vérité, la justesse de leurs émotions, j'ai tout fait pour ne pas les trahir. J'ai congédié les mots fades et étriqués, les relevés de situation blêmes, désiré de l'ampleur, tenu à habiller toutes ces personnes de lumière. En chacune d'elles se cache une part de nous-mêmes…

L'histoire de cet homme ? Oui… maintenant je vous la livre.

1

Village du district de Varto.
Province de Mus. Anatolie orientale.
Kurdistan, Turquie

Le temps est à l'arrêt, immobilisé par le froid. Les bourrasques gelées lèchent les routes cabossées mais les arbres ne se soumettent pas, ils se tiennent raides, frigorifiés. Yoldas se recroqueville au fond du vieux canapé et ne lâche pas des yeux le givre collé sur les carreaux de la seule fenêtre de la maison. Les minutes traînent, interminables. Un bloc de givre glisse très lentement, laissant entrevoir un petit bout du jardin où cinq vaches étiques se tiennent encore debout par miracle. L'échine tremblotante, la tête inclinée comme pour partir à l'abattoir, elles luttent contre le froid. Yoldas se lève, s'approche de la fenêtre et regarde la plus vieille.

Dès qu'il sera lui-même un peu moins gelé, il ira dans le jardin poser une couverture sur le dos de la pauvre bête. Il approche sa bouche de la vitre, souffle et la vache disparaît sous un halo de buée.

Le temps est suspendu, mais le silence est brutalement interrompu par un crissement de freins, une voiture s'arrête sous la fenêtre, égrenant derrière elle une pluie de neige glacée. À peine quelques instants plus tard, c'est Abdulcebar qui fait une entrée fracassante. Il ne dit pas un mot à Yoldas et, dans un silence à nouveau pesant, il scrute attentivement la maison. À croire que celle-ci aurait pu disparaître durant son absence. On peut lire du soulagement dans ses yeux fatigués, quelque chose comme : « Ça au moins, ça existe encore ! » Rien n'a changé depuis le matin : les matelas des trois garçons, posés à même le sol avec les draps en boule, les matelas des filles avec les couvertures bien pliées dessus. Quant au drap qui sert de cloison pour délimiter le coin de nuit des parents, il pend toujours tel un fantôme, accroché par le cou à une pince à linge en bois sur une corde détendue.

Abdulcebar s'essuie le front et continue d'observer la pièce attentivement. Rien n'a bougé, le vieux canapé (une valeur sûre) garde l'empreinte des fesses de chacun et la table basse est toujours encombrée de coupes et soucoupes que sa femme s'applique à astiquer chaque jour. Abdulcebar porte ensuite son regard sur deux ruches posées contre le mur qui sont utilisées comme garde-manger.

Au-dessus de ces placards improvisés, il détaille avec minutie les trois grandes panières accrochées au mur. Le fait de recenser chaque objet semble le soulager un instant, puis du coin de l'œil il reprend son inventaire. Au fond de la pièce, la table en bois est toujours là, marquée par de nombreux coups de couteau et fourchette — il faut bien que les humeurs des uns et des autres s'expriment. Sur la gazinière une vieille casserole en étain, toute cabossée par ses nombreuses chutes, rappelle d'un tout petit sifflement aigu qu'elle a été oubliée sur le gaz depuis quelques heures.

Dans un silence de plus en plus lourd, Abdulcebar se laisse tomber sur le canapé. Son visage trahit son désarroi, pourtant face à Yoldas qui s'est approché de lui, il bombe le torse, soulève son gros pull et attrape son paquet de Marlboro qui dépasse de la poche de sa chemise blanche. Depuis qu'il est parti travailler il y a des années en Allemagne, il a adopté cet air suffisant qu'arborent les hommes d'affaires. Sauf qu'Abdulcebar a beau faire croire à ses fils qu'en Allemagne tout est plus facile, que les euros vous pleuvent dessus, c'est dans sa ville qu'il veut vivre et s'enrichir, et c'est pour cette raison qu'avec l'argent gagné en Europe depuis bien longtemps il a acheté un petit bus qui lui permet de transporter les gens du village pour quelques TL. Ce nouveau travail l'enchante, il aime voir les gens du village s'empresser autour de ce bus, et lui, les deux mains accrochées au volant, rit de se voir aussi utile et respecté. Un minibus ! Rien que ça ! Même Tevrat, sa femme, ne peut s'empêcher de raconter à toutes ses amies la réussite impressionnante et « européenne » de son mari.

Les mains tremblantes, Abdulcebar sort une cigarette de son paquet. D'un coup de pouce hésitant, il enflamme son briquet puis allume sa cigarette en tirant longuement dessus. Il brise enfin le silence.

— Assieds-toi, mon fils.

Le visage crispé, Abdulcebar expire longuement la fumée de sa cigarette avant de balancer deux mots qui tombent comme un couperet.

— C'est fini.

Yoldas s'écrase au fond du canapé. Il déteste ce mot qui accompagne toujours l'anéantissement de quelque chose. Il en est certain maintenant, une fois de plus la famille va devoir faire face à une nouvelle débâcle.

Abdulcebar souffle profondément comme pour jeter au plus loin la sale nouvelle qui le talonne.

— Ces salauds viennent d'écraser notre bus avec leur foutu tank ! Une fois de plus c'est nous qui trinquons !

Voilà, c'est dit, une fois de plus le rêve s'échappe au profit de la menace. Il n'y a pas d'issue, le combat sera sans fin.

Au vu du visage effondré de son père, Yoldas se dit qu'il ne doit vraiment plus rester grand-chose du bus d'Abdulcebar. Et pourtant il croit apercevoir encore de la lumière danser au fond des yeux de son père. Il se souvient alors d'un livre interdit par les Turcs qui raconte l'histoire des Kurdes, c'est son oncle Xelil qui le lui avait donné. Depuis le livre a été enterré au fond du jardin pour qu'aucune patrouille ne le trouve. Une phrase l'avait marqué : « Les Kurdes sont un peuple de guerriers, habitant les montagnes à la frontière des Empires byzantin, perse, musulman. Le plus grand exemple en reste Saladin le Magnifique, symbole du courage et de la résistance. »

Yoldas pense que le nom de Saladin le Magnifique, comparé à celui d'Abdulcebar le Téméraire, n'a pas vraiment le même panache, mais c'est pourtant le courage qui portera Abdulcebar jusqu'à la tombe.

Le père de famille se relève brusquement du canapé, à croire qu'il vient d'entendre les pensées de son fils.

— On ne va pas se laisser abattre. Non, on ne va pas leur faire ce plaisir. Je vais aller récupérer les quelques sièges du bus qui n'ont pas été écrasés, ils iront très bien dans cette pièce.

Yoldas imagine avec horreur les deux ou trois fauteuils qui viendront dans quelques jours agrémenter la pièce comme le dernier vestige d'une gloire éphémère. Toutes ces tentatives d'une autre vie se retrouvent systématiquement prisonnières entre ces quatre murs. Étranges trophées de leurs tentatives échouées.

La table où ils mangent est une des tables (la seule rescapée) du petit restaurant qu'Abdulcebar a dirigé jusqu'à ce qu'il explose en beauté un matin du mois de mai. Les deux ruches rappellent la période où Abdulcebar vendait son miel jusqu'au jour où toutes les abeilles ont été incendiées. Les panières de pain représentent l'époque où Abdulcebar avait décidé d'être boulanger jusqu'à ce que la boulangerie explose, elle aussi, tout comme ses rêves.

Abdulcebar bombe à nouveau le torse, il prend soin de remettre son paquet de Marlboro dans la poche de sa chemise, mais de façon que l'on puisse en voir le bord qui dépasse. Puis il remet son gros pull par-dessus. Il se lève doucement et s'approche de la fenêtre, il observe à son tour, au travers des pans de givre, les cinq vaches qui, pétrifiées par le froid, ressemblent à des statues de sel. Brusquement, l'une d'elles s'écroule au sol. Abdulcebar secoue la tête.

— Oh non ! Une vache vient de nous lâcher !

Livide, il se racle la gorge.

— Sale journée ! T'inquiète pas, mon petit, on va s'en sortir ! C'est peut-être un signe tout ça…

Le vieil homme cherche ses mots.

— Il est peut-être temps…

Abdulcebar ne quitte pas les vaches du regard, il hésite, les recompte.

— Tiens, et si on vendait les quatre vaches qui restent ? Avec l'argent, on pourrait reprendre le petit café de mon ami Mehmet, je crois qu'il veut arrêter. Tu en penses quoi, Yoldas ?

Yoldas ne répond pas. Que dire à ce père qui, même quand le monde s'écroule à ses pieds, a toujours la force d'y croire encore. Tétanisé, il s'approche de la fenêtre afin de vérifier quelle vache est tombée comme une mouche. Les pauvres bêtes sont serrées les unes contre les autres et sa vieille vache tient toujours debout. Il ressent presque du soulagement à voir que la mort a épargné celle qu'il aime le plus.

Habitué à ce que son fils ne lui donne jamais son assentiment sur ses projets d'avenir, Abdulcebar a quitté la fenêtre et arpente maintenant la pièce de long en large, les bras en l'air. Il a besoin de verbaliser l'horreur qui vient une fois de plus de s'abattre sur sa vie.

— Quel malheur ! Mais quel malheur ! J'arrive toujours pas à croire qu'ils ont écrasé mon bus ! Mais comment on va faire pour y arriver, maintenant ? Mais comment ?

Yoldas regarde son père gesticuler. Comment lui dire qu'il ne veut plus de la mort qui se couche systématiquement en travers de leur existence ?

Plutôt que de discuter, il préfère sortir dans le jardin glacial, les bras chargés de couvertures mitées, récupérées sur le canapé. Il les lance sur le dos des vaches puis se met à les frotter vigoureusement.

— Tenez bon, les filles, tenez bon.

Yoldas attrape la plus vieille par le cou et pose son front sur le sien. L'air chaud qui sort des naseaux de l'animal l'encercle de vapeur. Yoldas bascule légèrement la tête vers le ciel, ferme les yeux et respire le souffle chaud de la vache. Puis il murmure : « Ne meurs jamais. »

La vache soulève une patte puis une autre, elle tangue dangereusement. Son front toujours contre sa tête, Yoldas ne la quitte pas des yeux. Après un terrible effort, tétanisée par le froid, les mâchoires à peine ouvertes, la vieille bête réussit à sortir de ses tripes un meuglement rauque qui s'échappe dans la plaine livide.

À l'intérieur de la maison, Abdulcebar pose son front contre la fenêtre. Il suit du bout des doigts un grand pan de givre qui lâche prise et glisse le long du carreau extérieur, offrant une vue de plus en plus large sur son fils. Des yeux d'Abdulcebar s'échappent des larmes qui glissent aussi lentement que la glace. Il regarde longuement Yoldas, dont le profil lui apparaît flou. Dans un sanglot l'homme bredouille.

— Pardon, mon fils, pardon d'être aussi pauvre. Là-haut, si vous m'entendez, faites qu'un jour mon fils puisse partir du pays et vivre en toute dignité comme un homme. Promettez-le-moi.

2

Silopi. Province de Sirnak.
Kurdistan, Turquie

La nuit est sombre, opaque, dangereuse. Yusuf longe les ruines à toute vitesse, il doit remonter quatre blocs avant de tourner à gauche pour emprunter ce qui autrefois était la rue qui menait à la mosquée.

Le plus difficile est d'aller suffisamment vite pour éviter toute attaque mais aussi d'être suffisamment prudent pour ne pas trébucher et se blesser dans les gravats. Le dernier bombardement a pulvérisé tout le quartier, c'est à ne pas croire. Ce qui était de jolies rues ressemble aujourd'hui à un champ de mines. Yusuf retient sa respiration, pas le temps de s'apitoyer sur ce quartier qui l'a vu grandir et qui n'est plus qu'un terrain de discorde et de guerre.

Mais pourquoi la mort l'a-t-elle épargné, lui le petit cordonnier ? Qu'a-t-il de plus que les autres pour qu'Allah le protège ? Ses frères et sa sœur ont disparu, engloutis dans la maison qui les a vus naître. Après des journées de fouilles dans les décombres, sous des relents pestilentiels on a fini par retrouver les mains jointes de Sonja, uniquement ses mains, dressées comme une dernière prière. Et cette image-là, Yusuf ne peut pas s'en débarrasser, elle le hante.

Les jolies mains de Sonja, le vernis qu'elle a posé quelques heures plus tôt, ses mains qu'elle a fait tournoyer devant ses yeux.

— Regarde comme c'est magnifique ce rouge sur mes ongles ! Regarde !

Et lui qui n'a rien dit devant ces petites mains si belles qui s'élevaient devant ses yeux pour qu'il puisse admirer ce vernis qui la faisait rire. Cette nuit, alors que le noir fuligineux se confond aux cendres, il va donner un sens à sa survivance et il sait pourquoi il avance seul dans la ville.

Hanté par l'image de deux mains jointes, Yusuf avance.

Arrivé à ce qui reste du quatrième bloc, il tourne sur la gauche et s'engouffre dans une ruelle. Il reprend sa respiration. Hors d'haleine, un point dans les côtes l'empêche d'aller plus loin. Il respire lentement, forçant son corps à lui obéir. Il faut aussi faire taire ce cœur qui frappe trop fort sa poitrine. Calme, Yusuf doit apprendre à rester calme. Jamais sinon il ne pourra accomplir l'impossible.

Il se laisse glisser contre un bout de muret et s'allonge en chien de fusil dans les décombres. Les jambes repliées sur sa poitrine, il ordonne une nouvelle fois à son corps de lui obéir. Puis il laisse les larmes venir.

La nuit ne se tait pas, au loin des tirs ont repris. Il ne faut plus convoquer les larmes, l'heure est à l'action. Yusuf se lève et avance en comptant ses pas et s'arrête devant un éboulis de pierres. Il se baisse, les palpe, puis une à une il les déplace en silence. Une pierre, une autre, encore une autre. Des pierres lourdes, épaisses, massives. Des pierres qui ont tué, broyé. Des pierres qui gardent la mémoire des cris. Yusuf se concentre, il faut rester calme, respirer doucement, ne pas faire de bruit. Enlever les pierres comme on balaie un mauvais souvenir.

À tâtons, un trou apparaît, Yusuf se glisse dedans. Il se met à ramper, doucement, en économisant son souffle, planqué sous ce labyrinthe comme un ver. Il avance seul dans les ténèbres, le corps parfaitement obéissant.

Un passage plus large, un trou. Enfin un couloir où il peut se tenir debout. Puis quelques mots murmurés.

— Tsi, tsi… Tsi, tsi… C'est moi, Yusuf. Tsi, tsi… Tsi, tsi… Je viens vous chercher, les enfants.

3

Province de Sirnak. Proche de la frontière irakienne. Kurdistan, Turquie
Zone de friction et de combat entre l'armée turque et les indépendantistes kurdes

Allongé sur le sol, les bras repliés sur la tête, Beritan attend comme d'habitude que les rafales de tirs s'éloignent. Il sourit, une chanson vient de s'inviter dans sa tête. Ça fait quelque chose comme : *Depuis que j'ai accroché ma veste aux gouttes de pluie, je récite des poèmes dangereux et je m'en prends au monde entier.* J'ai bien peur, que ça s'appelle. Oui, il croit bien que c'est un titre comme ça. Il faudrait qu'il recherche. Mais qui fredonnait ça ? La vieille folle d'en face ? Son père ? Non, pas lui. Mais qui alors ? Bon sang, pourquoi il ne retrouve pas qui chantait ce truc. Et puis elle finit comment cette chanson ?

Les tirs ne s'éloignent pas, Beritan jette un coup d'œil à sa montre. Quinze minutes. Pas mal, mais peuvent mieux faire, pense-t-il. Ils vont s'acharner et moi je dois trouver qui chantait cette drôle de chanson. Beritan déplie son bras qui s'ankylose, ses doigts frôlent le parquet. Faudrait que j'y file un coup de serpillière à l'occasion, se dit-il. Je vais pas quitter les lieux en laissant un taudis derrière moi, quoique... Qui pourrait me le reprocher ?

Les tirs redoublent, faisant trembler les murs. Beritan se glisse sous la table de la salle à manger et tire sur lui les gros coussins du canapé. Une meilleure qualité que celle-ci, vous ne trouverez pas, lui avait clamé le vendeur quelques jours plus tôt. Ce type avait raison, s'entend dire Beritan, avec des coussins pareils, je suis tranquille, l'immeuble peut me tomber dessus. Caché sous la table, l'esprit de Beritan se focalise à nouveau sur la chanson. Mais qui donc la chantait ? Il se met à la fredonner en boucle. *Depuis que j'ai accroché ma veste aux gouttes de pluie, je récite des poèmes dangereux et je m'en prends au monde entier.* Si je chante très fort, pense-t-il, ces putains de tirs vont s'éloigner. Et il entonne une nouvelle fois sa chanson avec une puissance de ténor, les bras posés à plat sur le sol.

Une déflagration le projette en avant, offrant comme un hoquet au couplet. Beritan se surprend à juger de la qualité de son chant. Je manque de coffre ce matin, souffle-t-il, et d'un coup de pied, comme pour se donner davantage de puissance vocale, il pousse encore la table contre le mur. Une grosse araignée sort d'une plinthe et en profite pour s'inviter sur sa main, Beritan grimace et hurle : « Dégage ou je t'écrase ! » L'insecte s'arrête et semble dire : OK, si c'est comme ça que tu le prends, alors battons-nous. Beritan secoue sa main de toutes ses forces, l'araignée remonte à toute vitesse sur son avant-bras et s'accroche dans ses poils. Dégoûté, le jeune homme lève l'autre main en direction de la dissidente.

— Attention, ça va faire mal !

Dans une synchronie parfaite, avant même que Beritan n'ait le temps d'abattre sa main, une déflagration souffle l'immeuble.

4

Cizîr. Province de Sirnak.
Kurdistan, Turquie

Dans la pénombre d'une petite chambre, une jeune femme aux longs cheveux noirs relit à voix basse, à la lueur d'une bougie, une dernière fois la lettre qu'elle vient d'écrire à sa sœur.

Esma, me pardonneras-tu ?

Mon petit ange plaqué contre mon ventre, je vais traverser les rues, les parcs, les barres d'immeubles. Avec lui je vais passer les frontières, ne jamais me retourner. Je vais l'attacher à moi dans un large tissu comme ces femmes du Sud et je vais fixer mon pas. Pour ce voyage vers la vie, nous ne formerons qu'un seul corps. Je ne m'arrêterai que pour reprendre mon souffle.

Je ne veux plus traîner derrière moi le poids d'une vie claquemurée dans le silence, engloutie par la peur. Ce mutisme imposé m'oppresse et me glace. Je suis morte et le petit aussi, seul mon corps qui se balancera dans quelques heures sous le rythme de mes pas lui redonnera vie. Rien ne m'arrêtera. Rien.

Je suis morte depuis des mois alors que j'aime plus que tout ce petit bonhomme qui me regarde avec ses grands yeux vides. Je suis effondrée de lui plaquer ma main sur la bouche, de retenir enfouis au fond de lui ses balbutiements, ses pleurs, ses cris de joie parce que seul le silence est imposé quand la mort rôde. Chaque jour, ses yeux innocents me disent à quel point ce silence le tue. Esma, ma sœur, je veux entendre des chants, des rires, des applaudissements et je veux hurler, hurler comme une louve que la vie existe.

Je ne veux plus vivre la bouche hésitante, je ne veux plus trembler, je veux fuir les ombres. Maintenant.

Comment accepter de rester ? Comment accepter de vivre dans ce silence organisé, dans cette maison aux volets fermés, où l'ombre des kalachs se dessine nuit et jour ? Où seule la furie des mitrailles ponctue le temps à en devenir sourd, à en crever. Je ne pressens rien de bon en ton choix, n'oublie jamais, Esma, ici la mort est affamée, et que tu le veuilles ou non, elle cherche les cœurs battants et elle viendra nous prendre tous, elle nous débusquera les uns après les autres. Non, je ne veux pas qu'elle prenne le petit.

Je vais partir, je vais sangler une écharpe bien raide et chaque coin du tissu va caresser mon corps. Je ne ferai qu'un avec Ersin. Je vais enfiler de bonnes chaussures et je vais avancer. Je ne me retournerai pas. Jamais. J'apprendrai à mon petit bout à regarder devant lui, à filer aussi vite que le vent. Lui et moi propulsés par ma rage de vivre, et les autres à notre recherche.

Égoïste? Non, je vais lui offrir l'essence même de la vie, la houle, le flux, le reflux, pas une demi-obscurité où il pourrait se perdre. Je vais lui faire découvrir la bravoure, la liberté, la liberté absolue. Rien ne nous empêchera d'avancer. Rien. Ni les frontières, ni les lois, ni toi, ni tous les autres. C'est le mouvement, la rage de vivre qui portera son âme jusqu'à la mort. Pardon, Esma, mais je dois quitter ce pays de larmes. Je fonce, je pars, je bouscule la vie avant que son silence ne nous écrase. Le silence est aride, on n'y croise que des ossatures blessées. Notre sang va gicler en nos veines quand nous partirons.

La peur? mais c'est aujourd'hui que je la connais, demain elle sera à la porte des autres mais pas à mes trousses.

Je pars, moi la femme invisible aux yeux de tous, je pars avec le petit. Je ne finirai pas comme son père une balle dans la tête. Personne ne pourra nous empêcher d'aller toujours plus loin, de marcher, de courir à s'épuiser, notre passé caché dans nos poings. Comme un automate, je vais avancer avec la régularité du métronome pour mieux laisser derrière nous ce qui nous ensevelit. Sans fatiguer mes bras, je pourrai le bercer. Contre mon ventre, il pourra respirer. Notre liberté va se confondre à cette pièce de tissu tendu à l'extrême qui le portera et apprivoisera ses humeurs.

Suivant la couleur du jour, je le porterai en un pagne africain, plutôt bas dans le dos. Suivant la couleur de la mer, je le porterai comme un Mei-Tai chinois. Sous la pluie, je choisirai de l'avoir contre ma peau et, pour nous faire plus rapides contre les foules hostiles, il balancera ses petites jambes. Chaque jour, face à la route ou face à moi, nous avancerons. Chaque aube offrira un nœud différent pour le maintenir toujours plus contre moi. Nœuds coulissants ou nouages sur le côté, qu'importe, nous clouerons le bec au bruit des armes. Il goûtera mes humeurs dans mon cou, il respirera mon souffle, nous nous donnerons de l'air et, dans un porte-bébé en filet, je le baignerai.

Nous allons partir à l'aube quand le soleil se lèvera sur ce monde désolé. Personne ne nous retiendra. Personne. Que sais-tu, toi, de ma souffrance? Toi, à qui je n'offre que de faux sourires. Ici ma bouche est close. Je retiens ma respiration. Je flotte. Je ne suis pas là. Je suis l'ombre que tu as choisi que je sois. Je suis muette. Nous sommes muets. Ici le ciel est blanc, diaphane, et mes larmes se perdent car ce pays gorgé de sang les laisse couler à l'infini.

En quittant notre terre, je vais m'incarner. Enfin, nos voix vont vibrer, elles vont s'échapper, reprendre des intonations, porter, se faire écho, exulter, danser.

Je veux entendre crier, rire le petit.

Ses jambes battant mes côtes, nous allons cavaler. Nous traverserons les forêts, les champs, confiants, nous avancerons. Rien ne nous fera obstacle. Rien. Les tempêtes nous donneront de la force, la grêle nous offrira la rage, la neige nous filera de l'audace, le soleil nous propulsera. Rien ne nous empêchera d'avancer, ni les portes cadenassées, ni les barrières, ni les murs. Rien. À deux, nous serons invincibles parce qu'il est moi, parce que je veux que la vie éclate sur lui et qu'il l'apprivoise.

Demain, nous serons loin.

5

À quelques kilomètres de Varto.
Anatolie orientale. Province de Mus.
Kurdistan, Turquie

Les villes se convulsent près des frontières, tremblent par vagues, éructent, vomissent — marmonne Ferhat — mais qui entend encore les cris derrière les murs qui s'effondrent ?

Le jeune artiste attrape un tableau posé contre le mur délabré du salon, le pose à plat sur la table puis ouvre un pot de peinture bleue qu'il laisse couler dessus. Lentement. Goutte à goutte. Il parle à voix basse, seul.

« Et qui entend encore les coups de feu, les râles de ceux qui tombent dans les rues ? Qui ? Même les hommes qui se battent n'entendent plus la symphonie de l'horreur. »

Du bout du doigt, il étale les gouttes de peinture qui s'écrasent sur la toile.

« Oui, même l'horreur a sa symphonie ! Mais plus personne n'est capable d'entendre la diversité des timbres et des exécutés ! Sourds, ils avancent, foncent, se ruent à corps perdu dans la bataille, les mains pleines d'armes. »

Ferhat fait couler davantage de peinture sur la toile.

« Ceux qui entendent la douleur se glisser sous le ventre des villes sont ceux qui se terrent, se cachent, prient. »

Ferhat recule et regarde la toile tachée, il hoche la tête.

« Cizîr, Diyarbakir, Nisêbîn, Silopi, Silvan, Sirnak, des villes, des régions soumises au couvre-feu et des hommes qui prient juste que la mort cesse de les encercler. Ces civils qui s'enfuient hantés par les cris d'agonie, otages d'une politique qui les dépasse. »

Ferhat laisse tomber à nouveau des gouttes de peinture sur la toile.

« Des informations qui ont toujours autant de mal à s'échapper des frontières, uniquement relayées par les deux acteurs principaux de cette guérilla sanglante : le PKK qui revendique l'autonomie kurde et le gouvernement turc qui n'acceptera jamais l'indépendance kurde. Toujours la même chanson… Et ce sont les civils qui paient le prix fort. Coupures d'eau, d'électricité, danger pour échapper aux tirs, arrestations arbitraires, tortures, enlèvements, difficulté à se procurer des vivres, à bénéficier de soins médicaux… Je dois écouter Nihal, même si c'est pour d'autres raisons, je n'ai plus rien à faire ici, juste fuir. »

Ferhat s'assoit au sol et sort de sa poche quatre

gros bracelets en or. Il les revoit se balançant sur le poignet de Nihal, il y a quelques heures encore. «Tiens, prends-les, vends-les et fous le camp, donne-toi la chance de rester en vie. Pars avec Mirkan. Ton frère rêve de l'Europe», lui a-t-elle soufflé à l'oreille avant de glisser les bracelets dans sa poche.

Ferhat a souvent regardé les bracelets danser au bout des poignets de Nihal, et maintenant son destin est accroché à ces quatre cercles en or. Il suffirait qu'il les vende pour changer le cours des choses. Mais le veut-il vraiment? Il hésite. Son histoire ne sera plus jamais la même s'il n'a plus Nihal à sa portée pour rêver d'une vie à deux avec elle, s'il n'a plus ses cheveux à caresser, son corps à aimer. Il se remémore leur conversation.

— Non, on ne part pas sans toi, Nihal. Je trouve de l'argent très vite et après on quitte la Turquie tous ensemble.

La voix de Nihal n'a pas tremblé. Elle a refusé de partir et sa fermeté l'a blessé. Nihal a promis à sa mère, avant qu'elle ne meure, de ne pas quitter le pays tant que son père Mehmet serait vivant. Il tient un petit café qui lui permet de nourrir la famille, Abdulcebar veut le lui acheter mais pour l'instant son père n'est pas prêt.

Ferhat se redresse, ferme le pot de peinture bleue. Il sait que son père ne lui pardonnera pas de quitter la terre qui l'a vu naître, et encore moins s'il part avec son petit frère Mirkan. Ils sont sept enfants et ils ne sont que trois garçons. Mais il n'a pas le choix, il ne peut plus vivre ici.

Il est recherché par l'État et le crime dont on l'accuse le révolte, pour lui ce n'est pas un crime. Il doit rejoindre Istanbul pour rencontrer un passeur qui lui procurera de faux papiers. C'est trop dangereux pour lui de voyager sous son vrai nom.

Ferhat revoit Nihal, ses doigts qui courent dans ses cheveux trop longs qui s'emmêlent. Il s'entend chuchoter : « Comment vais-je faire pour vivre sans toi, Nihal ? Ce qui me fait redouter demain, c'est la peur du vide entre mes bras. »

Et il entend à nouveau la voix de Nihal qui souffle au loin ses incertitudes. *Ce vide s'élèvera en une prière. On se retrouvera un jour, Ferhat, je te le jure. Pars, c'est ce que veut ta mère, elle me l'a dit. Que tu te lèves chaque matin sans que la mort te guette, sans que la haine et la vengeance te hantent. C'est le pardon qui console et qui rachète. Va-t'en, Ferhat.*

6

Cizîr. Province de Sirnak.
Kurdistan, Turquie

Cevdet rejette la couverture au-dessus de sa tête, planqué depuis quelques heures il ruisselle de transpiration. Pourquoi y croire autant ? Il serait si simple d'en finir une bonne fois pour toutes, de sortir et de s'offrir aux lance-roquettes qui pleuvent sans cesse. Non, il a obstinément cette foutue rage de vivre, rien à faire. Il se dit que c'est incroyable de toujours vouloir sauver sa peau, quoi qu'il arrive. Il a lu un article d'un type qui traverse des contrées dangereuses et met tout en place pour survivre à l'hostilité de la nature. Putain ! Mais que ce type vienne là, il pourrait faire une superbe émission de survie ! La lutte contre la faim, il la connaît. La lutte contre les éléments extérieurs, il la connaît. La lutte contre le stress, il la connaît. La lutte contre la fatigue, il la connaît. Pourtant, de toutes ces luttes quotidiennes, une seule lui fait front et ne baisse jamais la garde. Et cette lutte-là, elle est de loin la plus difficile à combattre. C'est celle contre la peur. Cevdet est toujours terrorisé et il doit vivre avec cette angoisse collée jusqu'à la mâchoire. La peur le tétanise littéralement. Parfois il ne peut plus parler et il se met à claquer des dents sans pouvoir s'arrêter. La peur lui file aussi des tremblements, des vomissements, des diarrhées, des suées affreuses, elle l'empêche même de marcher et chaque jour, il a beau lutter, la peur revient systématiquement s'abattre sur lui.

Cevdet se lève, il grelotte, la différence de température entre son corps brûlant, trempé de transpiration, et le froid de la pièce est si saisissante qu'il se plie en deux pour avancer jusqu'à la salle de bains. Une fois dans la pièce, il tourne le robinet de la douche et, recroquevillé, attend une minute que l'eau soit brûlante pour se glisser dessous.

Trois coups donnés dans le mur lui rappellent immédiatement que Sibel est rentrée. C'est leur code à tous les deux, une petite musique frappée du dos des doigts pour dire : moi ça va, je suis encore en vie, et toi ? Toi, mon bel amour. Cevdet frappe aussitôt à son tour trois petits coups dans le mur puis, rassuré, souffle longuement. L'eau fouette son corps malingre, elle court sur sa peau pour s'échapper sous ses pieds. Le regard posé au sol, Cevdet regarde l'eau s'enfuir avec fascination, chaque fois qu'il crève de peur, elle rappelle à sa mémoire son village d'enfance où les rivières cavalaient pour disparaître dans les herbes hautes. Il entend les cris de ses frères et sœurs quand il leur jetait par surprise l'eau qui était au creux de ses paumes. Et puis il y a l'eau qu'il boit des yeux de Sibel quand elle croit que son cœur ne bat plus pour elle.

D'ici quelques heures, il ira la rejoindre, il se glissera dans son lit et ensemble ils bâtiront une fois de plus une vie incroyable, une vie sans relent de mort, une vie sans cadavres dans les caniveaux, une vie sans cimetières éventrés. Sous leurs baisers, ils s'offriront des ponts qui survoleront les obstacles et les frontières. Sous leurs battements de cœur frappera leur course folle vers une autre destinée. Sa main dans la sienne, il esquissera une vie qui signifiera enfin quelque chose dans un ailleurs qui leur ouvrira les bras.

Cevdet lève la tête sous le pommeau de douche, l'eau éclabousse son visage avec force. Cette nouvelle vie, c'est dans quelques jours. Cevdet sourit, l'eau glisse sur ses lèvres. Un passeur les attendra à Istanbul. Istanbul, l'Orient tout contre l'Occident.

7

Darende, Anatolie orientale.
Province de Mus. Kurdistan, Turquie

Tekin relève la tête et crache dans le petit miroir placé au-dessus du lavabo de la salle de bains. Fêlé de bas en haut, il lui renvoie un visage asymétrique. Depuis plusieurs mois il ne supporte plus la misère qui l'entoure, et il ne saurait pas expliquer vraiment pourquoi. Dans la famille, ils ont toujours été pauvres et même si ses frères et sœurs ont l'air de s'en contenter, parfois avec joie, lui ne parvient pas à s'y résoudre. Même quand Allah semble les avoir abandonnés, Tekin les voit crier et danser dans le jardin avec un sourire à crever de bonheur. Ils sont toujours joyeux, même devant les assiettes vides. Il se souvient parfaitement du jour où il ne restait qu'un ravioli dans le plat et où il avait fallu le laisser à son petit frère Erhan, sous prétexte que lui devait manger plus que les autres. Erhan avait attrapé et englouti le ravioli sans laisser le temps à Tekin de le lui dérober. De rage, Tekin avait planté sa fourchette d'un coup sec dans le crâne de son frère. Puis il y avait eu la gifle magistrale de son grand-père qui n'avait pas admis de voir Erhan tituber, hurlant de douleur, vomissant le ravioli, une fourchette plantée dans la tête.

Bien sûr Tekin avait demandé pardon à son petit frère, et celui-ci en hoquetant avait accepté ses excuses. Mais quand même… Il n'était pas fier de lui, il avait eu ce geste d'assassin.

Voilà, c'est ça la réalité, ici on peut mourir pour de la nourriture, on peut même tuer son frère pour un petit ravioli. Alors ce crachat, qui glisse ce matin le long du miroir, il ne se l'adresse pas, non, il est jeté sur cette saleté de pauvreté qu'il ne veut plus vivre. Un crachat sur leur existence dans un espace géographique qui n'existe même pas sur la carte du monde. Le Kurdistan dont parlent avec tant de fierté ses parents, où est-il ? Pourquoi tant d'efforts pour finalement être tous brimés, attaqués, gommés depuis toujours ? Ne serait-il pas plus simple de foutre le camp, d'oublier une bonne fois pour toutes ses racines qui l'empêchent d'avancer ?

Face au miroir Tekin ne baisse pas les yeux. Pas question. Il enfile son pantalon en se regardant puis sort de la salle de bains. Ils sont tous là autour de la table à boire du thé ; Rabia, sa mère, toujours vaillante et aussi folle, Diyar, son père, qui n'abandonne jamais la lutte contre la misère ambiante, ses deux frères, ses deux sœurs. Diyar se lisse longuement la moustache avant de lui laisser une petite place sur le banc.

— Tekin, le garage commence à bien marcher. On est contents avec ta mère, tu sais.

Diyar cherche dans les yeux de son fils une lueur de fierté, une étincelle de reconnaissance. Mais Tekin évite le regard de son père, il se lève aussi rapidement qu'il s'est assis, prend sa veste et sort en silence.

Immédiatement les conversations reprennent entre frères et sœurs, seuls les parents n'échangent pas un mot. La douleur ressentie est fracassante. Tous les deux ont compris. Depuis des mois Tekin n'accepte plus leur quotidien. Tekin va les quitter pour un ailleurs plein de paillettes et il se fera sans doute clandestin pour arriver à ses fins.

Rabia se lève brusquement, pour rien au monde elle ne veut que l'on voie ses larmes. Son fils dit qu'elle est folle, sa volonté à vouloir rester ici l'effraie, elle dépasse la normalité. Rabia détonne dans ce pays où les Turcs renient leur existence. Elle sort dans le jardin, il n'est peut-être pas trop tard pour parler à Tekin. Elle veut courir derrière lui, mais il devient vite une ombre qu'elle ne peut rattraper. Elle hurle son prénom de plus en plus fort et, face au grand vide que lui laisse son fils, elle finit par crier. Un cri de douleur inhumain. Le même que celui qu'elle a poussé quand elle l'a mis au monde.

Alors Rabia se laisse tomber à genoux et, dans cette immense solitude qui lui fait déjà peur, elle se met à pleurer. Quand elle peut à nouveau parler sans que ses sanglots l'étouffent, elle adresse au ciel ces mots comme une prière pour que le vent les porte et les souffle à l'oreille de celui qu'elle vient de perdre.

«Tekin, mon fils, ne cours pas après des promesses qui s'envoleront à la moindre tempête. Que connais-tu de ces villes qui t'appellent ? Toi qui aimes dormir sous les étoiles, auras-tu une fenêtre qui te laissera entrevoir le ciel ? Toi qui aimes marcher pieds nus sur les chemins où les poules se promènent libres, comment avanceras-tu sur des routes où ton âme sera prisonnière ? Ne pars pas, mon fils. Comment grandiront tes frères avec ton absence collée à leur cœur ? Tu reproches à ton pays d'être invisible sur les cartes du monde, mais en t'enfuyant tu effaces ton empreinte sur cette terre qui t'a vu danser. Mon fils, ne nous quitte pas. Ne pars pas pour des sourires d'étrangers qui ne seront que des masques. Ne te laisse pas endormir avec de l'argent. Tu ne sais rien de la vie, mon fils, ces étrangers vont te tuer au travail pour quelques billets qui te rendront heureux juste un temps. J'ai peur que tu te trompes de chemin, Tekin. Je tremble pour toi, moi qui te parle si peu. N'oublie jamais d'où tu viens, n'oublie jamais qui tu es et regarde bien les oiseaux voler, tu verras qu'ils volent moins haut là-bas qu'ici. Je te demande à genoux de n'avoir jamais honte des personnes pauvres que nous sommes. Tekin, je dois me faire violence, je n'ai pas le droit de te reprocher de fuir alors que les nôtres tombent tous les jours sous des balles qui leur explosent le cœur.

«Tekin, n'oublie jamais que l'héritage que te donnent les Kurdes est bien plus qu'un compte en banque rempli, il est sans prix, il est ton identité, il est dans tes veines, il est la force que nous t'avons transmise à combattre l'injustice, la faim, la mort. Il est le cri de souffrance d'un peuple qui se bat pour exister. Quoi qu'il arrive, tu ne baisseras jamais les bras. Tu te battras sans armes et mieux que les autres contre la dureté qui t'attend dans cette Europe dont tu rêves. Ton héritage ce sont ces paysages qui t'entourent et qui aujourd'hui te désolent mais que tu regretteras les jours de grisaille. Ton héritage, ce sont nos rires qui viendront te soutenir quand nous serons loin de toi.

«Je sais que je dois te laisser partir, mais moi je voulais te garder contre moi, Tekin. J'aurais voulu te regarder grandir.

«Mon fils, tu ne verras pas mon dos se courber de plus en plus. Tu ne verras pas mes mains devenir noueuses, tu ne seras pas celui qui glissera son bras sous le mien pour m'aider à marcher quand mes pas trembleront. Tu ne seras pas là pour regarder le ciel avec moi, tu seras absent. Un soir, mes rides me conduiront au cimetière, mais toi, seras-tu là ce jour-là ?

«Moi j'aurais voulu voir le printemps dans tes yeux.»

Tekin a senti la présence de sa mère derrière lui, mais il s'est interdit de ralentir car il faut fuir, et ce qu'il a à faire maintenant c'est avant tout pour elle. Pour qu'elle ne plie plus le dos sous la tâche, pour qu'elle ne travaille plus comme une esclave. Son destin, c'est lui qui va l'écrire. C'est lui, le mauvais fils, jamais heureux, qui les rendra tous véritablement vivants. Erhan, Rojbin, Faize, Hatice, Diyar... Oui, il va changer leur vie. Tekin donne un grand coup d'épaule dans la porte du petit garage de son père, celle-ci ne cherche pas à résister. Il se précipite au fond de la pièce sombre, son corps heurte violemment une vieille épave de voiture. De rage, il lui assène un coup de pied. Puis, comme un chien affamé à la recherche d'un os, il se met à quatre pattes, arrache une vieille planche clouée au sol et laisse sa main pendre dans la cachette. Il ressort une petite boîte en fer, l'ouvre et prend tous les billets qui sont soigneusement pliés dedans. Il glisse son butin en boule dans ses poches et ressort du garage en courant.

Oui, maintenant il est maître de son destin.

Il vient de faire le choix d'une autre vie.

8

Istanbul, Turquie

Comme une proie qui cherche une fuite possible, Yoldas observe la foule mouvante, compacte, dense et colorée qui se presse sur les trottoirs. Istanbul grouille de monde. Dans ce tintamarre où se mêlent les hurlements des klaxons de voitures, les sonnettes des vélos, le bruit métallique des valises à roulettes traînant sur le bitume, s'enchevêtrent les cris des vendeurs à la sauvette, des envolées de musique turque, des cris d'enfants, des bruits de crachat et des bribes de conversations qui arrivent jusqu'à lui pour s'échapper quelques mètres plus loin.

Noyé dans la foule, Yoldas doit rejoindre l'hôtel qui est son point de chute. Le passeur Erdouan l'attend dans le quartier populaire d'Aksaray. Yoldas ne peut s'empêcher de glisser nerveusement sa main dans la poche de son pantalon. Trois mille cinq cents euros, c'est le prix fixé pour partir en Europe, et toute sa famille a participé avec lui à ce voyage. Chaque billet donné représente des mois d'économies, mais pour Abdulcebar l'avenir de son fils n'a pas de prix. Comme lui, Yoldas réussira à l'international, il en est sûr et il remboursera cette dette. Son fils est un bon et beau garçon, honnête, fort et bien bâti, et sans doute cela l'aidera dans sa nouvelle vie. Tevrat, sa mère, n'est pas aussi enthousiaste que lui de son départ. Depuis qu'un tank a écrasé le minibus de son mari, elle n'est plus sûre de rien. C'est comme si on lui avait broyé définitivement ses derniers espoirs, et pour la première fois de sa vie elle n'arrive pas à faire face au drame. En plus, Abdulcebar a rapporté quatre fauteuils du minibus dans la maison et, quoi qu'elle fasse, elle ne peut oublier à quel point on lui a ratatiné ses rêves.

Dans cette foule oppressante, Yoldas avance, il doit absolument trouver cet hôtel dont l'adresse est griffonnée sur un petit papier, gardé caché dans la poche de sa veste. Perdu, fatigué après mille deux cents kilomètres en bus depuis Varto, il reste tout de même confiant. Il est porté par l'enthousiasme de son père, dont la réussite en Allemagne est la meilleure garantie, lui semble-t-il, de son propre succès à venir.

Son errance est finalement payante, il finit par trouver l'hôtel. Yoldas réajuste sa veste et entre impatient dans le hall. Contre un mur se tient un homme sans âge qui paraît l'attendre depuis toujours. Il s'approche de Yoldas et lui fait signe de le rejoindre dans le petit café qui est juste en face de l'hôtel.

Une fois au fond du café, à l'abri des regards, le passeur Erdouan est bref. Juste quelques mots lâchés en turc, les yeux plantés dans ceux de Yoldas.

— Le voyage durera cinq jours et vous serez plusieurs. Des Kurdes comme toi. Faudra être réglo, on a dit trois mille cinq cents euros quand je t'ai vu à Varto, tu devras me les payer quoi qu'il arrive. Donne-moi maintenant deux mille euros, c'est une avance.

Yoldas plonge la main dans la poche de son pantalon et ressort une liasse de billets. Il recompte les coupures et les glisse dans la main d'Erdouan.

Le visage fermé, le passeur toise Yoldas.

— J'espère pour toi que tu es solide. Tu pars demain.

De retour à l'hôtel, Yoldas demande la clé de sa chambre à la réception puis grimpe à l'étage. Il ouvre la porte avec impatience et, sans même un regard sur la pièce, il se laisse tomber sur le lit les bras écartés. La fenêtre entrouverte offre les bruits têtus de la ville. Mais c'est la pluie qu'il voudrait entendre, c'est la voix tonitruante d'Abdulcebar, les cris de ses frères et de ses sœurs, pas les grondements de cette foule qui lui semblent soudain hostiles. Yoldas fixe le plafond jauni de ce vieil hôtel et impose le silence autour de lui.

Il est au seuil de sa nouvelle vie. Oui, au seuil, c'est l'expression juste qui s'impose à lui. Il est à un point de bascule, au commencement de quelque chose de nouveau qu'il ne maîtrise pas, et c'est la peur du lendemain qui s'abat sur lui et l'écrase littéralement. Des gouttelettes de transpiration s'invitent sur ses tempes et ses mains moites cherchent à se raccrocher aux draps. L'image d'Abdulcebar lui tombe dessus, il voit son père souriant au volant de son minibus qui sillonnait, il n'y a pas si longtemps encore, les routes de Varto.

Il voit très précisément maintenant le sourire de sa mère quand il est parti trois jours plus tôt. Ce n'est pas le même que celui que sa mémoire a voulu dessiner jusqu'alors, un sourire rassurant, plein d'espoir. Non, en réalité son sourire tremblait alors qu'il marchait à reculons pour ne rien manquer d'elle. Et puis il lit la peur au fond des yeux de ses frères et ses sœurs, collés les uns aux autres comme une grappe de raisins pour lui souhaiter bonne route. Et le visage de sa grand-mère Gonul, rongé par les bourrasques de cette vie de misère, qui lui fait un petit signe d'une main tremblotante, le reverra-t-il ?

Sa vieille vache s'invite dans ses souvenirs, il ne l'attrapera plus par le cou et dans quelques mois, le jour où elle pliera les pattes et se laissera tomber dans un dernier meuglement, il ne sera pas là pour respirer sa bouche et lui fermer les yeux.

Puis il pense à elle, cette femme qu'il ne

connaît pas encore et qui l'attend quelque part. Il se souvient de l'avertissement de sa mère. *Je ne crois pas qu'une Européenne puisse t'aimer, ou alors, si elle existe, garde-la précieusement, car cette femme-là n'épousera pas juste un homme mais la souffrance de tout un peuple.*

La charge est trop lourde, le poids qui l'écrase devient intolérable, il sent son ventre se déchirer en deux et il se met à pleurer.

Dans la chambre d'à côté, Azra lisse ses cheveux avec ses doigts, son regard dans le miroir, elle sourit. Comme la promesse de jours heureux, un chant s'élève dans les ruelles et vient frapper à sa fenêtre. Solidement attaché contre son corps dans une grande pièce en tissu, son bébé est serré contre sa poitrine. Ses petits pieds gigotent et semblent danser au rythme du chanteur de rue. Émerveillée, la jeune femme dégage doucement le visage de son petit garçon et lui chuchote à l'oreille : « Oui danse, danse, Ersin, mon amour. Bientôt tu pourras grandir dans un pays en paix. Demain, mon bébé. »

Azra se baisse et ouvre les robinets de la baignoire. L'eau chaude enveloppe la pièce de vapeur. Azra ôte seulement ses chaussures, sa longue jupe, et entre dans la baignoire. Allongée dans l'eau, son bébé sur le ventre, elle prend un peu d'eau dans le creux de sa main qu'elle passe sur la nuque de son fils. L'enfant redresse un peu la tête et sourit.

Azra s'enfonce doucement dans l'eau.

Au fond du couloir du premier étage, un petit garçon de sept ans et sa sœur de cinq ans sautent à cloche-pied. Ils se bousculent et tombent l'un sur l'autre dans des éclats de rire étouffés. Yusuf passe sa tête dans l'entrebâillement d'une porte de chambre et s'adresse à eux.

— Chut ! Chut ! Rentrez dans la chambre, les enfants, vous allez vous faire remarquer. Les enfants regardent leur oncle avec un grand sourire. Un sourire plein d'amour. Dans leurs yeux brille une flamme d'une rare intensité, elle est le miroir de leur âme innocente.

9

Depuis deux jours et deux nuits, Yoldas attend, Erdouan n'est pas revenu. Chaque jour dès l'aube, il est en poste, le visage collé à sa fenêtre qui donne sur l'Abribus où un passeur viendra le chercher. Une fois la nuit tombée, il court acheter à manger dans l'épicerie en face et remonte aussi vite se planter devant la fenêtre en avalant son sandwich. Quand la fatigue l'emporte, il s'allonge un peu pour donner du répit à son corps nerveux, mais cela fait maintenant quelques heures que Yoldas marche de long en large dans sa chambre, il n'arrive plus à ôter le doute qui s'ancre en lui. Et si Erdouan lui avait menti ? Plus le temps passe et plus il a une envie furieuse de partir car cette attente met en suspens ses espoirs. Non, on ne peut pas lui avoir fait miroiter l'Europe pour que son voyage s'arrête à peine commencé. La première nuit, après les quelques mots échangés avec Erdouan, il crevait d'angoisse, mais aujourd'hui l'impatience a largement pris le pas sur la peur. Non, il faut partir, avancer, donner des nouvelles à Abdulcebar, mettre de nouveau de la lumière dans les yeux de sa mère. Et puis il y a cette femme qui l'attend quelque part et dont il rêve obstinément. Parce qu'il rêve d'amour. Parce que rien n'est plus beau que d'aimer.

Dans une ruelle qui mène au marché avance dans la pénombre un couple. Leurs mains nouées l'une à l'autre, ils marchent rapidement vers le vieil hôtel. Cevdet ne peut pas s'empêcher d'attraper Sibel par le cou, cela le rassure. Il a besoin de respirer sa présence pour éviter que la peur ne lui tombe dessus. Le parfum de sa peau le rattache à la vie. Il aime sa nuque, son profil de danseuse, sa bouche, son grand front qu'elle plisse parfois lorsque sa moue devient boudeuse.

Chacun a au fond de sa poche trois mille cinq cents euros bien cachés pour le passeur comme un passeport que l'on ne veut pas perdre. Sibel aurait voulu que Cevdet garde son argent, mais par précaution le jeune homme a refusé. Au cas où un des deux serait arrêté, cela laissera toujours la possibilité à l'autre de continuer le voyage. Sibel a pleuré, elle a été vexée. Elle ne peut pas et ne veut pas envisager que l'un puisse avancer sans l'autre. Comment Cevdet a-t-il pu même seulement l'imaginer ?

Dans la grande rue, un homme avance très lentement, le dos légèrement courbé, un blouson sur le dos dont une des deux manches bat au vent. Dans sa tête vient de s'inviter une chanson : *Depuis que j'ai accroché ma veste aux gouttes de pluie, je récite des poèmes dangereux…* Saisi, il s'arrête immédiatement d'avancer. C'est cette chanson qui lui martelait le cerveau avant que l'immeuble ne s'écroule. Maintenant il s'en souvient, lui qui ne se rappelait plus les minutes qui avaient précédé le bombardement. Pourquoi maintenant cela lui revient-il en pleine face comme le lance-roquettes qui s'est fracassé sur son immeuble ?

Beritan ne veut pas croire que cela puisse être un avertissement. Non, il a rendez-vous avec le passeur Erdouan et, dans quelques jours, il sera en Europe. Là-bas peut-être que l'on pourra mieux le soigner. Plié en deux par la douleur, il continue d'avancer. Il remercie Allah avant d'entrer dans un vieil hôtel.

10

C'est un homme au teint sombre qui marche de long en large dans l'Abribus tout en scrutant les fenêtres de l'hôtel, et Yoldas devine immédiatement que c'est lui l'homme qui tient son destin entre ses mains, le passeur qu'il attend depuis trois jours. Il attrape son petit sac à dos et sort précipitamment de sa chambre. Il passe devant la réception, il ne doit rien, les nuits ont été réglées pour lui par le passeur. Dehors le vent s'est levé, Yoldas remonte le col de son blouson. Le passeur s'approche et lui murmure de prendre le prochain bus jusqu'à la gare, là-bas un car l'attend pour filer en Bulgarie, il devra s'asseoir à l'arrière. Yoldas ne pose pas de question. Il prend la place du passeur qui se fond dans la foule. Son regard balaie à son tour les fenêtres de l'hôtel. Il est maintenant de l'autre côté, il n'est plus celui qui attend, il est celui qui avance vers sa nouvelle vie. Et il est prêt. À une fenêtre, il distingue l'ombre d'un couple qui s'étreint.

Peu à peu d'autres personnes viennent se glisser sous l'Abribus. Qui sont-ils ? De simples passagers qui traverseront la ville ou des personnes qui fuient l'oppression, la guerre, la misère ? Yoldas regarde, attendri, une jeune femme qui tient serré dans une écharpe son bébé contre son corps. Elle est belle. Comment survit-elle dans ce monde asphyxié qui s'écroule à leurs pieds ? Son regard s'échappe et s'arrête sur toutes ces femmes et ces hommes proches les uns des autres qui espèrent le bus. Où sont ses frères kurdes dont lui a parlé le passeur Erdouan ? Combien seront-ils dans ce car en partance pour la Bulgarie ?

Un homme s'approche de Yoldas, il fixe le sol, évite tous les regards. Yoldas ressent sa peur, elle est presque devenue matière, palpable, elle crispe ses traits. Une jeune femme s'approche et lui saisit la main, l'homme se détend et paraît respirer à nouveau. Qui sont-ils ? Et cette femme là-bas qui les fixe du regard ? Deux enfants bousculent à peine Yoldas, l'homme qui les accompagne — leur père sans doute — les excuse immédiatement. Le regard des deux hommes se croise, c'est leur histoire qui s'étale dans leurs prunelles. Yoldas a compris. L'homme et ses deux enfants feront partie du voyage.

Yoldas voit le bus arriver au loin, il s'avance sur le trottoir. Qu'importent ceux qui voyageront avec lui, il se sent fort, son passé porté comme un bouclier. Il va partir, quitter la terre qui l'a vu naître, et à nouveau il sent son ventre se déchirer.

Il ouvre grand la bouche, prend son temps et avale longuement le souffle de la Turquie.

Pour que la Turquie reste en lui. Toujours.

Ce n'est pas un car mais un vieux bus qui respire la misère, immatriculé en Bulgarie, qui les attend sur le parking de la gare. Comme une tumeur qui s'étale, le sol et les parois sont attaqués par la rouille, les sièges sont défoncés, éventrés pour certains. À croire que ce bus a cent ans. Les personnes se pressent pour monter et il est difficile d'imaginer ceux qui vont s'enfuir du pays. Yoldas suit l'homme et ses deux enfants qui vont directement s'asseoir au fond du bus. Sans doute ont-ils reçu, eux aussi, les instructions du passeur. Yoldas s'assoit devant eux et observe maintenant qui seront ses compagnons de route. L'homme qui fixait le bitume sous l'Abribus monte à son tour avec la jeune femme qui ne lui a pas lâché la main. La peur de cet homme va les mettre tous en danger. Il en est sûr. Monte ensuite la jeune femme et son bébé accroché à son corps, un sac à dos équilibre le poids qu'elle doit supporter. Yoldas remarque que ses mains tremblent. Il se demande ce qu'elle fait là, son bébé est si jeune et une femme n'est pas faite pour voyager seule.

A-t-elle entendu ses pensées ? Elle se retourne vers Yoldas et, sans baisser le regard, elle lui murmure : « Je ne voyage pas seule, mon fils est avec moi et il est là pour me protéger. »

Yoldas lui sourit, elle se présente.

— Je m'appelle Azra et voici mon fils Ersin.

Un jeune homme monte à son tour, son visage est émacié par la douleur, une des manches de son blouson flotte dans le vide. Comme le signe d'une tacite reconnaissance, il hoche la tête et esquisse un petit sourire. Il s'assoit à côté de Yoldas et, une fois délesté du sac qu'il portait, il lui tend le seul bras qu'il lui reste.

— Bonjour, je suis Beritan.

Un jeune homme très maigre se glisse dans les allées du bus, bousculé, il perd légèrement l'équilibre et se redresse, son regard croise celui d'Azra. Il s'installe à côté d'elle et laisse tomber son sac à dos à ses pieds comme le poids d'une vie trop lourde à porter et dont on veut se débarrasser. Tekin se présente d'une voix douce et comme une porte à peine entrouverte que l'on pousse un peu, chacun décline son identité à voix basse. Yusuf se présente ; les deux enfants qui sont à ses côtés sont les enfants de sa sœur. Il n'a pas le courage de dire à toutes ces personnes qui lui sont encore inconnues qu'elle est morte et qu'il accompagne les enfants chez son frère en Allemagne. Non, la douleur est trop vive, elle reste au bord de ses lèvres. Plus tard, peut-être, il leur racontera les mains de Sonja. Mais pas aujourd'hui. Cevdet et Sibel changent de place et s'installent devant Azra. La jeune femme se referme comme une fleur, elle aussi a ressenti la peur que trimbale Cevdet. Elle se penche sur son bébé, pose ses lèvres sur sa tête puis avec ses deux bras trace comme une barrière autour de son lui.

D'autres passagers montent et s'avancent dans les travées du bus, des rires fusent alors que Yusuf et les enfants, Yoldas, Beritan, Azra et son bébé, Tekin, Cevdet et sa fiancée Sibel s'écrasent au fond des sièges.

Deux hommes s'installent à leur tour à l'arrière du bus, ils se présentent puis reprennent leur conversation, leurs prénoms, Welat et Osman, continuent de rebondir entre l'un et l'autre comme pour mieux incarner leur présence. Yoldas ne peut pas s'empêcher de dévisager toutes ces personnes. Un homme se presse, il transpire, il a dû courir. Son corps d'athlète est aussi grand que large, un sourire éclatant de blancheur contraste avec sa peau très sombre. Il ôte prestement son sac à dos et se laisse tomber sur un siège.

Il se penche vers Welat et Osman.

— Bonjour ! Citseko.

Puis deux jeunes hommes grimpent à leur tour et foncent vers l'arrière. Ils s'appellent Ferhat et Mirkan, ils sont frères et ce sont leurs yeux qui les trahissent, ils ont les mêmes. Sur le visage creusé de Ferhat se lit la douleur d'un homme seul, ses épaules voûtées portent le poids de l'absence de sa fiancée, ses mains s'agitent et semblent la convier, mais ses doigts n'étreignent qu'un pâle souvenir.

De la fenêtre du bus Yoldas aperçoit soudain, noyé dans la foule, le passeur Erdouan. Son visage lui apparaît furtivement et seulement par instants. Trois hommes l'entourent et le protègent.

Erdouan parle brièvement à l'un d'entre eux qui brusquement s'extrait de la foule et s'avance vers le bus. Le chauffeur allume le moteur et, juste avant d'embrayer, l'homme monte en hochant la tête. Son air soucieux inquiète Yoldas. S'il est le passeur qui doit les accompagner, cela ne présage rien de bon.

Dehors, Erdouan regarde le bus où les hommes sont montés, pressés de foutre le camp. Le bus s'est gonflé comme le ventre d'une femme enceinte, mais certains ne verront jamais le jour... Erdouan secoue la tête. Ce type qui transpire la peur n'est pas un cadeau et cette femme avec son enfant accroché comme une sangsue, elle ne résistera pas. Et les autres... Rien dans leurs regards... Que cette peur muette, cette capitulation. Erdouan s'entend murmurer : Et avec ça ils voudraient apparaître sur la carte du monde... Ils sont déjà à cheval sur plusieurs pays. Ça ne leur suffit pas ?

Sa poche craque sous les billets, pour lui il est temps de rentrer. Sa femme dort encore, elle attend son septième enfant alors qu'on ne lui parle pas de son travail, il faut bien tous les nourrir. Impossible de ralentir le rythme, il doit retourner dans les provinces de Mus, de Sirnak et de Diyarbakir. Dans quelques jours il prendra contact avec des familles qui veulent rejoindre l'Europe. Avant de quitter la gare routière, il jette un dernier coup d'œil sur le bus et son regard croise celui de Yoldas qui a le visage collé à la vitre, comme pour ne rien manquer du pays qu'il quitte. Ce regard le transperce. D'un seul coup, il sent ses jambes glisser sous son corps et il ne sait pas pourquoi. Qu'a-t-il vu dans les yeux de ce Kurde pour que ses jambes se dérobent ? Il faut qu'il rentre, vite. Il se sent soudain vulnérable.

Dans le bus, Cevdet fait tout pour chasser son angoisse et s'oblige à ne pas penser aux dangers qu'ils courent. Il attrape la main de sa fiancée Sibel et observe un à un tous ses compagnons de route, il détaille chacun d'entre eux et mémorise leurs prénoms. Il recense quatre hommes qui voyagent seuls : Beritan, lui, n'a qu'un seul bras mais c'est son visage qui le bouleverse, il est mangé par deux grands yeux noirs dans lesquels on peut lire une rage de vivre incroyable, c'est la vie qui danse dans ses yeux, aucunement la colère. Tekin ne cesse de bouger, ce doit être un nerveux, un type impulsif. Il est très maigre et pâle, il donne l'impression de flotter dans ses vêtements. À l'inverse, Citseko a un véritable corps d'athlète et sa peau sombre lui offre un visage éclatant de santé. Yoldas est plutôt râblé et costaud, quelque chose de rassurant émane de lui.

Cevdet se fait la remarque que tous les autres passagers voyagent en binôme. Son regard se pose maintenant sur Azra. Cette belle femme brune paraît terriblement déterminée, il lui semble voir des couteaux dans ses yeux. Comme une louve, elle protège son petit. Il y a les deux frères Ferhat et Mirkan, eux sont longs et minces, Cevdet sourit, ils sont aussi fins que des roseaux. Les deux amis Welat et Osman sont très différents et pourtant il trouve qu'ils se ressemblent. Welat est rond alors que son ami Osman a un visage aux traits anguleux, aux méplats accusés. Puis son regard se porte sur Yusuf, cet homme semble fragile et terriblement marqué avec les deux enfants de sa sœur qu'il ne cesse de couver des yeux avec amour.

Cevdet les regarde à nouveau et fait le compte, il est superstitieux et croit à la signification des chiffres. Ils sont quinze passagers avec le bébé.

Rassuré, il souffle longuement. Il pense que c'est un bon chiffre.

11

Frontière de Kapitan-Andréevo, Bulgarie

Le bus roule depuis bientôt trois heures maintenant. Le passeur paraît tracassé, il ne cesse de se retourner et de jeter des coups d'œil vers les passagers. Il a repéré ceux qu'il doit accompagner, ils sont à l'arrière du bus. Erdouan lui a montré discrètement chaque personne mais, même s'il n'avait pas été prévenu, il pourrait les désigner les unes après les autres sans se tromper. Les corps sont ratatinés au fond des sièges comme pour se rendre invisibles, mais ils ne peuvent s'empêcher de tendre le cou, de lever le menton vers cette route qui les mène vers de nouvelles destinées qu'ils osent encore à peine esquisser.

Azra ferme les yeux, elle aimerait pouvoir partager ce secret qui lui pèse, qui lui donne des bouffées de chaleur, la force à mentir mais elle ne peut pas. Elle doit se concentrer sur sa fuite.

Beritan ne parvient pas à fixer son regard sur le paysage qui file, son esprit reste focalisé sur les quelques minutes qui ont précédé l'explosion de son immeuble. Il revoit avec précision cette fichue araignée aux pattes vertigineuses courant sur sa peau, c'est son dernier souvenir avant que tout ne s'écroule.

Il pense maintenant à ceux qu'il aime par-dessus tout mais qu'il laisse derrière lui, sa femme Merve et son petit garçon Miran. Partis chez sa tante quelques jours, ils ont échappé au pire. C'était un cadeau pour eux le joli canapé tout neuf dont les coussins lui ont peut-être sauvé la vie en créant une poche d'air au-dessus de sa tête. La mort n'a pas voulu de lui ce matin-là, il était le seul survivant avec le petit chien qui appartenait au vieux Soliman. Beritan n'a toujours pas réussi à comprendre comment ce chien, qui était dans l'appartement du troisième étage, a pu se retrouver à côté de lui qui habitait au premier. Un vrai tour de magie pour le coup. Les deux seuls rescapés; un chien et un homme. Il préfère toujours annoncer le chien avant l'homme, parce que depuis longtemps pour lui les animaux ont plus d'humanité que les hommes. Alors pour remercier le ciel de sa vie épargnée, Beritan n'a pas voulu se séparer du chien. L'épicier de la rue l'a récupéré le temps qu'on lui ampute correctement son bras, puis Beritan l'a offert à son petit garçon pour qu'il veille sur lui. Comme Soliman veillait sur son petit chien. C'est pour eux qu'il est dans ce bus aujourd'hui, pour le chien de

Soliman, pour elle sa femme Merve, pour son fils Miran. Il ne cesse de se le répéter comme pour mieux s'en convaincre. Une fois en Europe quand il sera bien installé, le chien de Soliman, Merve et Miran viendront le rejoindre. Il ne peut pas en être autrement. Une autre maison les attend quelque part, et plus question de défier les araignées, il laissera ces demoiselles aux grandes jambes velues courir partout.

Soudain, à quelques mètres du poste frontière, le bus s'arrête brutalement, un cordon de policiers, fusils dressés vers le ciel, bloque la route. Les portes du bus s'ouvrent, trois douaniers montent rapidement et se placent dans le couloir principal.

— Descendez.

Alors sous les battements d'un cœur devenu anarchique, mêlés aux autres passagers, ils avancent dans la travée centrale et descendent du bus, tétanisés par la peur, la tête inclinée, les yeux accrochés au sol. L'artiste peintre Ferhat se surprend à penser que, s'il devait aller à l'échafaud, il garderait longtemps la tête fixée sur ses chaussures pour ne croiser le regard du bourreau que le plus tard possible. Parce qu'il a vingt-cinq ans et qu'il ne veut pas mourir, il doit dessiner le monde qui tremble et saisir encore la taille de sa fiancée Nihal dans ses mains.

— Mettez-vous tous en ligne et présentez vos passeports, ordonne un douanier alors que ses collègues font ouvrir au chauffeur les coffres latéraux du bus afin de vérifier certains bagages.

Le passeur sort du rang et se rapproche du douanier. Les deux hommes s'éloignent immédiatement et parlent ensemble, ils se connaissent, se tapent sur l'épaule. Le douanier hoche la tête et commence le contrôle par quelques passagers puis s'approche d'Azra, elle tend son passeport, crispe ses doigts pour ne pas trembler, le regard planté dans ses yeux. Elle n'est pas seule, ils sont deux. C'est le cœur de son bébé qui tape dans sa poitrine.

Personne ne bouge, le temps est suspendu à son passeport tendu. Ce passeport qui, comme celui de ses compagnons, ne vaut rien puisqu'il n'a pas de visa. Le visa nécessaire pour voyager librement dans l'espace Schengen, pour se rendre dans la quasi-totalité des pays européens.

La lumière vive fait plisser les yeux d'Osman, les pieds ancrés dans ce sol turc qu'il veut fuir, il regarde son ami Welat attentivement. Il a besoin de faire le plein d'images immédiatement comme si sa vie allait s'arrêter dans l'instant. Boulimiques, ses yeux balaient tout ce qui l'entoure et s'arrêtent sur quatre gardes-frontières adossés contre un grand mur. Chacun d'entre eux a une main posée sur le haut de sa cuisse, prête à dégainer un pistolet dont la crosse dépasse du fourreau. L'autre main retient très fort la laisse d'un chien qui tire comme un fou en jappant. C'est un grondement de colère qui semble s'échapper de la gueule entrouverte de ces chiens. Le ciel est pâle, Osman inspire longuement, auront-ils la chance d'avoir une autre vie ?

Le douanier s'éloigne d'Azra et avance pas à pas vers cette colonne de regards perdus, tremblante et soumise à sa volonté. Leur avenir est fragile, il ne tient qu'à une vignette ou un tampon qu'ils n'ont pas. Le silence qui les avale est trop lourd, il devient suspect. Le douanier prend son temps, allume une cigarette, tire lentement dessus, regarde les volutes de fumée qui s'échappent avant de se poster devant Citseko. Les minutes deviennent interminables puis finalement le douanier, avant d'avoir vérifié tous les passeports, fait signe aux passagers de regagner leurs places.

Une fois dans le bus, Yusuf se laisse tomber sur son siège et serre fort la main des enfants. Ferhat regarde longuement son passeport qui lui offre un autre nom de famille et le rajeunit de deux ans, son frère Mirkan est juste à côté de lui. Yoldas regarde aussi son passeport et sourit. Quel âge a-t-il vraiment ? Sa mère a déclaré ses cinq enfants une fois qu'ils étaient tous nés afin de s'épargner des kilomètres de marche. Et pour ne pas compliquer l'affaire, elle a annoncé fièrement qu'ils avaient tous vu le jour un 14 juillet.

Le bus redémarre, ils quittent la Turquie, mais encore faut-il passer la frontière bulgare. Dans un crissement de freins aigu, le bus s'immobilise à nouveau et tous les regards convergent vers ce passeur qui tient leur destin en otage et qui se lève brusquement. Il se dirige vers eux et exige leurs passeports puis, les mains pleines de leurs existences, il leur demande de rester à l'intérieur et sort du bus avec les autres passagers.

Le silence se jette sur eux.

Au bout de longues minutes, le passeur remonte dans le bus.

— Vous devez me donner chacun cinquante euros, c'est pour le policier.

Tekin n'est pas d'accord, ils ont tous déjà donné deux mille euros d'avance. Le passeur coupe court aux protestations.

— Vous n'avez pas le choix, sinon vous repartez en Turquie.

Chacun donne les cinquante euros. Le passeur s'empresse de glisser les billets dans chaque passeport puis il ressort voir le policier.

Ferhat est agacé, si Tekin conteste chaque décision du passeur, il risque d'être repéré, et Ferhat ne veut pas finir sa vie en prison. Il essuie du revers de sa manche les gouttes de sueur qui perlent sur son front.

Le silence s'installe à nouveau, terriblement pesant. Citseko jette un regard par la fenêtre, il voit le policier s'éloigner avec leurs passeports.

Quelques minutes plus tard le passeur remonte dans le bus avec les autres passagers et les rejoint.

— C'est bon pour le moment, murmure-t-il en leur rendant leurs papiers.

Le dos endolori par des heures de route, Azra demande à changer de place. Elle s'assoit à côté de Yoldas et, à peine assise, elle se confie. Il faut qu'elle partage un petit bout de son histoire avec cet inconnu qui comme elle a décidé d'une autre vie. Azra dégage de son cou le visage de son bébé endormi.

— Regarde-le, vois son sourire.

Yoldas ne regarde pas l'enfant mais les mains d'Azra qui le protègent.

— Mon mari est mort.

Yusuf se penche vers elle, il a entendu ce qu'elle vient de dire. Il lui demande depuis quand exactement elle a perdu son mari. Azra se met à chuchoter, elle semble mal à l'aise.

— Il y a juste quelques mois.

Les mots d'Azra tremblent, Yusuf regrette son empressement, il pose sa main sur l'avant-bras de la jeune femme. Ses yeux lui demandent pardon d'avoir réveillé sa douleur. Il regrette de lui avoir fait poser des dates sur sa souffrance comme un archéologue qui exhumerait quelques vestiges et s'empresserait de les classer, de les numéroter pour les mettre dans des tiroirs avec un tampon, un lieu et une date dessus. Mais Yusuf a besoin de savoir pour reconstituer un puzzle qui lui échappe. Azra se referme, baisse la tête, tire sur sa longue jupe. La conversation est close. Peut-être en a-t-elle déjà trop dit, elle vient de jeter une passerelle entre elle et ces deux hommes.

Elle ne peut pas dévoiler ce qu'elle cache.

Fatiguée, elle s'endort. Dans ce bus qui tousse, hoquette, et qui traverse lentement d'est en ouest la Bulgarie, sa tête frôle parfois l'épaule de Yoldas.

Le bus s'arrête souvent, et c'est de l'agacement qui se lit sur les visages de Citseko et Tekin, ils ont trop longtemps rêvé de leur arrivée triomphante sur de nouvelles terres, ces temps d'arrêt leur font mordre les lèvres, battre des pieds d'impatience. Azra, elle, savoure ces pauses, elles lui permettent de changer son bébé, de lui donner le biberon, de se dégourdir les jambes.

Plus ils vont vers le nord-ouest de la Bulgarie, plus la fraîcheur qui s'accentue les saisit tous. Leurs sacs se vident des pulls qu'ils enfilent les uns sur les autres et, comme un réflexe étrange, en échange leurs sacs se remplissent de petits pains, de tomates, de fromage, de gâteaux secs et de bouteilles d'eau qu'ils achètent quand le bus s'arrête dans des stations-service.

Lorsque celui-ci s'immobilise à nouveau, cela fait près de quatorze heures qu'ils ont quitté Istanbul. Ils ne savent pas exactement où ils sont, à partir de Sofia ils ont quitté l'autoroute pour aller vers le nord en direction de Botevgrad. Cevdet est inquiet, pourquoi ont-ils été vers le nord de la Bulgarie au lieu de filer vers le sud pour atteindre la Macédoine ?

Les portes s'ouvrent et le froid s'abat sur eux. Ils sont surpris par la neige épaisse et bleutée qui recouvre le sol et dissimule les toits. Le passeur leur annonce qu'ils sont près d'un village bulgare et aussitôt il disparaît, comme happé mystérieusement, et c'est un autre passeur qui prend le relais. Il porte un gros blouson épais et des bottes faites pour écraser la neige. Il ne leur tend pas la main, il maintient une certaine distance avec ce groupe de clandestins qu'il veut absolument garder anonyme. Il s'adresse à eux en anglais, évite leurs regards et leur demande de le suivre pour aller jusqu'à une maison cachée dans les bois où ils passeront la nuit.

— Demain matin, je reviendrai vous chercher pour que vous preniez un autre bus, ajoute-t-il avant de s'enfoncer dans la forêt.

Le groupe se resserre et se met en marche, il fait un froid de chien et la nuit commence à tomber. Les chaussures de Sibel glissent sur la neige, mais, résolue, elle s'accroche à Cevdet pour ne pas tomber. Azra ne fait plus qu'un avec son bébé, elle avance d'un pas décidé, entourée des deux frères Ferhat et Mirkan.

Beritan prend sur lui pour ne pas ralentir la marche, mais la douleur qu'il ressent au bras tétanise tout son corps. Yildiz et Dervis tiennent fermement la main de leur oncle Yusuf. Terrifiés, les enfants se sentent engloutis par cette forêt où les arbres immenses et maigres, serrés les uns contre les autres, se dressent à l'infini. Les deux amis Welat et Osman restent ensemble et parlent à voix basse. Citseko est le plus costaud de tous, mais il est celui qui souffre le plus du froid. Son corps se recroqueville, ses dents claquent. Tekin ferme la marche, la semelle de ses chaussures est trouée et la neige se glisse dedans. Ses pieds mouillés et glacés s'engourdissent douloureusement. Tekin fait le vide dans sa tête. Il ne lui reste plus que mille six cents euros sur l'argent volé dans la caisse du garage et emprunté à des amis, les billets sont en boule, bien écrasés au fond de sa poche.

Le passeur avance toujours leur ouvrant la route, le trajet n'en finit pas. Ils sont épuisés, la neige les glace, la nuit les épouvante. Osman revoit les policiers et leurs chiens qui tiraient comme des fous sur leurs laisses à la frontière turque. Il sait que, s'ils sont débusqués en train de fuir, les policiers lâcheront les chiens sur eux, les frapperont à coups de matraque, leur feront peur en tirant à balles réelles, et pour éviter toute nouvelle tentative on leur confisquera leurs sacs, leur argent, leurs provisions. Ils n'auront plus rien, pas même leurs rêves, et ils seront reconduits à la frontière turque.

Où vont-ils ? Et si tout cela n'était qu'un piège pour voler leurs économies et leur tordre le cou ? Malgré les doutes, ils n'ont pas d'autre choix que de suivre cet homme au dos large qui ne parle pas. Et les minutes se confondent aux heures.

Maintenant ce sont les hurlements des loups au loin qui les pressent. Tekin remonte le groupe et marche à présent au côté de Ferhat. Son frère Mirkan soutient Azra. Elle aussi souffre du froid, ses petites chaussures ne sont pas faites pour la neige. Les mains glacées, elle enlace toujours l'écharpe qui maintient son petit contre elle.

La main de Ferhat se pose, elle aussi, autour de l'écharpe.

— Azra, c'est juste pour t'aider à soutenir un

peu plus ton bébé. Tes mains sont glacées et elles vont s'engourdir, tu n'as pas de gants ?

Tekin regarde les mains violacées d'Azra qui soutiennent Ersin. Il revoit les mains de ses sœurs aînées, usées par le travail aux champs, et les larmes lui montent. Ils sont tous dans la forêt à fuir cette saleté de misère qui les ronge.

Azra secoue la tête et Ferhat lui donne immédiatement les siens.

— Ne t'inquiète pas, j'en ai deux paires. Je viens de la province de Mus, les hivers sont glacés là-bas.

Le vent se lève et Tekin croit entendre la voix de sa mère. Il s'arrête et pense qu'il devient fou. Il ne doit pas se laisser envahir par son émotion, il faut juste marcher. Tekin chasse obstinément la voix de Rabia qui le hante. Que pense-t-elle de lui maintenant qu'elle sait que son propre fils les a dépouillés ? Lui en veut-elle ? Imagine-t-elle seulement que c'est pour elle qu'il est parti ?

— Tu t'appelles Tekin, c'est ça ? lui demande Ferhat.

Tekin est soulagé de pouvoir parler, il va piétiner les souvenirs qui le gênent, il doit avancer, il n'a plus le choix.

— Oui, Tekin.

— Moi c'est Ferhat, et Mirkan est mon petit frère.

Même leurs voix sont déformées par le froid et, les mâchoires ankylosées, ils renoncent à parler davantage. Alors les poings serrés, les yeux obstinément fixés sur le dos du passeur, ils marchent. Ferhat aimerait dessiner ce dos qui s'enfonce dans la forêt avec tous ces hommes qui suivent ses pas.

Après trois heures de lutte avec la neige qui raidit douloureusement leur corps et les glace, l'ombre d'une grande maison apparaît.

Les sourires s'esquissent. Est-il possible qu'enfin ils soient arrivés ?

Le passeur se retourne vers le groupe et leur montre la maison d'un hochement de menton.

— C'est ici. Je reviendrai demain matin vers huit heures.

Il y a des maisons comme des cimetières. C'est en voyant les larmes perler aux yeux de Mirkan que son frère Ferhat comprend que le lieu où ils devront passer la nuit n'est pas une maison mais un mouroir glacial et livide où le froid s'engouffre sous les portes et les fenêtres. C'est un cri de désolation que pousse Yusuf en serrant la petite Yildiz et Dervis contre sa poitrine. Sans doute abandonnée depuis des années, les murs sont piqués par le moisi et les pièces sont vides, à croire que cette maison a été dévalisée il y a bien longtemps déjà et que personne n'est plus jamais revenu. Seules une table et deux chaises ont été oubliées au fond de la grande pièce.

Beritan pousse les portes les unes après les autres, les murs ruissellent d'humidité et dans le coin d'une pièce un vieux matelas trempé traîne comme un radeau perdu. Beritan se laisse glisser contre une porte, comment envisager de dormir ici ? Et cette douleur au bras qui ne le lâche pas…

Le froid va tous les tuer. Le visage défait, Azra va à la cuisine et découvre juste un vieil évier dont le robinet rouillé offre tout de même, dans un cri suraigu, un filet d'eau. Elle est partie avec une grosse boîte de lait en poudre et une autre de farine, s'il ne lui reste plus d'eau en bouteille, elle pourra toujours faire des biberons à Ersin. Au bout du couloir, Yusuf aperçoit des toilettes, les canalisations gelées par le froid ont éclaté et des flaques glacées maculent le sol. Yoldas ne veut pas capituler aussi vite. On leur a promis cinq jours de voyage, il faut tenir le coup.

— Citseko, toi tu es costaud, viens avec moi s'il te plaît, on va chercher du bois et faire un feu de cheminée. En mettant le matelas près du feu, les femmes et les enfants pourront dormir.

Citseko recule.

— Non, l'ami, pas maintenant. Un peu plus tard. J'habite Istanbul et là-bas c'est pas souvent qu'il neige. Je ne peux pas retourner tout de suite dans cet enfer. Je ne peux plus avancer.

Yoldas regarde autour de lui, il est habitué à la neige et il connaît le pouvoir du froid qui comme une araignée tisse et étend très vite sa toile en silence. Le froid est un ennemi pernicieux qui engourdit les membres dans un premier temps, puis gagne du terrain et vous grignote jusqu'à vous paralyser le cerveau.

Beritan se propose mais Yoldas refuse, son bras manquant risque de les ralentir. Il fait trop froid et il faut agir vite avant qu'ils ne meurent glacés. Beritan ne dit rien mais il regrette les paroles de Yoldas, s'il ne sert à rien, à quoi bon vivre ? Ferhat ne bronche pas, même s'il habite la province de Mus où les hivers sont rudes, il souffre terriblement du froid. Son corps long et mince tremble sans répit. Chez lui, seules les tasses brûlantes de salep qu'il boit tout au long de la journée lui permettent de tenir quand il dessine et peint.

Les pieds souffrent d'ampoules crevées. Ils se concertent tous, ils sont d'accord pour retourner dehors mais il leur faut juste un peu de temps. Osman est le seul à se proposer immédiatement. Alors Yoldas accepte puis se retourne vers Beritan et, d'un signe de tête, il leur montre la porte pour qu'ils le suivent.

Cevdet refait les comptes, finalement ils sont quatorze — si l'on ne compte pas le bébé — et il se surprend à penser que c'est un très mauvais chiffre.

Une fois à l'extérieur, les visages baissés, les trois hommes tentent d'échapper aux tourbillons de neige glacée qui viennent piquer leurs yeux. Le vent siffle, s'engouffre dans les branches, renvoie des voix agonisantes, et à ce souffle incessant se mêlent les hurlements des loups qui leur semblent beaucoup plus proches qu'il y a quelques minutes. Afin d'éviter de se perdre, ils tentent de se repérer à la lumière blafarde de la lune. Bravement ils s'enfoncent dans la forêt, elle les écrase de sa force séculaire. Ils cherchent du bois à rapporter, mais les branches des arbres se dressent beaucoup trop haut pour que Yoldas et Osman puissent les attraper et en casser quelques-unes. La couche épaisse de glace qui recouvre le sol empêche Beritan de ramasser les quelques brindilles qui scintillent sous la lune. Obstinés, ils ne veulent pas rentrer les mains vides, ils avancent malgré tout et s'enfoncent davantage dans la forêt. Les yeux plissés, leur champ de vision est de plus en plus restreint.

Beritan reste figé un instant et s'adresse avec difficulté à Yoldas, ses lèvres sont bleutées par le froid.

— Les loups doivent crever de faim dans cette forêt.

Osman frappe ses pieds contre le sol pour faire remonter le sang qui se fige dans ses vaisseaux.

— Je crois qu'il n'y a rien de bon ici. Faut qu'on retourne dans la maison. Les uns contre les autres, on pourra tenir jusqu'à demain matin.

Ils hochent la tête. À peine ont-ils rebroussé chemin que le vent les enveloppe d'un crachin verglaçant. Beritan presse le pas, il cherche à dédramatiser la situation avec un grand sourire.

— Faut filer très vite d'ici, avant que les loups nous encerclent et se jettent sur nous. Faudrait pas qu'ils s'attaquent à mon autre bras ! Là, ce serait plus compliqué pour moi !

Osman et Yoldas s'arrêtent, ils regardent Beritan avec admiration, ce type a un recul étonnant sur son propre malheur. Et sous ce crachin qui transperce leur peau de mille aiguilles, ils se mettent à rire. Un rire qui se perd vite dans les rafales du vent. Les trois hommes cherchent parmi les ombres grandissantes des repères pour retrouver la maison mais ils tournent en rond. Osman et Beritan s'essoufflent mais continuent d'avancer. Pas question d'abandonner. Et ce sont deux longues heures qu'ils écrasent sous leurs pieds gelés, des heures à marcher comme des fous dans cette forêt impitoyable où ils demandent à leurs douleurs de se taire mais où le froid leur refuse la victoire. Beritan est habitué au froid rigoureux, il habite une région montagneuse proche de la frontière irakienne, mais Osman et lui avancent de plus en plus lentement, leurs membres s'engourdissent, leurs corps les lâchent peu à peu.

Yoldas s'aperçoit que ses compagnons ralentissent, il faut qu'il les aide à rentrer. Il s'arrête et enlève sa ceinture tout en demandant à Osman et Beritan de faire la même chose. Sans chercher à comprendre, les deux hommes s'exécutent, Yoldas récupère les trois ceintures et les noue ensemble. Malgré les gants, ses mains piquées par le froid sont terriblement douloureuses. Yoldas vérifie la solidité des nœuds qu'il vient de faire, glisse cette grande lanière autour de la taille de ses compagnons, la croise, puis il se saisit des deux extrémités et les noue contre sa poitrine. Alors, comme un chien de traîneau, Yoldas tire les deux hommes de toutes ses forces. En avançant Yoldas les oblige à marcher eux aussi, il les force à ne jamais s'arrêter et à garder un certain rythme. À cet instant précis, c'est toute la détermination légendaire de Soliman le Magnifique qu'il veut leur transmettre.

— On ne peut pas lâcher maintenant, hurle-t-il.

Dans cette forêt glaciale, Yoldas avance lentement, traînant derrière lui Osman et Beritan. Il leur impose de parler en même temps, de dire n'importe quoi, ils ne doivent pas s'abandonner au sommeil. La tête baissée, Yoldas ahane contre le vent, se perd, cherche un autre chemin puis se perd à nouveau. Il demande de l'aide au ciel qui ne l'écoute pas, à croire que ses prières sont étouffées sous la neige. Le froid le tétanise, lui colle une peau violette, des tremblements fulgurants. Derrière lui, c'est le chant qu'Osman a ordonné à sa gorge qui maintenant se déploie dans cette immensité, Beritan hurle en boucle une chanson étrange. À bout de forces, alors qu'il n'y croit plus, Yoldas voit enfin la maison danser un peu plus loin. À cet instant il ressent une puissance que seuls les fous peuvent avoir. Il se détache de ses compagnons puis, dans cette rage née d'une mort certaine dont il veut se débarrasser comme d'une teigne, il se jette sur les volets de la maison et les arrache violemment en hurlant comme un damné.

La force de Yoldas se décuple, il déterre les petites barrières qui entourent la maison. Les fait voler autour de lui. Face à cet homme qui se bat comme un dément, Osman et Beritan puisent en eux leurs dernières forces, et c'est en titubant sur des jambes gelées aussi raides que des bâtons qu'ils se rapprochent de Yoldas et ramassent les morceaux de bois qui s'amoncellent sur la neige glacée. Les trois hommes entrent dans la maison les bras chargés de volets et de morceaux de bois. Yoldas lâche son butin au sol, se jette sur la vieille table et lui brise les pieds. Ce soir le froid fermera son clapet, l'homme a marchandé avec la nature.

Yusuf est en boule, les deux enfants contre lui. Le passeur n'est pas revenu le lendemain matin comme il le leur avait dit. Yusuf ne veut pas croire que tout puisse s'arrêter ici, devant cette cheminée éteinte bientôt depuis deux jours. Tour à tour ils sont tous retournés dans la forêt mais la tempête de neige n'a cessé de les prendre au piège. Ils sont rentrés glacés, tremblants, ne pouvant plus articuler un seul mot. Dans leurs yeux, l'épouvante de la mort. Leur seul espoir ; que le vent tombe et qu'ils repartent ensemble sur la route où le bus les a déposés mais comment retrouver le chemin dans cette forêt immense et noueuse ? L'attente s'organise. Les mots se promènent comme un pont que l'on balance d'une vie à une autre. Mirkan raconte à Tekin la folie qui gagne son frère quand il peint ses toiles. Son impressionnante volonté de figer le temps d'un trait de crayon.

Yoldas parle de la neige qui en hiver recouvre tout le haut de Varto jusqu'aux toits en tôle et donne aux maisons des allures d'igloos, les corps qui s'enfoncent jusqu'aux cuisses dans la neige et les rires des enfants impressionnés devant cette nature si peu économe. Mais de la peur d'Abdulcebar, son père, face aux menaces, aux persécutions des patrouilles de l'armée, de cette interdiction de parler kurde qui a toujours blessé Tevrat, sa mère, Yoldas ne parle pas. Ferhat a lui aussi des souvenirs liés à la neige, identiques à ceux de Yoldas, ils habitent la même province. Pour Beritan — qui vit dans une région où le Parti des travailleurs du Kurdistan lutte contre l'État turc — les montagnes enneigées sont le repaire des combattants mais aussi des contrebandiers. Le ciel bourdonne sous les hélicoptères, tremble sous les avions de chasse turcs, et les routes appartiennent à l'armée et à la gendarmerie turques qui ne cessent de patrouiller. Il ne leur parlera pas de l'arrestation arbitraire de son oncle, il y a quelques années, qui a marqué les esprits. Supposé avoir eu des liens avec une indépendantiste, son oncle avait été enfermé trois semaines pieds nus dans une pièce de sept mètres carrés, le sol recouvert de morceaux de verre et de sel. Mais dans cette maison glaciale qui pue la mort, ils n'autorisent que les jours légers à se dérouler devant eux. Les provisions de chacun ont été étalées dans la pièce principale sur un grand foulard, et à chaque heure de repas les enfants et les femmes mangent les premiers. Il n'y a pas de prière commune, les visages se lèvent parfois vers le plafond piqué de moisi et, comme une conversation ininterrompue avec un Dieu bavard, les mots se murmurent.

Welat crève de froid, mais comment même parler à ses compagnons ? Il ne voit que leurs dos courbés, face à une cheminée qui est éteinte depuis maintenant trois jours. Ils ne sont plus qu'un petit tas d'hommes serrés les uns contre les autres, capuches et bonnets recouvrant leurs têtes. Welat est tenaillé par la faim et, même si son corps robuste a des réserves, il aime trop la nourriture pour en être privé si durement. Les derniers petits pains ronds et les tomates ont été donnés aux enfants. Il reste juste deux gâteaux secs pour le bébé d'Azra. Elle les fait tremper dans l'eau, les écrase et les lui donne comme une bouillie. Les mains de Welat tremblent sans relâche. Son meilleur ami, Osman, s'est replié sur lui-même pour garder le plus de chaleur possible.

Ils ont tous renoncé à se laver, il fait beaucoup trop froid, leurs habits collés à leur peau ne les réchauffent plus et l'eau glacée passée chaque matin sur le visage est bien suffisante. C'est le froid qui les empêche de réagir. Sibel a posé sa tête sur l'épaule de Cevdet, elle ne veut pas capituler maintenant, mais elle a juste une envie irrépressible de dormir. Cevdet sent la peur s'abattre sur lui.

Il semble que le vent siffle aux oreilles de Tekin. Il croit entendre encore la voix de sa mère et il se met à pleurer. Il redoute la nuit qui va tomber. Ici elles sont lugubres, les ombres des arbres ne cessent de se mouvoir derrière les fenêtres, et ce sont comme des bras qui se collent aux vitres et cherchent à entrer par tous les moyens pour le saisir.

Azra revoit sa sœur Esma danser, c'est cette image qu'elle veut garder d'elle. Son corps qui se penche, sa robe longue qui suit ses arabesques, ses bras qui se tendent vers le ciel. Pas les autres images qui la hantent...

Lui a-t-elle pardonné son départ ? Pourra-t-elle un jour raconter la vérité à ceux qui fuient comme elle ? Que penseront-ils d'elle ce jour-là ? Y a-t-il parmi eux une personne prête à la comprendre, prête à écouter ce qui est si lourd à porter seule ?

Azra pose ses lèvres sur le haut de la tête de son petit ange puis le camoufle dans son manteau. Le froid a coloré ses lèvres en bleu. Elle lutte comme tous ses compagnons en silence.

Yoldas est collé à Cevdet qui tient Sibel dans ses bras. Il se fiche pas mal maintenant de la peur presque palpable de cet homme. Lui aussi a peur. Il regrette de ne pas lui avoir parlé davantage. Il l'envie, Cevdet n'est pas seul. Quand pourra-t-il, lui, serrer une femme dans ses bras ? Qui est-elle ? Que fait cette inconnue à l'instant où lui attend le retour du passeur dans cette maison aussi glacée qu'un tombeau ?

Ferhat et Mirkan se serrent encore plus, à en devenir frères siamois. Ferhat pense à Nihal et ses bracelets en or tendus en échange d'une autre vie. Il se souvient des longs discours de sa mère dessinant sur la carte du monde ce Kurdistan qu'elle compare à un oiseau. Une aile en Turquie, une aile en Iran, une patte en Syrie, une patte en Irak. Quand volera-t-il enfin libre, cet oiseau ? leur a-t-elle si souvent chuchoté. Ferhat convie la rage à venir, aucun d'eux n'a le droit de mourir maintenant, de capituler si vite, et c'est ensemble qu'ils doivent lutter. Son regard croise celui de Yoldas et d'Azra, ils ont le même que celui des guerriers qui ne croient pas encore à la défaite. Ce moment de bascule, où finalement rien n'est encore écrit.

Comme une prière entendue, les corps se déplient, les protestations montent et les pleurs s'élèvent. Chacun regrette un frère, une mère, un père, un enfant, un ami. Yusuf pleure à chaudes larmes, il n'a pas le droit de mourir ici, il doit accompagner Yildiz et Dervis en Allemagne, il doit les mettre en sécurité, ils doivent avoir la vie dont sa sœur rêvait pour ses enfants. Il revoit les mains de Sonja découvertes dans les décombres, tendues vers le ciel comme une dernière prière, alors il ouvre la porte et sort sous la neige. Et à son tour il lève ses mains vers le ciel et hurle pour que l'on sache qu'ils sont ici en train de mourir. En écho à ses cris se lève Sibel, le regard soudain brûlant, et ce sont tous ses compagnons de misère qui avancent maintenant peu à peu pour les rejoindre. Ils éructent un cri de colère qui s'échappe au loin et se mélange aux hurlements des loups. Ils sont là au cœur de cette forêt qu'ils n'ont pas choisie et demandent, le visage levé vers le ciel, qu'on leur accorde juste le droit de vivre.

Ils ont brûlé tout ce qu'il était possible de brûler. Ils ont pleuré toutes les souffrances endurées. Ils se sont serrés longtemps les uns contre les autres pour mieux se réchauffer. Que leur reste-t-il ? Ils n'ont plus que l'eau du robinet et leurs rêves qui ne valent plus grand-chose. Ils se regardent les uns les autres, ils n'ont pas la force de partager ce qui les lie. Leur souffrance reste sur leurs propres épaules, elle n'ira pas d'un cœur à un autre jusqu'à disparaître au profit de jours enfin heureux. Ils n'ont plus d'autre choix que de se laisser mourir. Tekin s'appuie sur Beritan. Il entend à nouveau le vent se lever, et à son souffle se mêle la voix de Rabia, sa mère : *Quoi qu'il arrive, tu ne baisseras jamais les bras. Tu te battras sans armes et mieux que les autres contre la dureté qui t'attend dans cette Europe dont tu rêves.*

12

Aux alentours de Botvegrad,
vers Tran, Bulgarie

C'est une masse informe rassemblée devant une cheminée éteinte que le passeur retrouve quatre jours plus tard. Hommes, femmes et enfants sont si serrés les uns contre les autres qu'ils ne font plus qu'un. Il ne s'approche pas davantage, il reste derrière eux à quelques pas. Il ne veut pas découvrir leurs visages, il n'est pas payé pour voir ce genre de charniers qui pourraient le hanter jusqu'à sa mort. Cela fait quatre jours que le passeur Erdouan l'appelle pour lui dire qu'il cherche un bus pour ce groupe de clandestins mais qu'il n'en trouve pas. La région est très surveillée et les passages sont de plus en plus risqués s'ils n'ont pas rendez-vous avec quelques policiers ou soldats corrompus, alors ce n'est pas sa faute si aucun bus n'a pu venir avant cette fin d'après-midi. Il ne veut même pas dépouiller ces pauvres gens, qu'Erdouan vienne donc jusqu'ici faire le sale boulot.

Il va repartir, il en a assez vu. Mais soudain il se sent très fatigué, un poids lui écrase les épaules. Quelque chose se vide en lui et il ne sait pas quoi.

Il ne peut plus bouger et son regard reste planté dans cette masse humaine face au feu éteint. Un spasme violent le surprend et un sifflement aigu monte dans sa poitrine à une vitesse vertigineuse. C'est un cri déchirant qui cherche à sortir en vain de sa bouche soudée par l'horreur. Son corps livre une véritable bataille physique pour que ce cri exulte, il se convulse. Et c'est à cet instant-là qu'il entend un cri de bébé s'échapper du groupe.

Alors des larmes se mettent à couler de ses yeux.

Tous ces visages qu'il ne voulait pas voir se tournent vers lui maintenant. Ils ont tous la peau bleuie par le froid et leurs yeux sont encerclés de noir. Le passeur lit dans leurs regards une douleur sans fluctuation, sans bouillonnement, plane et absolue, mêlée de doute. Voulait-il se débarrasser vraiment de nous ?

Il ne répondra pas à leurs interrogations muettes. Il essuiera ses larmes comme il frottera ses manches couvertes de neige, de façon mécanique. C'est le froid qui aura fait pleurer ses yeux, dira-t-il à haute voix. Plus jamais il ne croisera à nouveau leurs regards. Il gardera ses distances. Il tapera ses grosses bottes contre le sol comme un rappel à l'ordre puis il leur dira qu'il est temps de quitter cette maison pour prendre un bus qui les conduira en Serbie, que le chemin ne sera pas identique à celui emprunté quatre jours auparavant, qu'ils pourront se nourrir et faire des provisions. L'angoisse foudroie Cevdet, ils vont devoir aller jusqu'en Serbie, mais combien de temps va donc durer leur fuite ?

Le chemin est long et il faut arriver à la station-service avant la nuit. Encore une fois, ils gardent en ligne de mire le dos large de ce passeur qui ne se retourne jamais sur eux. Serrés les uns contre les autres, épuisés, ils sont maintenant une armée tremblante qui croit à nouveau en un possible destin. C'est l'idée de pouvoir enfin manger qui les tient debout. Il faut presser le pas, ne pas faire de bruit, juste devenir des ombres fuyantes.

Citseko a glissé son bras autour de la taille de Beritan, sa stature imposante lui permet de le soutenir. Beritan s'arrête souvent pour souffler longuement comme pour chasser au loin la douleur qui le lancine. Sa blessure suinte, Citseko comprend sa souffrance et cela ne le gêne pas que ce soient eux qui ferment la marche.

Dans ces moments où l'un attend l'autre, c'est comme un fil qui se tend entre eux et qui les retient.

— Comment tu fais pour être aussi costaud, toi ?

— L'entraînement, mon ami. L'entraînement.

Les quelques mots échangés entre eux sont toujours brefs, il faut se dépêcher, ne pas ralentir la cadence. Au bout de quelques mètres, Beritan doit à nouveau souffler.

— Ce n'est pas possible, tu as un entraînement militaire ?

— Pas vraiment, mais je m'entraîne.

Les deux hommes avancent de nouveau en silence. Ils économisent leur respiration. Beritan s'arrête et, le visage grimaçant, il souffle encore longuement.

— C'est quoi ton entraînement, que je fasse le même ?

Citseko courbe le dos et se met en garde. Il saute d'un pied sur l'autre.

— Vole comme un papillon, pique comme l'abeille, oh et vas-y, cogne mon gars, cogne ! Tu connais ?

Beritan secoue la tête.

— Ce sont les mots de Mohamed Ali avant chaque combat.

Citseko se remet à sautiller les poings en avant.

— La boxe, frère, moi je pars en France pour devenir un grand boxeur.

Les corps se détendent, les mots ne se chuchotent plus et prennent un peu d'envol. Ils sont arrivés à la station-service où ils s'empressent d'acheter des provisions. Tomates, fromage au lait de brebis, petits pains, gâteaux secs, tablettes de chocolat, bouteilles d'eau tombent sans réserve dans leurs sacs. À l'épicerie, à l'abri du froid glacial, les bouches s'ouvrent grand sur la nourriture, les gorges s'inondent de liquide brûlant, les mains se crispent autour d'un bol de soupe ou d'une tasse de thé noir, ils se sentent miraculés. L'espace de quelques minutes, les choses semblent plus légères, et même la peur de Cevdet n'est plus collée à sa peau comme un masque dont il ne peut se défaire. Tour à tour, ils profitent tous du petit lavabo des toilettes pour se passer de l'eau chaude sur le visage et les mains. Azra lave complètement Ersin puis l'essuie avec du papier toilette qui se déchire et colle à sa peau.

La vie leur offre une seconde chance et ils comptent bien ne pas la laisser passer.

Welat et Osman discutent une fois de plus du petit restaurant qu'ils veulent monter en Europe. Un lieu attachant et bruyant qui traduira l'humeur stambouliote pour eux qui vivaient aux portes de l'Irak dans un petit village coupé du monde.

Les deux amis décidés à écraser leur douleur forgent maintenant ensemble un brillant avenir. Ils veulent laisser derrière eux la misère qu'ils ont trop côtoyée, le racket, les exécutions sommaires. Ils ont trop flirté avec la mort, le ciel a trop craché sa haine en une pluie acide, meurtrière et vertigineuse. Ils fuient l'indicible, ce dont ils n'ont osé reparler. Ce poids les lie à jamais. Ce jour-là, c'est une immense tombe qui s'est posée sur leur bouche et leur douleur ne peut s'en échapper. Les pères de Welat et d'Osman ont été exécutés sur la place publique, à titre d'exemple par des fanatiques qui les accusaient d'être des rebelles kurdes. Depuis Welat et Osman ont réussi à fuir et à rejoindre Istanbul, cependant leur pays empli de gloires mais aussi de convulsions ne leur ressemble plus. Et ils avancent aujourd'hui ensemble pour reconstruire ce que la vie leur a ôté de plus cher. Ce lien qui unissait leurs pères depuis leur jeunesse, cette belle amitié qui ne s'est jamais tue, aujourd'hui, à leur tour, ils la portent à bras-le-corps. Tous les deux, ils s'aiment comme des frères.

Comme un rappel à l'ordre, le passeur entre dans l'épicerie et demande à tous de les rejoindre sur le parking, un vieux bus aussi maladif que le précédent les attend. Le passeur parle au chauffeur puis disparaît dans la nuit sans leur adresser un seul mot. Le bus est plein et chacun prend place où il peut.

La nuit est noire et épaisse. Oppressante, elle s'abat sur la route, paraît engloutir le monde. Il fait froid, séparés les uns des autres, c'est un silence lourd qui s'installe. Au bout de quelques minutes ce n'est plus l'angoisse qui les saisit mais le sommeil qui les gagne, et les corps fatigués s'abandonnent. Après trois heures de route, le chauffeur s'arrête et tape sur l'épaule de Yusuf pour qu'il se réveille et qu'il prévienne ses compagnons de descendre. Il est vingt-trois heures, le petit groupe quitte le bus et à nouveau il ne forme plus qu'un bloc. Ensemble, ils se sentent plus en sécurité parce que chacun balade dans son petit sac la même misère dont il n'arrive pas à se débarrasser.

L'homme qui les attend au pied du bus parle turc et leur demande de s'asseoir sous un vieil Abribus en bois. Il contacte le passeur Erdouan par téléphone puis leur assure qu'une personne va venir les chercher. Cevdet demande où ils sont exactement, le passeur est volontairement évasif et leur dit qu'ils sont aux alentours de Tran et plus très loin de la Serbie.

Leurs yeux scrutent la route, les pieds battent le sol pour ne pas avoir froid. Et au bout d'une heure c'est un vieux camion bâché qui arrive et stationne devant eux. Le conducteur descend de la cabine, passe à l'arrière et entrouvre la bâche qui, retenue uniquement par quelques cordes, claque au vent. Le passeur leur ordonne de monter. Azra s'avance la première mais Yoldas la retient en lui attrapant le bras.

— Non, Azra, attends ! Non, personne ne monte.

Il ne peut pas accepter, il ne peut pas. Azra est prête à monter dans un camion à bestiaux comme les animaux qui partent à l'abattoir. C'est le même camion qui emmène les bêtes à Varto. Le même. Oui, c'est exactement ça. Azra va partir avec son petit à l'abattoir et ce n'est pas son fils qui la protégera, ce ne sont pas les hommes et les femmes qui l'entourent, non, car ils sont tous en danger. Il a vu le regard d'Azra quand elle est montée dans le bus à Istanbul, elle avait le regard d'une battante, mais ce soir son regard a changé, n'est-elle pas déjà en train de capituler face à un passeur qui ne désire que son argent ? Yoldas se met à trembler. Ils ne doivent pas se soumettre. Et l'image de son père s'abat sur lui comme une carte à jouer que l'on retourne sur une table. Il revoit Abdulcebar sur la place principale, les genoux au sol, les deux mains posées sur ses yeux — parce qu'il y a des choses que l'on refuse de voir — et les larmes de son père coulant sous ses mains. Et ses mains qui écrasent ses yeux de plus en plus fort. Mais ce qu'Abdulcebar n'a pas pu soutenir du regard, ce qu'il a vu sur cette place et qui l'a fait tomber à genoux — happé par la sidération —, Yoldas l'a vu aussi à l'abri des regards de l'autre côté de la place. Oui, il a vu ce qu'Abdulcebar n'a jamais pu raconter. Et depuis Yoldas doit vivre avec cette double image qui le hante : ce qu'il a vu sur la place ce matin-là et son père à genoux comme un guerrier vaincu, comme un homme qui a déposé les armes. Cet homme-là soumis, ployant devant l'horreur, il ne l'a pas aimé. Et il a laissé son père seul, à genoux, il n'a pas été le relever. Non, il l'a abandonné à sa douleur, les mains collées sur ses yeux ruisselants. Ce que Yoldas a vu ce matin-là — ce qu'il ne peut encore partager avec personne —, c'est ce qui le porte aujourd'hui à rester un homme debout et le pousse à avancer. Alors à cet instant il sent une vague de chaleur le submerger, de façon furieuse, folle. Il ne se soumettra pas. Sur un ton qui n'admet pas de réplique, il ordonne au passeur de rappeler Erdouan. Yoldas saisit le téléphone et lui hurle qu'il n'est pas d'accord pour que leur groupe monte dans ce petit camion alors qu'ils sont quinze ! Ce n'est pas ce qui était convenu, et puis pourquoi sont-ils restés quatre jours dans cette forêt bulgare à crever comme des chiens ?

Erdouan est surpris, ce Kurde ne lui plaît décidément pas, il revoit son regard à la gare d'Istanbul, ce regard qui n'a pas faibli sous le sien, et à nouveau Erdouan sent ses jambes se dérober. Incapable de parler, il préfère raccrocher.

— Qu'il aille aux enfers, s'entend-il hurler.

13

Près de Tran, Bulgarie,
vers Donja Ljubata, Radovnica,
Trgoviste, Prohor Pčinjski, Serbie

Yoldas retourne sur le parking mais ses compagnons sont déjà montés dans ce vieux camion bâché aux relents de mort, ils n'ont pas d'autre choix. Alors, la rage au ventre, il monte à son tour.

Il fait froid, trop froid. Le vent s'engouffre par la bâche qui se soulève à chaque instant. Au bout d'une heure ils sont chahutés par une route en épingle, ils ne cessent de s'écraser les uns sur les autres, chaque secousse sur cette fine tôle en fer leur broie les reins. Le vent glacial s'infiltre partout, Yildiz et Dervis se mettent à pleurer, les enfants sont épuisés et ils grelottent de froid, Yusuf ne peut rien faire pour eux. Comme une contagion, les pleurs des enfants donnent écho à la voix d'Ersin. Et chacun prie pour que ce voyage ne soit pas long, mais les heures s'enchaînent et malgré le froid et les secousses c'est à nouveau le sommeil qui s'abat sur eux de façon sporadique jusqu'à l'arrêt brutal du camion.

— Descendez de là-dedans !

Deux mains de chaque côté du camion soulèvent la bâche en même temps et une lampe torche balaie leurs visages.

Livides, les yeux hagards, ils descendent. Dès qu'ils sont tous dehors, le camion fait demi-tour et disparaît dans la nuit.

Deux hommes se dressent devant eux, ce sont deux nouveaux passeurs. Ils leur demandent de les suivre. Citseko cherche à savoir où ils sont, un des passeurs lui répond en anglais qu'il doit parler beaucoup plus bas, qu'ils sont en Serbie et qu'ici c'est infesté de gendarmes et de militaires qui patrouillent ensemble et font la chasse aux clandestins.

Le chemin est très escarpé et file vers la montagne. La neige est moins épaisse mais glacée, les pieds glissent, dérapent, les mains se rattrapent les unes aux autres. Les heures de sommeil grappillées dans le bus et le camion ne suffisent pas aux enfants. Il est presque quatre heures du matin et Citseko propose que les hommes portent Yildiz et Dervis quinze minutes chacun à tour de rôle. Et le groupe se remet en marche.

À peine éclairés par la lune, ils avancent le regard fixé sur le dos des deux passeurs. Azra a du mal à grimper, le poids d'Ersin la gêne et elle trébuche souvent. La neige lui brûle les pieds, la douleur lui monte au cœur. Sibel se rapproche.

— Tu vas où en Europe, Azra ?

Azra manque d'air, son souffle est court.

— C'est pour lui, tu sais, dit-elle en baissant le regard sur son bébé puis elle ajoute : Je ne sais pas. J'ai payé comme tous pour aller jusqu'en Italie. Je veux aller dans un pays où le soleil se lève, je vais où les rires sont permis et où les couvre-feux n'existent plus.

Sibel ressent l'émotion d'Azra qui la replonge dans ses propres inquiétudes. Y a-t-il vraiment un soleil qui les attend ailleurs ? Sibel regarde la boule qui gonfle l'écharpe d'Azra. Ersin est bien caché, on ne voit même pas le haut de sa tête.

Le regard de Sibel se perd au loin, elle semble hésiter, se mord la lèvre.

— J'ai l'impression de te connaître, Azra, je me trompe ?

Azra s'arrête, elle envoie son souffle au loin, mais ses mots restent accrochés à la buée qui ne s'éloigne pas de sa bouche glacée.

— Non, tu te trompes. On ne se connaît pas.

Sibel vient de voir passer la peur dans le regard d'Azra. La même peur qui poursuit Cevdet. Azra ne dit pas la vérité, son regard l'a trahie, Sibel en est persuadée. Il faut juste que sa mémoire lui rappelle pourquoi elle croit connaître cette jeune maman.

Azra reprend l'ascension sans ne plus quitter le dos du passeur.

C'est au tour de Ferhat maintenant de porter Dervis, le petit garçon dort et c'est son frère Mirkan qui vient de le lui donner.

— Entraîne-toi ! Peut-être qu'un jour tu en auras cinq ou six dans les jambes !

Ferhat sourit, il adorerait avoir plein d'enfants, des enfants qui ressembleraient à Nihal.

— Il ne pèse pas lourd, ce gamin.

Mirkan jette un regard sur Dervis.

— C'est vrai, il n'est pas épais. En plus, on a déjà pris beaucoup de retard, Erdouan nous avait parlé de cinq jours de voyage.

Ferhat encourage son frère d'une tape dans le dos, il a toujours joué le rôle de l'aîné, celui qui protège le plus petit. Comment pourrait-il imaginer que Mirkan soit, lui aussi, fou amoureux de Nihal, sa fiancée ? Pourtant il était là à les épier, un après-midi caché dans les herbes hautes. Il a entendu leurs rires sous ce ciel de guerre, et ce jour-là il n'a jamais trouvé aussi justes les paroles d'Ahmet Kaya : *Les mouettes pleuraient dans les décharges, et nous nous riions. Dans les villes, tous les jours les bombes pleuvaient, et sans arrêt nous faisions l'amour.*

Quand ils seront en Italie, Mirkan écrira à Nihal, il lui avouera son amour et là-bas son grand frère Ferhat l'oubliera, il en est sûr. Cette femme sera un jour à lui, il le pressent.

Yoldas porte la petite Yildiz, elle est aussi frêle que son frère. Elle paraît encore plus petite dans ses bras ronds et musclés. Elle a un peu plus chaud contre sa poitrine, elle se rendort immédiatement.

L'ascension est de plus en plus difficile, Yildiz

passe dans les bras de Welat, son frère Dervis dans ceux d'Osman. Ces enfants qui passent de bras en bras sont comme un soulagement pour ceux qui les portent. Ils leur donnent davantage de courage, ils ne se battent plus uniquement pour leurs pauvres carcasses mais pour ces enfants, otages d'un pays qui ne leur laisse que peu de chances. Osman comprend mieux la détermination d'Azra qui porte jour et nuit son petit contre sa poitrine.

Les pieds sont congestionnés dans des chaussures qui s'épuisent sur la neige glacée.

Les conversations se font plus rares. Citseko explique à Welat qu'il doit rencontrer un grand entraîneur de boxe, là-bas en Europe, et que les billets tomberont sur sa tête chaque fois qu'il mettra son adversaire K-O. Welat sourit, le sport a toujours représenté pour lui un monde à part, une vie de discipline et d'efforts à laquelle il n'aurait jamais pu se plier. Depuis tout petit, Welat est né pour boire du thé et manger des gâteaux, tous ses souvenirs d'enfance sont liés à la petite cuisine de leur maison. Cette pièce où il faisait ses devoirs dans l'odeur des *beyti kepap*, là où il jouait et où il aidait sa mère à cuisiner. Plus tard c'est lui qui préparait le *ghormeh sabziou*, l'agneau accompagné de haricots rouges et d'oignons.

Tekin s'est approché, il est sportif et ça l'intéresse. Citseko se met en défense.

— Boxeur n'est pas qui veut, l'ami ! Moi, j'ai ça dans le sang.

Osman prend le bras de Tekin.

— Il y a plein de rêves à réaliser en Europe, là-bas tout est possible, lui chuchote-t-il.

Et c'est dans cette phrase « tout est possible » qu'ils puisent à nouveau des forces. C'est une bulle d'espérance qui s'élève entre eux et leur offre une nouvelle respiration.

Tekin est rassuré, il ne sait pas ce qu'il va faire en Europe, il veut juste offrir la clé d'une autre vie à sa famille. Il pense à ses sœurs, à son pauvre frère Erhan, la fourchette plantée dans le crâne pour un ravioli, mais aussi au jour où il lui a volé son manteau neuf — qui avait déjà servi à quatre frères — pour l'offrir à Demet, son amoureuse du moment. Le chantage avec Erhan : *Tu dis un mot et tu es mort, ton manteau tu l'as perdu.* La claque du père, magistrale, à Erhan. *Ça c'est pour apprendre à ne plus perdre tes affaires.* Et les grands yeux de son frère mouillés de pleurs qui ne le trahissent pas. Il revoit sa sœur Rojbin et ses slips troués, son visage toujours sale, ses mains crasseuses. Elle est gentille, sa sœur, et elle le trouve beau son frère Tekin. C'est à lui qu'elle donne ses dessins, c'est toujours à lui qu'elle fait des bisous sans pudeur.

Le groupe continue d'avancer, des cris d'animaux qu'ils ne reconnaissent pas les accompagnent. Sans un mot, les bras se tendent pour récupérer les enfants afin que leurs petits pieds ne touchent jamais terre. C'est comme un ballet parfaitement orchestré, mais les hommes s'échinent à grimper et le froid les mord.

Mirkan pense toujours à Nihal. Que fait-elle maintenant ? Aide-t-elle son père Mehmet au café ? Pense-t-elle à son frère Ferhat ou l'a-t-elle déjà oublié ? Et son frère qui marche à ses côtés, pense-t-il à elle ? Nihal est avec Mirkan, elle ne quitte pas ses pensées, c'est elle qui l'aide à avancer. Dès qu'il aura un travail en Europe, avec sa première paie, il lui rachètera les mêmes bracelets qu'elle a offerts à Ferhat en échange de leur liberté. Et il imagine déjà le sourire de Nihal retrouvant le bijou autour de son poignet. Et la jeune femme verra enfin qu'il existe lui aussi.

Les ombres fuyantes qu'ils sont devenus doivent avancer plus vite. Se baisser, se dissimuler derrière les arbres qui, comme ils avancent, leur apparaissent de plus en plus grands.

Tomber, se relever sans cris. Yusuf a peur, les enfants sont maintenant dans les bras de Tekin et de Cevdet. On leur demande d'aller encore plus vite.

Yusuf a l'impression que les rôles ont changé, qu'ils ont basculé dans l'autre camp, qu'ils sont devenus les ennemis qui doivent se dissimuler pour mieux attaquer par surprise. Se planquer, respirer moins fort, ne pas être vus. Ils ont l'attitude de ceux qui ont anéanti sa vie. La route est interminable, le souffle est de plus en plus court, ils avancent toujours alors que maintenant le jour se lève sur de multiples chemins escarpés où un village se dessine enfin en contrebas.

Des soldats sont en poste, les armes à la main. Un des passeurs leur demande de se baisser, à voix basse. Il leur souffle en turc : « Restez là, n'allez pas plus loin sinon les soldats vont vous tirer dessus. » Tekin trébuche, Yoldas tousse, le passeur lève une main en signe de colère et les terrorise : « Faites pas de bruit, s'ils vous entendent vous êtes morts. »

Les passeurs leur font signe de reculer jusque derrière la colline. Le groupe se ratatine, obtempère sans bruit. Une fois tous cachés, les passeurs leur promettent de revenir en fin d'après-midi, puis ils disparaissent au détour d'un chemin et c'est uniquement l'immensité blafarde qu'ils leur laissent comme horizon.

Welat profite de ce temps d'arrêt pour proposer de partager toutes leurs provisions, les hommes décident de se rationner et de laisser manger à leur faim Azra, Sibel et les enfants. Ils instaurent une règle : ne jamais dormir plus de trente minutes afin d'éviter que le froid ne vienne les saisir à ne plus pouvoir se réchauffer. Le groupe d'hommes se scinde en deux, Yusuf, Ferhat et son frère Mirkan, Citseko, Beritan surveillent les alentours. Ils se font invisibles, planqués derrière cette colline à guetter tout mouvement suspect. Il faut juste attendre le retour des passeurs pour traverser ce village. Harassés, grelottants, les deux amis Welat et Osman puis Tekin et Cevdet s'assoient par terre dans la neige glacée, et repliés sur eux-mêmes ils demandent au sommeil de venir les cueillir. Yoldas offre sa large poitrine pour que les corps frêles de Yildiz et de son frère Dervis se reposent un peu plus au chaud. Citseko s'endort en boule. Les rondes se mettent en place mais les heures traînent et les passeurs ne sont toujours pas de retour. En fin d'après-midi Sibel refuse de se reposer, elle veut rester debout et se glisse parmi l'équipe qui fait le guet. Citseko approuve.

— Il faut bouger, tu as raison. Tout est dans la tête mais aussi dans les jambes. Je vais te montrer comment résister à l'effort, comment respirer. Il faut avoir un mental de gagnant, Sibel.

Les heures passent lentement, la nuit va tomber et les passeurs ne sont pas revenus. De l'autre côté de la colline les soldats sont toujours en faction les armes à la main. Yildiz a trop froid, la petite fille pleure. Immédiatement Yusuf lui plaque la main sur la bouche. Son frère ne peut pas retenir son angoisse et se met à crier. C'est Azra qui plaque sa main sur la bouche de l'enfant et des larmes coulent sur ses joues gelées. Ce geste-là, elle ne veut plus le faire. C'est ce geste-là qu'elle fuit et qui lui fait traverser les montagnes. Elle ne veut plus retenir les mots, elle veut les entendre danser et franchir les frontières.

Pour ne pas crever de froid, ils marchent de long en large, marchent jusqu'à s'épuiser, foulent, écrasent cette terre qu'ils veulent fuir.

Alors cette petite armée tremblante piétine en silence, les mains collées sur les bouches des enfants qui pleurent. Impossible de parler fort ou de griller une cigarette, le petit bout incandescent pourrait trahir leur présence. Non, il faut juste marcher de long en large en se passant les enfants de bras en bras.

Un peu plus tard, les pieds brûlés par la neige, ce sera sur leur propre bouche qu'ils plaqueront leurs mains glacées pour ne pas crier de douleur.

Cevdet tient la main de Sibel. Il aime cette femme, elle le rassure, il émane d'elle quelque chose d'indestructible. Il ne saurait pas dire quoi. Parfois Cevdet tremble, il a peur qu'elle le quitte. Le cœur de la femme qu'il aime est tiraillé à en mourir entre son pays et lui. Il le sait. Il a entendu ses pleurs, ses cris derrière la cloison de son studio quand il lui a dit qu'ils devaient fuir mais il ne lui a jamais parlé de ses sanglots, ne lui a jamais demandé pourquoi elle pleurait autant. Il n'a jamais eu de franches explications, à croire qu'il les redoute. Non, si elle est là avec lui aujourd'hui c'est parce qu'elle l'a choisi, lui. Pourtant, une petite musique le tiraille parfois, Sibel est tenace, invincible, prête à tout alors que lui se sent mangé par la peur. Le lui reprochera-t-elle un jour ?

Sibel regarde la main de Cevdet qui l'étreint. Elle a parfois des doutes, l'aime-t-il autant qu'elle l'aime ? Elle est prête à tout pour lui, elle le sait, mais lui jusqu'où ira-t-il pour elle ?

Avant d'entamer une nuit à lutter, pour la quatrième fois depuis le matin ils se partagent la nourriture. Ils revoient à nouveau les portions de chacun à la baisse. Un bout de fromage, deux biscuits secs et trois carrés de chocolat pour chacun qu'ils laissent fondre longtemps dans leur bouche. Ils mangent le plus lentement possible pour tromper leur estomac vide. Les femmes et les enfants ont droit à trois biscuits, cinq carrés de chocolat. Ils boivent le moins possible et laissent longtemps dans leur bouche la gorgée d'eau qu'ils s'autorisent. S'ils veulent survivre ils n'ont pas d'autre choix, le retour des passeurs est trop aléatoire.

La petite armée d'ombres fuyantes déambule. Elle arpente sans relâche de long en large le sentier qui domine le village serbe.

C'est la peur de retourner d'où ils viennent, de voir le ciel se fendre sous les lance-roquettes, d'être persécutés, de subir des fouilles, des interrogatoires, la tristesse infinie de leur misère pour tout avenir qui ne cesse de s'agiter comme un spectre à fuir. Les heures sont longues, angoissantes, glaciales, elles puent la mort qui plane sur eux comme un charognard. Ils doivent trouver en eux la force nécessaire de ne pas renoncer, de ne pas abdiquer. Jamais. C'est le désir bouillonnant d'une vie digne qui les fait tenir debout, la chance de rester vivants.

Alors à cette chance-là ils s'agrippent. À en mourir ils s'y accrochent.

Il est six heures du matin quand les passeurs les découvrent, là devant eux, dans cette immensité, marchant de long en large juste sur quelques mètres à peine comme des fous dans un asile. Pas un bruit, ils sont là debout à se croiser, à se passer de bras en bras les enfants. Silhouettes courbées, marche bancale.

Interloqués, les passeurs sont devant ce groupe toujours debout, résolu, en marche, et eux sont à l'arrêt avec leurs kalachnikovs qui pendent au bout de leurs bras, à se demander comment ils ont pu résister. Des morts-vivants, se surprend à penser un passeur, sidéré devant l'obstination de ces hommes à vouloir vivre.

Les ombres fuyantes s'arrêtent de marcher, ils ont vu les kalachnikovs et ils ne comprennent pas. Ils ont si peur de voir les passeurs armés qu'ils ne leur demandent pas pourquoi ils sont en retard. Ils voient juste leurs doigts pointés vers le village où les soldats en contrebas sont en train de partir. Sans un mot, ils se rassemblent et se mettent à descendre la colline pour atteindre le village. Les soldats ne sont plus là, il faut faire vite. On leur intime l'ordre de courir jusqu'au pont.

Et maintenant ce sont quatorze personnes qui courent dans un village encore endormi et qui longent quelques maisons éparses en se baissant. Y a-t-il un habitant qui imagine que sous sa fenêtre des vies sont en jeu ? Que des souffles d'inconnus sont si proches de lui ?

Les douleurs dans le bras manquant de Beritan se sont réveillées, il ne peut pas suivre le rythme, il est à la traîne. Tekin se retourne, le voit haleter, le visage crispé par la douleur. Il attrape la main de Citseko, l'oblige à s'arrêter, lui montre Beritan qui maintenant est à quelques mètres d'eux. D'un accord tacite, les deux hommes repartent en courant dans l'autre sens et se placent à la hauteur de Beritan qui, le corps plié en deux, une main sur un genou, a renoncé à avancer davantage.

— Continuez sans moi, j'ai trop mal.

Citseko se courbe sous sa poitrine et le fait glisser sur ses épaules pour le porter comme une écharpe.

— Non, l'ami. Tu restes avec nous.

Et les trois hommes rattrapent le groupe. La course contre le temps reprend, il faut passer le pont.

Mais leur volonté ne suffit pas, et brusquement ils s'arrêtent. Un soldat armé bloque le passage du pont, immédiatement le groupe se resserre comme pour se faire plus petit. Citseko dépose Beritan au sol, Yildiz et Dervis s'accrochent à chacune des jambes de leur oncle. Ferhat se glisse au milieu du groupe comme pour se rendre invisible, et à nouveau la sueur perle à son front. Son faux passeport le tétanise, il ne veut pas être arrêté. Tekin a remarqué l'angoisse de Ferhat à chaque contrôle, elle lui semble différente de celle de Cevdet, qui pourtant est en permanence rongé par la peur.

Les passeurs parlent à voix basse au soldat, les trois se concertent et hochent la tête.

— C'est deux cents euros chacun, annonce le passeur à la cantonade.

Dans un mouvement très fluide les billets se tendent, le soldat les prend, les glisse dans sa poche et laisse le passage libre. Ferhat respire, tous ont obtempéré, personne n'a cherché à négocier.

Il n'y a pas de temps à perdre, le groupe reprend sa course folle.

Dans un éclat de rire Citseko annonce à Beritan :

— Toi mon ami, je te porte sur mes épaules, grâce à toi je m'entraîne.

Ils prennent un petit chemin qui suit l'orée de la forêt. Le sol est recouvert d'une neige épaisse qui crisse sous leurs pas. Les pieds enflés débordent des chaussures, les ampoules suintent, ils avancent sur des bouts de verre. En sueur, Citseko redépose Beritan qui se remet à marcher aussitôt. Il se glisse au milieu du groupe, parce qu'il veut être entouré, parce qu'il veut des hommes devant lui, derrière lui et à ses deux côtés. Il veut se noyer dans cette masse qui va de l'avant, être happé par elle.

Cevdet regarde longuement la manche vide du blouson de Beritan qui flotte au vent.

— Tu fais quoi dans la vie, Beritan ?

Beritan sourit. Il ne veut pas parler, ce n'est pas son moment, plus tard peut-être. Il veut juste rester au centre de ce groupe, cela lui suffit.

Il se sent protégé comme le jour de l'explosion avec ses gros coussins de canapé autour de lui.

Face à ce silence qui s'installe, Cevdet sent la peur revenir à la charge. Elle ne l'a pas quitté cette nuit, elle était sur lui, sur sa peau, dans son corps, tenace. Alors d'une voix monocorde, d'une voix qui ne demande pas de réponse, c'est lui qui se raconte et c'est dans son enfance qu'il replonge. C'est de sa grand-mère Gül qu'il a envie de parler, de ce prénom d'origine persane qui signifie rose. C'est elle qui les a élevés, lui et ses six frères et sœurs. Sept monstres que la vie, un matin de printemps, a laissés en cadeau à la vieille femme. Quand il parle de Gül, Cevdet sourit et la peur le quitte.

Il raconte la minuscule maison où ils vivaient tous ensemble, entassés là où ils pouvaient. Vingt mètres carrés pour sept personnes. Vingt mètres carrés où tout est cassé. Rien n'a été suffisamment solide pour résister à la force destructrice des enfants. Aucun meuble n'a été épargné, aucun bibelot. Gül ne s'est jamais plainte, elle a simplement passé sa vie à recoller tout ce qu'elle pouvait réparer.

Mais chez Gül il y a un paradis et il suffit de pousser la vieille porte en bois pour l'atteindre. Un jardin plus grand que la maison. Un jardin plein de fleurs de toutes les tailles, de toutes les couleurs et même de toutes les formes. Enfant, Cevdet passait des heures à courir dans ce jardin où les fleurs lui paraissaient démesurées, bien plus grandes que lui. Une forêt de fleurs. Oui, c'est ça, il a le souvenir d'avoir toujours vécu dans une forêt de fleurs.

Cevdet raconte si bien ce jardin que le parfum des fleurs de Gül s'échappe de sa seule mémoire et inonde maintenant Beritan, Yoldas, Ferhat et Mirkan. Et ce sont ces fragrances, ces images de fleurs gigantesques et multicolores qui les poussent à avancer dans ce froid glacial où chacun de leurs pas les blesse davantage.

Cette migration de souffles mêlés, de souvenirs qui se transmettent de l'un à l'autre, les porte jusqu'à une maison. Le passeur frappe trois coups à la porte puis avant même que celle-ci ne s'ouvre il leur promet de revenir les chercher en fin d'après-midi et fait demi-tour.

Une femme et un homme les accueillent, de larges rides s'étalent sur leurs visages. Volubiles, ils ajoutent à leurs flots de paroles des gestes de chef d'orchestre. Yusuf sourit, enfin on les regarde. Ils existent et ils sont invités à entrer davantage, à donner des couleurs au décor.

La maison est là, offerte à ses invités de passage. Une grande table en bois dont les rallonges semblent pousser les murs, quelques chaises, des sourires en noir et blanc épinglés au mur pour l'éternité, un canapé miné par la fatigue et un fil tendu où sèche une blouse devant un vieux poêle à bois. Avec un grand sourire le couple s'agite davantage, ouvre un placard et pose sur la table des tomates, du pain, du fromage, de la bière. Les mots bondissent mais ne trouvent pas d'écho, personne ne comprend le serbe. La femme leur fait signe d'enlever leurs chaussures, de les déposer devant le poêle.

La douleur est intolérable, la peau des talons et des doigts de pieds d'Azra mais aussi de Ferhat, Tekin et Welat reste collée à leurs chaussettes qu'ils retirent le plus doucement possible. Les larmes glissent lentement sur leurs visages sales. Elles tracent des chemins boueux sur leurs joues. Finalement, au bout de très longues minutes, ce sont toutes les chaussures et chaussettes qui se retrouvent enfin à sécher puis les pulls qu'on accroche au fil tendu qui fait face au poêle. Azra et Sibel profitent en premier de la salle d'eau pour se laver complètement, puis les hommes vont se passer de l'eau sur le visage. Ils rêveraient tous d'une douche mais ils sont trop nombreux pour profiter de ce privilège.

Les plaies sont recouvertes de pansements. Bienveillante, pleine d'illusions, la propriétaire de la maison frotte l'intérieur de toutes leurs chaussures avec un morceau de savon pour assouplir ce qui n'est que du plastique.

Le corps massif de Citseko s'est replié sur une chaise, il laisse la chaleur du poêle l'emporter et c'est sur un ring de boxe que ses yeux se ferment. Beritan reprend des forces pour mieux tenir debout, Yusuf frotte le dos des enfants, il veut chasser le froid qui les fait s'incliner, Ferhat cherche parmi les photos accrochées au mur un sourire qui lui rappellerait celui de Nihal. Cevdet et Tekin essaient de savoir où ils sont, ils dessinent la forme de la Turquie à l'homme de la maison qui comprend leurs interrogations. Il revient avec une vieille carte de la Serbie, il la déplie et laisse tomber son doigt dans un bruit sourd comme pour mieux écraser la noirceur de leur passé.

Ils sont maintenant au sud de la Serbie, plus très loin de la frontière de la Macédoine. Cevdet est intrigué, il lui semble qu'une rivière, la Pcinja, court le long de la frontière sur une quarantaine de kilomètres. Ils feront sans doute encore un détour pour l'éviter.

Le temps s'écoule doucement sous la chaleur du poêle et à vingt-deux heures le passeur frappe violemment à la porte.

Quand il se poste devant eux, cette fois-ci il ne tient pas dans sa main une kalachnikov, c'est une jument qu'il traîne derrière lui.

Il fait toujours aussi froid et la nuit les enveloppe.

Ils sont tous là, dehors, à ne pas comprendre. Deux nouveaux passeurs ont pris le relais. Ils sont armés et demandent à Citseko et Welat, sans doute à cause de leur corpulence, de tenir la jument par la queue, les autres du groupe doivent se placer derrière eux en file indienne. Personne n'ose poser de questions, ils doivent juste redevenir des ombres fuyantes car le danger rôde sans relâche. Des soldats font la ronde dans cette forêt noyée par l'obscurité où les hurlements des loups se rapprochent. Alors en file indienne, les bouches cousues, les uns accrochés aux autres, ils suivent cette jument guidée par un des passeurs. L'autre ferme la marche, sa kalachnikov pointée dans leurs dos.

Ils avancent. C'est une course chaotique, rapide.

Les uns enchaînés aux autres, il n'y a plus de Turc ou de Kurde qui vaillent. Ils sont juste des hommes. Des hommes qui s'échappent, des hommes qui puisent leurs forces dans la souffrance, et c'est d'un même souffle qu'ils respirent, d'un même battement de paupières qu'ils se comprennent.

La nuit s'étire, cela fait trois heures qu'ils s'épuisent à marcher en file indienne. Le moindre craquement de branches les fait frémir. Où se cachent les soldats ? Vont-ils les mitrailler dans la noirceur de la nuit ? Quel animal affamé va surgir ?

Ils ont trop côtoyé la mort pour ne pas penser à elle, ils la narguent en s'enfuyant. Ils savent tous qu'ils défient la grande dame. Se vengera-t-elle ou les laissera-t-elle filer ?

La jument s'arrête devant une rivière. Cevdet comprend que c'est la rivière vue sur la carte quelques heures plus tôt et la frayeur s'abat sur lui, l'eau lui fait peur et ce passage doit être forcément très surveillé.

Il est une heure du matin. Tous tremblent. Les enfants sont sur les épaules d'Osman et Yoldas. Les passeurs leur demandent de reculer, de rester cachés derrière les arbres. De l'autre côté de la rivière, des soldats lourdement armés contrôlent si des clandestins n'essaient pas de passer. Ils n'hésiteront pas à ouvrir le feu. De l'autre côté du fleuve c'est la Macédoine qui s'étend.

— Attendez ici, on revient.

Les passeurs disparaissent dans la forêt et laissent le groupe seul dans ces bois lugubres où la grande dame a repris le jeu en main. Le groupe recule en silence. Yildiz et Dervis se mettent à pleurer. Les mains se plaquent sur leurs bouches, les bras se tendent pour les porter. Les enfants finissent par s'endormir. Et la longue attente reprend, Yoldas voit briller sous la lune un énorme parpaing posé sur les berges de la rivière. L'eau le recouvre par instants. Sont inscrits dessus juste ces quelques mots en turc : « Si vous traversez cette rivière, c'est la mort qui vous attend de l'autre côté. »

14

Rivière Pcinja, Serbie,
le long de la frontière macédonienne

Le jour s'est levé, ils sont toujours là à attendre cachés derrière les arbres, devant cette rivière qui les nargue entre la Serbie et la Macédoine. Ils ont dormi à tour de rôle et pour avoir moins froid ils ont échangé leurs vestes toutes les cinq minutes pour se donner l'impression de porter un vêtement plus chaud. Ils ont marché de long en large, tendu leurs bras pour porter les enfants. Pour tenir toute la nuit, ils ont beaucoup pioché dans leurs réserves de nourriture. Welat a compté qu'il ne reste que trois petits repas à se partager. Un petit repas uniquement composé — et pour chacun — de deux gâteaux secs et trois carrés de chocolat. Il n'y a plus de fromage.

C'est à devenir fou cette attente. Beritan claque des dents, il faut qu'il parle pour oublier le froid et ce bras qui le lancine. Il demande à Yoldas de l'aider à allumer une cigarette, il en a trop longtemps rêvé cette nuit. Maintenant, il fait suffisamment jour pour qu'on ne la voie pas rougeoyer.

Il tire longuement sur la cigarette, c'est de l'apaisement qu'il recherche.

Cevdet frotte le dos de Sibel, son visage est rouge violacé, elle s'empêche de pleurer car, avec le froid, les larmes forment des petites crevasses sur ses joues.

Beritan se rapproche d'eux.

— Hier tu m'as demandé ce que je faisais dans la vie et je ne t'ai pas répondu.

Cevdet hoche la tête, Beritan tire à nouveau sur sa cigarette, inspire longuement, ferme les yeux, avale la fumée. Il prend son temps, scrute les visages de Cevdet et Sibel, il ne veut rien manquer de leur réaction. Il lâche sur un ton tragique.

— Je suis pianiste.

Cevdet arrête subitement de frotter le dos de Sibel. Il regarde lamentablement la manche vide du blouson de Beritan. Que dire à ça ?

Beritan est content de l'effet voulu, de l'effroi puis de l'indicible pitié qu'il lit dans les yeux du couple. Il sourit.

— Mais non ! C'est une blague ! Histoire de détendre l'atmosphère !

Cevdet et Sibel se surprennent à sourire puis à lâcher un rire étouffé. La blague passe de bouche en bouche, et chacun pouffe de rire. C'est le premier rire qu'ils s'autorisent ensemble depuis dix jours qu'ils sont partis.

Ils se regroupent, se serrent les uns les autres, s'embrassent, ils sont vivants, ils ont survécu à cette nuit d'attente. Ils n'ont pas été débusqués par les soldats alors ils reprennent espoir et le « tout est possible » qui flirte avec leur nouvel horizon européen peut à nouveau se dérouler devant eux.

Ferhat imagine à voix haute les expositions auxquelles il pourra participer. Il s'agite. En Turquie, ses tableaux ont été brûlés, on lui reproche certaines de ses œuvres. Ferhat ne dit pas à ses compagnons qu'il est recherché. Pourquoi ajouter une ombre supplémentaire à ce voyage, la peur n'est-elle pas suffisamment à leurs talons ?

Citseko s'enflamme, il boxe un arbre.

— Vas-y, cogne, mon gars, cogne !

Citseko se réjouit de savoir que dans ce groupe de voyageurs il y a au moins déjà deux personnes qui risquent d'être célèbres. Il saute d'un pied sur l'autre et raconte l'histoire de son idole.

— Mohamed Ali, un type vraiment bien.

Il continue de boxer.

— Il a refusé de faire la guerre du Vietnam, le mec a dit non à la guerre ! Il a dit non ! Et vous savez ce qu'il a dit à l'armée américaine ? Eh bien, il leur a dit : « J'irai pas là-bas parce qu'aucun Vietcong ne m'a jamais traité de nègre ! »

Citseko se met en défense.

— Il avait des couilles ce mec ! Je vous le dis, moi, il avait des couilles ! Comme il n'a pas voulu faire la guerre, ils lui ont enlevé son titre mondial et sa licence pendant quatre ans ! Quatre ans sans boxer !

Yoldas est pensif. La guerre, encore et encore la guerre. Toujours ce rapport de force, de soumission, de domination entre les pays. Il a soudain envie d'apporter de la légèreté, de balayer l'entêtement de l'homme à détruire. Il choisit donc de se raconter à son tour. Dans sa famille, ils sont tous agriculteurs et lui aussi sait s'occuper des vaches et des chèvres, mais — il rit en basculant la tête vers le ciel — il a surtout un don avec ses mains qui pourrait effectivement le rendre lui aussi célèbre.

Azra se rapproche, Yoldas serait-il guérisseur ? Sa grand-mère avait ce don fabuleux d'imposition des mains. Welat voit l'intérêt que la belle Azra porte subitement à Yoldas, cela l'agace et il ne saurait pas dire exactement pourquoi. Il sent chez Azra une force et une fragilité hors norme, et cette contradiction l'attire. Il y a un jardin secret bouleversant chez cette femme, il en est sûr. Il aimerait qu'Azra le regarde avec cette lumière qui brille à cet instant dans ses yeux.

Il ne se trouve pas beau, Welat, il n'aime pas son corps grand et robuste, ses kilos qu'il juge en trop, et il ne s'est jamais autorisé à s'imaginer même quelques secondes avec une femme aussi belle qu'Azra. Pourtant, à ce moment précis, il voudrait la tenir dans ses bras.

Mirkan ouvre grand la bouche, Mirkan a toujours été fasciné par les personnes qui ont la chance d'avoir un don. Il est persuadé que cela aide à séduire les femmes, et à cet instant c'est l'image de Nihal qui s'impose à lui embrassant son frère Ferhat, et sa poitrine se serre.

Sibel sourit, son esprit divague et dessine des mains d'homme sculptant le corps d'une femme avec sensualité. « J'ai un don avec mes mains », a-t-il dit… Juste avant qu'elle ne visualise les mains de Yoldas caressant le corps d'une femme, Cevdet lui attrape le cou et lui pose un baiser sur la joue. A-t-il senti le dérapage de l'imagination de celle qu'il aime ?

Yoldas s'amuse de son effet d'annonce et il insiste.

— J'ai des mains qui valent de l'or…

Cette fois-ci c'est Tekin qui s'interroge et Osman qui s'impatiente. Yoldas est peut-être musicien.

Yoldas bascule à nouveau son visage vers le ciel et éclate de rire.

— Je suis maçon !

Sibel rit, elle aussi, ce n'était pas exactement ce qu'elle imaginait…

Yoldas ne le sait pas, mais c'est l'amour qui est venu s'imposer à l'esprit de certains de ses compagnons. L'amour pour ne pas s'effondrer et se projeter jusqu'au jour suivant.

Yoldas prend la cigarette allumée que lui tend Osman, à son tour il tire une longue bouffée dessus. Certes, il ne sera sans doute pas célèbre, mais qu'importe. En France, ils ont besoin d'ouvriers, il y a du travail pour tous là-bas, lui a-t-on dit. Alors ce que les hommes s'acharnent ici à détruire, à écrouler, là-bas il pourra le construire. Il pourra faire naître du sol des fondations, des maisons, des immeubles, des magasins qui se dresseront vers le ciel. Réaliser quelque chose qui ne sera pas voué à l'engloutissement, à l'effondrement. À quoi bon reconstruire un pays qui ne cesse de s'écrouler, conflit après conflit. Comment reconstruire sur des cendres, sur des relents de mort ? En Europe, il posera des briques, des pierres, et ce qu'il reconstruira, ce ne sera pas la folie de l'homme qui l'aura détruit. Là-bas son travail aura un autre sens.

Yusuf est touché et il repense aux mains de Sonja. Il leur raconte les jolies mains de sa sœur retrouvées dans les décombres, dressées comme une prière. Ces mains qui ne le quittent pas, qui le hantent jour et nuit. C'est pour elle qu'il se bat aujourd'hui. Pour que sa mort ne soit pas vaine. Il veut pouvoir un jour écrire sa peine, poser de l'encre dessus. Il veut que personne jamais ne l'oublie. Oui, Yoldas a raison, on ne reconstruit pas sur des ruines, sur des corps de femmes, d'enfants, d'hommes. On ne peut pas rebâtir sur des âmes sans être persécuté par leurs cris. Il faut fuir. Oui, s'offrir un autre destin. Yusuf aime l'idée de poser quelque part des fondations sur une terre qui n'a pas été nourrie de sang.

En Turquie, Yusuf est cordonnier, et dans sa famille ils sont cordonniers de père en fils. Il n'a jamais eu de qualification spéciale, alors qu'importe ce qu'il fera en Allemagne, il prendra le travail qu'on lui donnera. Yusuf entame la liste de ce qu'il sait faire avec enthousiasme : vendre des fruits et légumes, peindre des murs — pas des tableaux comme toi Ferhat, précisé-t-il avec humilité. Il ajoute même qu'il est prêt à être maçon, le travail manuel ne lui fait pas peur. Mais ce qu'il veut, au-delà de tout, c'est écrire, il sait qu'il peut le faire, c'est en lui. Il veut vivre dans un pays où les mots ne font pas peur, où ils ont le droit d'être écrits, d'être lus, d'être aimés comme d'être détestés. Il ne veut plus être muselé. Non, Yusuf écrira l'histoire de Sonja.

Azra est touchée, il est sans doute venu le temps pour elle de se livrer, juste un peu, mais Sibel lance ses mots dans le froid glacial. Alors elle l'écoute, et peut-être que plus tard l'envie de se raconter viendra la tarauder à nouveau.

Sibel se permet de rêver à voix haute. En Europe, elle voudrait reprendre des études et faire de la politique. Elle sait que des attentats gangrènent l'Europe, que les blessures de guerre ont passé les frontières. Le mal s'étend, la paix s'émiette. Elle voudrait pouvoir changer les choses, être décisionnaire.

Il faut toujours parler à voix basse, ne pas faire de bruit. Le temps passe, inexorablement long, le froid les engourdit peu à peu. Les gorges sont sèches, les extrémités des corps sont atrocement douloureuses. Ils s'accordent un petit repas, deux gâteaux secs et trois carrés de chocolat.

Azra a encore de l'eau minérale pour Ersin, elle met au chaud le biberon glacé qu'elle prépare d'avance sous sa chemise, contre sa peau, mais le lait est toujours froid et les paillettes de poudre stagnent longtemps à la surface avant de se dissoudre. Qu'importe, c'est pour une autre raison que le ventre d'Azra ne cesse de se nouer. Elle redoute plus que tout au monde les pleurs d'Ersin alors elle espace davantage les changes de son bébé, elle le fait le plus vite possible, l'enfant allongé dans son manteau qu'elle lui offre, elle-même cachée sous un grand châle en laine pour que le froid ne vienne pas le saisir. Et c'est en larmes chaque fois qu'elle pose du sparadrap sur sa bouche pour que l'on n'entende pas les pleurs de son bébé. Et c'est avec un petit flacon d'huile qu'ensuite elle décolle tout doucement le sparadrap de sa peau sous ses yeux agrandis par la peur.

La nuit tombe et les passeurs semblent les avoir oubliés.

La peur ne les quitte pas.

Il est bientôt minuit. Comment tenir davantage ? Une nappe de vapeur d'eau stagne au-dessus de la rivière et rend le froid intolérable. Depuis quelques heures déjà ils échangent comme la nuit précédente leurs manteaux toutes les cinq minutes. Il faut marcher, bouger, taper des pieds pour que le sang coure dans les veines. Ne jamais s'arrêter, marcher de long en large comme des bêtes en cage. Trouver une parade pour que le temps s'accélère, écouter cette petite voix intérieure qui ne cesse de refaire l'histoire. Tekin est épuisé, il croit à nouveau entendre la voix de sa mère quand le vent souffle. *Tekin, j'ai peur que tu te trompes de chemin. Je tremble pour toi, moi qui te parle si peu.* Yoldas se rapproche de lui, lui donne une tape amicale sur l'épaule. A-t-il entendu, lui aussi, le message que le vent porte ?

Welat et Osman décident de se raconter. Il faut tuer ce silence qui les engourdit autant que le froid. Ils chuchotent même si la nuit glaciale gerce leurs lèvres. Il faut inviter les rêves, les désirs à se faire entendre. Ne pas convier les larmes. Ne pas parler de la belle amitié qui liait leurs pères. Oublier un instant leur assassinat infâme, parce que ce soir leurs pères ne sont pas morts, ils sont là, en eux et avec eux, et ils leur insufflent la force nécessaire de tenir debout. Leurs pères les accompagnent. Welat et Osman ne veulent pas faiblir, la vie que leurs parents leur ont transmise est trop précieuse, ils doivent la garder intacte.

Il faut parler à voix basse du soleil qui se lèvera demain. Raconter ce petit restaurant qu'ils envisagent de monter. Welat sera le cuisinier, depuis tout petit il aime faire la cuisine et chez lui il a vite remplacé sa mère aux fourneaux. Osman assurera le service en salle et s'occupera de la comptabilité. Welat ose, il demande quel est le plat préféré d'Azra.

— J'adore les feuilles de vigne farcies et les poivrons.

— Alors imagine-toi assise à une petite table

dans notre restaurant, moi je suis en cuisine et je fais revenir des oignons.

Yoldas, Citseko et Tekin se rapprochent.

Welat parle avec passion des dolmas, ces poivrons farcis de viande hachée.

— Imaginez les poivrons en train de cuire au feu de bois, ils dorent et leur peau va avoir un petit craquant qui va contraster avec la chair tendre du poivron. J'ajoute de la coriandre et du thym.

Et le fumet de ce plat s'invite et réveille les bouches affamées. Les couleurs des légumes s'étalent, balaient la grisaille. Et leurs tristes provisions qui passent de main en main ont un goût nouveau. Les deux gâteaux secs et les trois carrés de chocolat qu'ils s'autorisent chacun sont toujours grignotés le plus lentement possible. Azra sourit.

— Tu dois très bien cuisiner, Welat, tu m'as donné envie de goûter tes dolmas.

Welat se retourne pour qu'Azra ne le voie pas, il sourit à son tour. Il a vu les yeux de la jeune femme briller, et dans ce lieu angoissant où la mort rôde, c'est une chaleur incroyable qui fouette soudain son corps.

Trois heures du matin. La partie d'échecs a repris avec la grande dame. Viendra-t-elle faucher quelques âmes ce soir ? Le froid glacial est chargé d'eau et la température continue de baisser atrocement. Les enfants se sont assoupis dans les bras de Yoldas et de Citseko. L'humidité est tellement épaisse qu'elle forme comme un rideau diaphane qui cache les quelques mètres qui les entourent. Soudain le rideau se déchire et réapparaît la jument. Sur son dos, les deux passeurs, leurs kalachnikovs en bandoulière.

Personne ne les a entendus venir, ils descendent de cheval en silence.

Les corps cessent d'avancer, les visages se lèvent, personne ne se révolte du fait que les passeurs aient mis près de deux jours à revenir. Ce n'est pas de la résignation, c'est juste une immense fatigue, un état d'exténuation proche de la torpeur. Les deux passeurs sont là et leur présence devient presque irréelle.

Ils doivent à nouveau s'accrocher à la queue de la jument. Welat et Citseko reprennent place devant. Ils se remettent en file indienne. Les bouches avalent les lèvres, les respirations se coupent, les corps tremblent. Maintenant il faut entrer sans hésiter dans l'eau glacée de la rivière et ne pas hurler. Cevdet glisse ses pieds dans l'eau et la peur le tétanise immédiatement. Il ne peut pas faire un pas, Sibel appuie fermement sur ses épaules.

— Qu'est-ce qui se passe ? Avance, tu nous mets tous en danger !

Cevdet souffle longuement pour congédier cette peur qui le tétanise. Sibel lui dit n'importe quoi, pourvu qu'il avance.

— Ne pense pas que tu es dans l'eau, ferme les yeux et accroche-toi.

Comment Cevdet pourrait-il imaginer qu'il

est ailleurs que dans cette eau glacée? Mais, contre toute attente, il se met à avancer. Dans quelles ressources a-t-il puisé pour échapper à sa peur?

Maintenant, le convoi avance très lentement. La terreur les étouffe. L'eau leur arrive à la poitrine. Azra a remonté son bébé jusqu'à son cou et lui a collé du sparadrap sur la bouche. C'est Beritan qui lui a donné celui-là, il est plus collant que celui qu'elle utilise d'habitude. D'une main elle soutient son bébé, de l'autre elle s'accroche à l'épaule de Sibel. Elle a envie de vomir, elle prie Allah avec ferveur, il ne faut pas que son bébé pleure. S'il pleure, c'est l'enfer qui se déroulera à nouveau sous ses pieds. Les deux enfants sont sur les dos de Yusuf et de Mirkan. Ils continuent d'avancer très lentement. La nuit est noire, pas un seul bruit, seulement le clapotis de l'eau qui s'ouvre sur leur passage. De l'autre côté de la rivière, ils savent que des soldats peuvent les frapper, peut-être même les exécuter, ils l'ont tous vue cette inscription de malheur briller sur ce parpaing. Des soldats seront-ils là à les attendre? La grande dame va-t-elle réagir? Elle n'a pas gagné sur la rive, va-t-elle se venger maintenant devant une telle provocation?

Ils se retiennent de crier, l'eau glacée enserre leurs jambes, emprisonne leurs pieds lourds et gelés. La file indienne progresse. Le froid paralyse Sibel, elle a envie de se laisser couler, s'enfoncer dans cette masse d'eau et dormir, dormir un peu. Pourtant, dans cette eau glacée qui pousse à abandonner et à lâcher prise, naît soudain en elle un sursaut, un désir animal de survie.

Quoi qu'il arrive, elle traversera cette rivière jusqu'au bout. Pour Hatice et Ela, ses deux sœurs, elle ne se laissera pas mourir. Elle revoit le cimetière retourné, toutes les tombes cassées, les corps enfouis dans la terre, brutalement disparus. Elle a grandi avec le visage ravagé de sa mère, une Antigone kurde pleurant dans les ruines, et cette blessure ne l'a jamais quittée. Ses deux petites sœurs pourchassées par la haine jusqu'à leur dernière demeure. Le cimetière profané, juste parce qu'ils sont kurdes.

Des images se juxtaposent, maintenant ce sont des files entières de femmes et d'hommes qui s'enfuient en courant. Des civils qui n'ont rien demandé — qui n'ont rien à voir avec le PKK, le Parti des travailleurs du Kurdistan, qui revendique l'autonomie kurde et se bat contre l'armée turque. Une guerre à huis clos où les civils doivent échapper aux tirs, une guérilla qui les pousse à l'exode et à la misère.

Et puis revient cette image, prise du ciel, qu'elle a vue dans un livre, où des manchots se sont regroupés. Le vent cingle, le froid polaire les engloutit, mais ils luttent ensemble et ils se tiennent si serrés qu'ils ne font plus qu'un. Et elle se souvient de cette phrase qui commente la volonté incroyable de ces bêtes. « Un peuple prêt à tous les sacrifices pour donner la vie. » Un peuple… Oui, c'est juste, il n'y a pas de victoire individuelle. Voilà, c'est à cet instant précis qu'elle puise sa détermination à avancer alors que ses pieds glacés sont de plus en plus lourds. Ils sont tous là, les uns accrochés aux autres à espérer voir l'aube. Elle ne veut pas mourir, elle a un combat à mener. Elle aussi veut donner la vie. Elle désire plus que jamais qu'un jour un enfant regarde le soleil se lever dans un pays qui lui ressemble, dans un pays où il chante, danse sur une terre où il sera libre. Un pays où il aura comme les autres le droit de vivre et d'avoir des rêves. Alors Sibel inspire profondément, elle est devenue cet animal qui avance, qui lutte, se bat contre les intempéries, la faim, la fatigue. Sa force est dans son ventre, dans ce ventre qui un jour accueillera un enfant. De l'autre côté de la rive, la vie lui est peut-être encore offerte.

Sibel sent que la main d'Azra posée sur son épaule desserre peu à peu son étreinte. Sibel se retourne.

— Avance, Azra, ne lâche pas maintenant, pense à ton bébé !

Alors Azra, transie, referme ses doigts glacés qu'elle ne sent plus sur l'épaule de Sibel. Ses muscles sont trop raides, l'eau est trop lourde, ses jambes semblent pousser des murs. Les secondes sont interminables. L'eau clapote trop, ils vont se faire repérer et puis soudain le ventre d'Azra se noue horriblement, elle sent Ersin gigoter, elle entend sa petite voix qui vibre.

15

Nord-ouest de la Macédoine,
en direction de Kochaci

Vite, très vite ils atteignent l'autre rive, remontent le talus, s'accrochent à deux mains à la terre. Leurs vêtements trempés gênent leurs mouvements, ralentissent leurs gestes. Azra n'entend que la voix d'Ersin qui gronde dans son manteau, elle emplit son crâne, martèle ses tempes. Pour la première fois de sa vie elle se surprend à murmurer un «tais-toi!» nourri de colère, haché entre ses dents.

Cette soudaine hargne lui fait peur, comment peut-elle en vouloir à son enfant?

Les passeurs se concertent, l'un disparaît, l'autre reste.

Dans cette nappe d'humidité qui les enveloppe, avec leurs vêtements trempés qui collent à leur peau glacée, avec leurs chaussures pleines de flotte, le passeur leur demande de le suivre. Ne pas bouger c'est inviter la mort à venir les prendre.

Sans un mot, ils se recroquevillent, laissent claquer les dents. L'humidité se cramponne à leurs vêtements mouillés. Il fait trop froid, les corps vacillent, secoués par des spasmes. Une fois de plus, ils se mettent en marche. La nappe d'humidité qui stagnait au-dessus de la rivière les poursuit, et c'est maintenant un épais brouillard qui les avale. Ils se serrent le plus possible pour ne pas se perdre. Ils sont en Macédoine.

Ils posent doucement leurs pieds sur ce sol qui les rapproche de leurs rêves. Ne pas faire de bruit. Avancer coûte que coûte. Tekin a du mal à respirer, s'ils échappent à la mort, s'ils sont repérés, la police macédonienne les enverra croupir dans des camps de rétention. Yusuf a ressenti l'angoisse d'Azra, il s'approche d'elle, lui prend doucement la main.

— Respire, ton bébé est en train de ressentir ton stress. Ventile. Ne t'inquiète pas.

Mais elle ne peut pas, sa peur coule sur son front.

De la forêt dans laquelle ils progressent, ils n'entendent que le vent hurleur qui cingle les corps malingres et fatigués. Les vêtements mouillés se glacent, deviennent rêches et chaque pas est une douleur sans nom. Azra se met à pleurer, c'est trop dur. Elle a peur pour son bébé, comment résister davantage à ce froid, à cette fatigue qui l'empêche maintenant même de marcher ? La jeune maman ne cherche plus à pleurer en silence, ses gémissements débordent et c'est comme une contagion. Tous se mettent à pleurer, à pousser des petits cris qu'ils cherchent à retenir, et la douleur qu'ils contenaient jusque-là s'échappe en spirale par leur bouche, leurs yeux, leurs bras qui se lèvent, leurs pieds qui frappent le sol.

Le passeur arrête son cheval, surpris des pleurs et des cris qui s'élèvent dans son dos. Il se tourne à peine vers eux. Il regarde le groupe du haut de son cheval et il les voit se tordre de douleur, exulter. Ce ne sont plus ces hommes déterminés à vivre dont on lui a parlé, non, il sent que ces hommes-là sont prêts à lâcher leurs beaux rêves. Est-ce la réaction que les passeurs espéraient depuis Istanbul ? Abandonner le voyage quitte à retourner en Turquie ?

Que se passe-t-il dans la tête du passeur à cet instant ? Jouit-il de ce moment de déréliction ? Ou a-t-il honte de ce qu'endurent ces hommes ?

Le passeur descend de cheval, prend sa kalachnikov, la passe d'une main à l'autre. Puis d'une voix étonnamment douce, il leur annonce :

— Arrêtez-vous ici, on va chercher un camion.

Le temps est une nouvelle fois en suspens. Ils soufflent, le froid qui leur fait claquer les dents l'emporte sur tout. Mais dans cette humidité qui les avale, ils trouvent encore la force d'ôter leurs vêtements trempés pour enfiler d'autres habits qui sont dans leurs sacs. C'est en tremblant comme des fous qu'ils remettent des chaussettes sèches dans leurs chaussures qui ruissellent. Ils se recroquevillent et s'octroient, une fois de plus, par groupe de deux, une vingtaine de minutes de repos à tour de rôle.

Quand le jour se lève, ils découvrent une forêt.

— Encore une, plaisante Citseko.

Ils étalent leurs vêtements mouillés sur les branches d'arbres les plus accessibles. S'ils sèchent ils seront moins lourds à porter. Les deux frères Ferhat et Mirkan s'éloignent chercher ce que la nature pourrait leur offrir pour se nourrir un peu. Par sécurité ils préfèrent garder les derniers morceaux de chocolat et les gâteaux qu'il leur reste. Hêtres et chênes sont serrés les uns contre les autres et la neige a blanchi leurs cimes. En contrebas, dans une ravine sous une pierre s'écoule un peu d'eau. Alors, assoiffés, ils s'allongent et boivent un peu. Chacun se lave juste le visage, le froid les tétanise pour envisager davantage. Azra change Ersin, elle fait au plus vite, les larmes lui montent. Si elle espace davantage ses changes, ses fesses seront brûlées et le petit ne cessera plus de pleurer.

La peur est toujours collée à Cevdet, elle lui noue la gorge. Il regarde l'eau glisser sous les pierres et à nouveau il voit les rivières du village de son enfance cavaler pour disparaître dans les herbes hautes. L'eau le ramène toujours à cet instant précis. Que s'est-il passé de plus pour que sa mémoire reste figée sur ces instants ?

Les élans des uns entraînent les autres. Cevdet est fatigué, il se tient droit et regarde cette forêt qui les emprisonne. Il imagine la forêt de fleurs, ce jardin incroyable où il a grandi. Yoldas se rapproche de lui, Cevdet se confie.

— La peur me lâche jamais et je ne sais pas pourquoi. C'est comme la guerre, il n'y a pas de répit.

Yoldas le sait, la peur est toujours accrochée à Cevdet. Elle est inscrite dans ses yeux, sur son visage. Elle s'étale sur lui. Il a remarqué ses jambes qui tremblaient lorsqu'ils sont passés sur le pont. Il l'a entendu vomir, il a vu son visage passer du rouge violacé au livide.

— Comment tu fais, toi ? lui demande Cevdet. Il y a une force en toi, quelque chose d'indéfinissable.

Yoldas sourit, son regard se perd.

— Elle est en moi.

Cevdet cherche et attrape son regard. Il ne veut rien perdre de lui.

— Qui est en toi ?

— Une femme qui m'attend quelque part, une femme que je ne connais pas, mais qui aimera l'homme que je suis.

Cevdet rit.

— C'est tout ? Juste le rêve d'une histoire d'amour !

— Oui, mais c'est l'amour qui tient les hommes debout, Cevdet, et c'est la haine qui les fait tomber. Il ne faut jamais oublier ça.

Cevdet envie Yoldas, c'est uniquement la promesse de l'amour qui maintient debout cet homme qui paraît si solide.

Ferhat et Mirkan reviennent les mains pleines de *kusburnu*, ils partagent ces baies orangées aussi précieusement que de l'or puis les ouvrent et en extraient la pulpe. Ils savourent lentement ces petits fruits charnus pleins de vitamines. Ferhat et Mirkan retournent en chercher d'autres et, prévoyants, ils en mettent de côté pour les heures suivantes. Le froid est moins vif mais l'humidité vient toujours secouer leurs corps étiques et épuisés.

Le passeur revient à treize heures, il est à pied et leur demande de les suivre, un camion les attend à deux heures de route. Alors ils se remettent tous en marche avec pour horizon le dos de cet homme qui avance d'un pas décidé.

Yoldas et Tekin fulminent, le passeur Erdouan leur a menti, le voyage est simplement inhumain. Ferhat n'intervient pas, il les écoute en silence.

Le sentier est escarpé, bordé d'un ravin plein de caillasse. Le danger s'accroche aux chevilles. Citseko est à côté de Beritan, le moindre faux pas peut être fatal. Il faut avancer toujours plus vite, ne pas être repéré. Chaque déséquilibre est exténuant pour Beritan qui ne peut pas se rattraper avec ses deux bras et qui bascule son poids sans relâche sur ses cuisses.

Azra s'essouffle, Welat se rapproche.

— Prends ma main, c'est trop dangereux et tu ne peux pas te rattraper avec ton bébé.

Azra donne timidement sa main, Welat la saisit fermement. Il veut protéger cette femme qu'il connaît à peine.

— Si tu te sens glisser, n'hésite pas à te raccrocher à moi. Je suis un peu rembourré.

Et comme pour s'excuser de ses rondeurs, Welat ajoute :

— C'est mon métier de cuisinier qui m'oblige à goûter tous les plats, sinon je serais aussi mince que Cevdet !

Azra sourit. Welat sent que la confiance gagne Azra. Il voudrait qu'elle se confie à lui.

— Tu es seule, Azra ?

— Oui, mon mari est mort.

Le silence s'installe entre eux, ils marchent le regard posé sur leurs pieds.

— Tu sais, dans certains plats il y a du mystère, on ne découvre pas tout de suite tous les ingrédients mais ça n'a pas d'importance, l'essentiel c'est que le mélange offre une véritable explosion des sens.

Pourquoi Welat vient-il de dire cela ? Il ne sait pas, les mots s'invitent et il les laisse filer. Il tient au bout de ses doigts la plus jolie femme qu'il lui a été donné de rencontrer et il se sent une force nouvelle. Pour une fois, il ne calcule pas ce qu'il va dire, il ne réfléchit plus, il parle sans se poser la question de savoir ce que pensera de lui la personne qui l'écoute. Il est dans un instant de vérité. Cet homme complexé avance nu, sans détour, sans mensonges, et il s'offre à cette femme qui le fait trembler.

Azra ne dit rien, ses yeux restent posés sur le sol. Mais qu'importe, les mots s'improvisent, tuent le silence, et Welat en est sûr, ces phrases qui ne veulent pas dire grand-chose sont en train de tisser leurs premiers souvenirs.

Le silence s'invite à nouveau et chacun se concentre sur ce sentier escarpé dont le ravin inquiétant cherche à les saisir dans ses ronces pour mieux refermer ses griffes sur eux.

Ferhat se rapproche de Tekin.

— Tekin, je ne suis pas d'accord avec toi et Yoldas, je crois qu'il faut faire profil bas au maximum avec le passeur Erdouan, on ne peut prendre aucun risque.

— Mais Erdouan nous a donné un prix qu'il ne respecte pas ! Et moi j'ai très peu d'argent !

Ferhat attrape la main de Tekin.

— Ne sois pas égoïste, il faut qu'on arrive en Europe et si c'est une question d'argent je pourrai te dépanner un peu.

— Ferhat, c'est surtout une question de dignité et de survie. Erdouan nous met tous en danger en nous laissant attendre des nuits entières dans le froid.

Tekin jette un regard sur les enfants puis sur Azra et Sibel.

— Comment vont-ils tenir ? Tu sais très bien comme moi que les enfants ne résisteront pas au froid. Tu as des sœurs et des frères, toi ?

Ferhat hoche la tête.

— Oui, quatre sœurs et deux frères.

— OK, on quitte le pays, mais on ne peut pas accepter pour autant d'être traités comme des chiens galeux ! Nous sommes là, c'est notre choix et on a payé pour. Cet enfoiré de passeur d'Erdouan n'aura pas ma peau, je te le dis.

Le temps s'étire, ils suivent avec obstination le passeur qui ne ralentit jamais. Le sentier devient de moins en moins dangereux et finit par s'élargir pour rejoindre une route caillouteuse.

Au bout de quelques minutes, le passeur se retourne, il s'adresse à eux en évitant leurs regards.

— Cachez-vous dans ce fossé et attendez qu'un camion vienne vous chercher.

Tekin et Ferhat avancent en silence et disparaissent dans le fossé, Tekin reprend la conversation.

— Dis-moi, tu as peur de quoi pour trembler autant à chaque contrôle ?

Ferhat hésite, doit-il se confier ou pas ? Peut-il faire confiance à Tekin ?

— Je suis recherché pour avoir exposé un tableau de six mètres sur quatre où j'ai peint le Kurdistan, je suis accusé de propagande séparatiste.

Impressionné, Tekin siffle longuement.

— Ah oui ! Tu n'as pas fait les choses à moitié ! Un tableau de six mètres ! C'est sûr, ça se repère !

— Et je crois bien que je risque la prison jusqu'à la fin de mes jours, ou pire…

Tekin est soudain accablé, il se rapproche de Ferhat.

— Je comprends mieux, mais je crois que nous sommes tous en sursis. Si tu vois que tu es repéré, alors, s'il te plaît, dénonce-toi et donne-toi tout de suite.

16

En direction de Sopichté, Macédoine

C'est l'effroi qui se lit sur leurs visages creusés et livides. Comment est-ce possible ? C'est un camion habilité à transporter les bouteilles de gaz qui vient de se garer sur le bas-côté de la grande route. Le conducteur descend très vite du véhicule et ouvre les deux portes arrière. Il s'agite, il ne doit pas être repéré. Il enlève une dizaine de bouteilles de gaz qui cachent l'entrée d'une citerne ronde qui traverse le plateau du camion dans toute sa longueur. Le chauffeur fait signe à Welat de se glisser dans la citerne.

— Vite, dépêche-toi !

Welat hésite puis se glisse à l'intérieur. C'est un tunnel noir dans lequel il s'engouffre le premier, une dizaine de trous ont été percés sur toute la longueur. L'odeur est insoutenable. Un à un, ils se glissent tous dans la citerne. Azra et Sibel s'allongent côte à côte sur le dos. Yusuf fait la même chose avec les deux enfants, un à sa droite et un à sa gauche. Les autres hommes préfèrent s'allonger sur le ventre et les uns sur les autres. Le camion redémarre immédiatement. L'air est irrespirable. C'est la fin, pense Beritan, et à nouveau la chanson qui lui courait dans la tête avant l'explosion de son immeuble s'invite : *Depuis que j'ai accroché ma veste aux gouttes de pluie, je récite des poèmes dangereux*... Il ne sait toujours pas pourquoi dans les cas de stress extrême son esprit se concentre sur des futilités. Il faut qu'il trouve qui dans son entourage chantait ces satanées paroles. Sa mère ? Le vieux barbu du marché qui chantonnait tout le temps ? Non, pas eux. Ils sont ballottés dans tous les sens. Azra a plaqué la bouche de son bébé contre son cou et a remonté l'écharpe pour que les odeurs de gaz ne l'intoxiquent pas.

Ferhat et Mirkan se demandent s'ils reverront un jour Nihal. Le souvenir de son visage, sa bouche, son rire se promène de l'un à l'autre, sans un seul mot échangé et sans que ni l'un ni l'autre le sachent. Les deux l'imaginent et prient de vivre encore. L'esprit de Ferhat vagabonde, il faut qu'il peigne le visage de Nihal, oui, très vite, avant que sa mémoire ne change ses traits. Il faut absolument qu'il dessine sa bouche maintenant. Sa main droite se lève à peine et elle esquisse dans le vide sa bouche qui lui était promise.

Sibel ferme les yeux, concentre son esprit sur sa respiration. Elle pense à cette combattante kurde qu'elle a rencontrée. Quand Sibel lui a demandé ce qui était le plus important dans la vie, elle lui a répondu ; le souffle. On naît en inspirant, on meurt en expirant. Toute ta vie est contenue dans ton souffle. C'est ton âme qui est dans ton souffle, tes rêves, tes plus belles espérances, et quand ton dernier moment est venu, ce que tu expires c'est de l'amour. Et cet amour qui s'échappe dans l'air est alors happé par d'autres bouches.

Yusuf imagine l'Allemagne, Yildiz et Dervis avec un cartable neuf sur le dos. Son frère lui a dit qu'en Europe l'école donnait quatre stylos et deux cahiers, et il trouve ça extraordinaire, Yusuf. Il faut qu'ils arrivent à passer les frontières pour que les enfants aient eux aussi leurs petits cahiers et leurs stylos.

Yoldas est secoué dans tous les sens, il a du mal à respirer. Combien de temps vont-ils pouvoir tenir ? Ils n'auront jamais assez d'oxygène. Et soudain c'est le souvenir de son père à genoux, les mains écrasant ses yeux pour ne pas voir l'innommable qui l'étouffe. Pourquoi ne l'a-t-il pas aidé à se relever ? Pourquoi l'a-t-il laissé seul écrasé par sa douleur ? Chacun a un chemin à parcourir, il en est certain maintenant, et ce n'est pas par hasard s'il est là avec ses compagnons de route. Tout a un sens. Le hasard, c'est la force divine qui se promène incognito.

Azra pense au père d'Ersin. Les voit-il allongés dans ce cercueil sur roues ? Est-il avec eux ?

Citseko souffre, replié dans cette citerne qui ne cesse de basculer son corps de droite à gauche. Il s'imagine alors sur un bateau, lui qui n'en a jamais pris. Et il entend les éclats de rire de son petit frère. « Faut pas aller dans l'eau de la mer, Citseko, le sel mangera ta couleur et tu ressortiras tout blanc de l'eau. » Citseko sourit. « Quel petit con », pense-t-il affectueusement. Il s'imagine sur le ring, une droite, paf, une gauche. La foule, bras en l'air, hurle, trépigne. Non, ce n'est pas dans cette citerne que se joue son dernier combat, il en est sûr. Les applaudissements, il les entendra.

Osman songe aux musiciens, aux passeurs de musique, comme les appelle son grand-père Ahmet. C'est lui qui lui a enseigné les notes. Il voit son visage se pencher sur lui et entend sa voix qui lui chuchote : « La vraie gardienne de la mémoire kurde c'est la musique qui s'échappe partout, elle retrace toutes les épopées de notre peuple. Il faut toujours chanter, mon petit. » Alors tout doucement Osman commence à fredonner.

Cevdet étouffe, il guette dans le noir la lueur vacillante de l'espoir et c'est un corps sans force, maigre et triste qu'il touche du plat de la main. Et c'est l'eau de la rivière qu'il revoit encore couler dans les herbes hautes, et de ses yeux les larmes jaillissent.

Ils vont tous mourir, le camion va exploser, il en est sûr. Il sent une chaleur à ses pieds monter de façon vertigineuse, elle l'enveloppe, court le long de ses jambes, de son ventre, de ses bras, de ses mains, dans son crâne. C'est une vague qui l'emmène au centre de lui-même. Il est comme au bord de quelque chose et il ne sait pas quoi.

Il coupe sa respiration, son ventre rentre dans ses côtes, se convulse, puis sa bouche s'ouvre et laisse échapper une salve de bile.

Welat se met à prier, une prière folle qui lui fait bouger les lèvres. Cette prière est pour son père et celui d'Osman, pour que leurs mémoires ne soient pas englouties par l'oubli. Pour que ces deux hommes dansent encore de longues années parmi eux.

Tekin pense à Rabia, à son père, à ses frères, à Erhan martyrisé et sa petite crasseuse de sœur. C'est terrible comme elle lui manque. L'a-t-il seulement embrassée avant de partir ? Alors il se souvient de sa rage, de sa fuite sans au revoir et son cœur se serre, elle a dû pleurer, la petite, mais c'est lui qui essaie de rattraper ses larmes qui tombent sur le dos de Yoldas. Faut qu'il lui achète des culottes à Rojbin, faut plus qu'elle se balade avec ses slips troués.

17

Le bruit métallique de deux portes qui s'ouvrent, des bouteilles de gaz que l'on traîne puis enfin un faisceau de lumière qui éclaire l'entrée de la citerne. Et la voix impatiente du chauffeur : « Dépêchez-vous, sortez de là ! »

Ont-ils été dénoncés ? Ils rampent les uns derrière les autres vers le bout de la citerne, descendent du camion en titubant, éblouis par la lumière. Dehors ils toussent, crachent, respirent à pleins poumons pour rejeter au plus loin l'air vicié. Une vieille voiture toute cabossée est là à les attendre, pas le temps d'étirer les corps, de secouer les bras, de frapper le sol du pied. Le chauffeur baisse la vitre et hurle : « J'en prends juste sept, dépêchez-vous ! Une autre voiture viendra chercher le reste plus tard. » Le mot « reste » ne les choque pas, qu'ont-ils encore d'humain ? Ils sont titubants, maigres, sales à faire peur, un sac à dos au bout du bras. Ils ont réduit toute leur vie dans ce sac qui contient leur misère.

Azra est juste devant la voiture, elle s'engouffre

dedans suivie de Welat et Osman — la douleur commune les rend inséparables, ces deux-là. Beritan prend place à son tour avec Tekin, puis montent les deux frères Ferhat et Mirkan.

Le reste du groupe voit la voiture démarrer à toute allure et disparaître au bout de la route.

Yoldas, Cevdet et Sibel, Yusuf et les enfants et enfin Citseko descendent en contrebas de la route et se cachent dans le fossé.

C'est la première fois que le groupe se scinde en deux et ils se sentent étrangement démunis. « C'est comme un peu de force en moins », chuchote Sibel à Yoldas. Il acquiesce. Citseko se rapproche.

Yusuf sourit.

— C'est fou d'avoir réussi à tenir jusque-là.

Et le silence s'installe entre eux. Chacun y puise un peu de repos. Sibel sent une force nouvelle monter en elle. Elle fouille dans sa mémoire, recherche la combattante kurde. « Le souffle… Toute ta vie est contenue dans ton souffle… » Cette phrase l'apaise. Elle recherche le regard de cette femme. Elle le retrouve, plonge dans ses yeux. Sibel tremble. Qu'est-elle devenue, est-elle encore vivante ? Elle regarde Cevdet, il est assis plus loin recroquevillé. Yoldas a les bras grands ouverts, pourtant il n'y a personne devant lui. Citseko a les poings fermés et boxe l'air. Yusuf embrasse les enfants. Le regard de Sibel fait des allers-retours sur les uns et les autres et ses yeux finissent toujours par se poser sur Cevdet recroquevillé dans son coin.

C'est la première fois qu'elle doute. Cevdet sera-t-il un jour plus fort que ses peurs ? Elle aimerait qu'il ait la témérité des hommes qui l'entourent. Elle regarde, amusée, Yoldas et se surprend à penser que c'est un homme de caractère, solide, capable de braver les tempêtes et les hommes. Puis ses yeux se posent sur Citseko, le colosse au cœur tendre qui boxe dans le vide. C'est sans doute sa peur qu'il chasse au loin depuis toujours, c'est en lui. Pas de risque qu'elle vienne l'écraser. Yusuf a les deux pieds bien ancrés au sol et les deux enfants de sa sœur s'accrochent à sa jambe comme à un tronc d'arbre qui ne cédera pas sous les intempéries. C'est cette force qui a depuis longtemps déserté Cevdet. Sibel se rapproche de l'homme qu'elle aime, pose son bras autour de son épaule et lui demande tout bas pardon.

Mais elle parle si bas qu'il ne l'entend pas. Elle ne sait pas encore pourquoi, mais c'est ce mot-là qui s'est posé sur sa bouche.

Ils sortent du fossé comme des pantins, hagards, happés par la voix d'un homme qui leur hurle de monter immédiatement dans son taxi. Il n'y a pas assez de place. Le chauffeur oblige Yoldas et Yusuf à entrer dans le coffre, à se contorsionner puis referme le hayon sur eux. « C'est comme un enlèvement, aussi terrifiant et rapide », balance Yusuf. Et la voiture redémarre dans un crissement de pneus. Elle roule très vite pendant une vingtaine de minutes puis freine brusquement. Le conducteur regarde dans son rétroviseur et demande aux clandestins de descendre immédiatement. Puis il fait le tour de la voiture, ouvre le coffre et ordonne à Yoldas et Yusuf de dégager vite fait. Le chauffeur remonte dans son taxi, fait demi-tour et repart aussi vite.

Ils sont là quelque part en Macédoine et ils ne comprennent pas. Des policiers armés bloquent la rue et tiennent en joue la première partie du groupe.

— Mettez-vous là, leur ordonne le passeur en leur montrant du doigt l'autre partie du groupe.

Ils se rassemblent en silence. Yusuf se demande si ce n'est pas un peloton d'exécution qu'ils ont face à eux. Les respirations se coupent. Combien de minutes ont-ils encore à vivre ? Pourtant il y a toujours cette rage qui se promène de l'un à l'autre comme sur un fil tendu, invisible. Azra ne baisse pas la tête, son regard reste planté sur un policier, le plus jeune. Que cherche-t-elle à faire ? Le déstabiliser ? Ersin se met à pleurer et Azra n'étouffe pas ses pleurs, au contraire. Elle se redresse et porte haut son fils.

C'est une scène étrange qui se joue sur le pont. La grande dame va-t-elle abattre ses cartes maintenant dans une salve de tirs ?

Tekin jette un regard à Ferhat, le jeune homme a les yeux plantés au sol, il transpire comme un fou. Et c'est le cœur de Tekin qui s'emballe.

Un autre policier s'approche du groupe.

Yoldas est en apnée, Cevdet tremble comme

un chien trempé, Sibel tient le regard haut, posé derrière le pont, Welat ne bronche pas.

Le policier s'arrête devant Mirkan. Tekin s'interroge, est-ce qu'il confond les deux frères ? Le temps est suspendu. Un policier plus âgé s'avance, parle au passeur mais en tournant le dos afin que personne n'entende ce qui est dit.

Ferhat relève à peine la tête et croise le regard de Tekin.

Ferhat ne bouge pas. Le policier demande le passeport de Mirkan, il le lit, prend son temps, regarde la photo puis le visage du jeune homme. Tekin est de plus en plus blanc, Ferhat ne peut pas laisser embarquer son frère. Le policier dévisage maintenant Tekin puis Ferhat. Le corps de Ferhat semble être comme en bascule un instant, mais non, il reste aussi droit qu'une statue.

Combien de temps ce supplice va-t-il durer ?

Le policier glisse à nouveau quelques mots au passeur qui se retourne et annonce d'une voix qui n'admet pas la réplique :

— Il demande deux cents euros pour chacun. Il nous attendait pour que l'on puisse passer. Il va s'arranger avec ses collègues. C'est un type réglo.

Et immédiatement les mains glissent dans les poches, tendent des billets qui vont aussi vite dans d'autres poches. Les policiers lèvent le barrage, Ferhat respire.

Comme une horde de chiens errants, ils déguerpissent et quittent la route pour traverser un champ et marcher en lisière d'une forêt. Ils traînent leurs pas sur le sol glacé. Beritan n'en peut plus, son bras manquant le démange. Sibel se met à gratter sa manche qui flotte au vent et Beritan la remercie. Elle connaît les douleurs fantômes et elle sait combien des gestes anodins sur des membres qui n'existent plus peuvent soulager. Mais à cet instant c'est un grand froid qui s'abat sur Sibel, elle veut entendre des mots, là, maintenant, pour combler tout ce vide qui est en train de l'engloutir. Elle demande à Beritan de lui parler de sa vie. Il relève la tête, cherche une réponse dans son regard.

— De quelle vie veux-tu que je te parle ?

— Pourquoi ? Tu en as plusieurs ?

Il lui répond quelque chose d'inattendu d'une voix qui lui semble très douce.

— Oui, comme toi.

Sibel se tait. Ils continuent de marcher en silence puis Sibel ose.

— Pourquoi dis-tu ça ?

— Je t'observe depuis quelques jours... D'ailleurs, on s'observe tous et parfois, il faut bien se l'avouer, on est là à se demander qui lâchera en premier. Et c'est effrayant.

Sibel hoche la tête.

— Oui, parfois j'ai l'impression que la mort rôde comme un animal. Je la sens palpiter, elle est là physiquement et j'ai peur pour le bébé d'Azra.

Le silence s'installe à nouveau, ils marchent avec difficulté. Yusuf porte Dervis, Yildiz est dans les bras de Citseko. Sibel revient à la charge.

— C'est quoi cette histoire de plusieurs vies ?

— Tu ne te connais pas assez, Sibel, du moins je crois. Tu es effacée, tu parles peu et pourtant il y a un feu qui brûle en toi.

— Un feu ?

— Oui. Tu as quelque chose de guerrier en toi. Et je ne suis pas le seul à le penser, Yoldas l'a aussi remarqué.

Sibel est déstabilisée. Pourquoi lui dit-il cela maintenant ? Maintenant qu'elle a laissé derrière elle les hommes se battre, maintenant que la guérilla creuse ses tombes. Alors il lui prend doucement la main. Il lui demande de l'écouter, juste de l'écouter. Le vent s'est levé, le dos du passeur est là, solide à s'enfoncer dans cette énième forêt, et Sibel écoute cet homme qu'elle connaît à peine. Il ne parlera pas de lui, il lui parlera d'elle. Il lui racontera cette femme fragile qui croit aimer et se trompe. Il a vu son regard dans la première maison en pleine forêt où ils sont restés quatre jours face à un feu de cheminée cruellement éteint. Quatre jours où la mort les a encerclés et où la mort a perdu son pari à quelques heures près. Oui, Beritan a vu son regard quand ils se sont tous levés pour rejoindre Yusuf devant la maison et hurler leur détresse. Il a vu dans les yeux de Sibel cette force contagieuse, cette rage de vivre qui avait quitté Cevdet depuis quelques jours déjà. Ce regard… Beritan ferme à peine les yeux, il respire longuement. « Qui se souvient d'Emite, lui glisse-t-il comme une confidence.

«Le visage d'Emite était le même que le tien, Sibel. Elle avait des traits très doux, elle était frêle. Emite… Emite était une guerrière. Oh, c'est une vieille histoire que l'on s'est racontée de père en fils. Emite…

«Emite habitait dans la région de Dersim dans le Kurdistan de Turquie dans les années trente, les Turcs étaient très durs avec les Kurdes, et ceux-ci tombaient comme des mouches, les uns après les autres. Mais ni les morts, ni les ruines, ni les déplacements de population ne venaient à bout de sa détermination à rester debout. Jamais. Alors un jour elle a pris les armes, pour elle c'était le seul dialogue qui existait. Et elle s'est battue, oui vraiment, mais le sang ne lave pas le sang. Elle l'a compris trop tard… Alors, hantée par l'image des morts qu'elle n'arrivait plus à chasser, elle s'est repliée sur elle-même et puis, un matin, elle s'est levée avec le regard étonnamment limpide comme nettoyé de tous ses doutes. Et c'est comme portée par une nouvelle guerre qu'elle est partie pour trois mois ratisser les villages où elle a rassemblé sept personnes. Et avec ces sept personnes elle n'a pas monté une petite troupe armée, non, elle a décidé de monter avec eux un orchestre, oui, un orchestre. Elle n'est pas devenue chef d'armée mais chef d'orchestre. Elle a demandé à ses compagnons de la suivre, chacun portait un instrument et ils ont traversé durant des nuits et des jours des forêts, des plaines, des montagnes. Et c'est la frêle Emite qui entraînait tout le monde, parce qu'elle avait en elle le feu, cette force rare de pouvoir changer le monde. Ils ont fini par trouver l'endroit qu'elle attendait. Un vaste champ en haut d'une colline. Et c'est là qu'ils se sont installés pour toujours, puis ils ont donné leur premier concert et le vent portait leurs notes jusque dans la vallée. La musique kurde qui racontait leur peine effaçait le chagrin des hommes. Aujourd'hui encore, il se dit que lorsque le cœur est plein d'émotions, si l'on s'arrête et que l'on écoute le vent, alors il emporte dans son souffle les concerts d'Emite.»

Maintenant Beritan ne parle plus, il laisse Sibel à ses pensées et il espère qu'elle entendra la musique d'Emite. Parce qu'il sent que cette femme est au bord d'un gouffre et il ne peut pas expliquer pourquoi.

Cette histoire dérange Sibel, elle réveille en elle de multiples hésitations que Cevdet a toujours balayées d'un gentil sourire. C'est comme une pierre que Beritan vient de soulever, et maintenant surgissent toutes les interrogations qui restaient solidement enfouies au fond d'elle-même. Finalement Cevdet est-il vraiment faible? Ne se sert-il pas de cette faiblesse pour qu'elle ne le quitte jamais? Pour qu'elle oublie qui elle est vraiment?

Sibel est confuse. Soudain elle revoit la combattante kurde qu'elle avait rencontrée mais elle voit aussi Azra un peu plus loin à quelques mètres d'elle. Oui, Azra, habillée en civil avec un homme mort à ses pieds. Elle en est sûre maintenant, c'était Azra. Elle revoit son visage effrayé, ses grands yeux vides qui cherchent des explications, sa bouche qui s'ouvre mais qui ne laisse échapper aucun cri.

Et puis elle revoit maintenant très nettement leurs regards qui se croisent, longuement, très longuement. Puis Azra qui s'éloigne du corps et va voir une jeune femme, puis à nouveau Azra qui se retourne vers Sibel et qui la regarde encore.

Il fait nuit maintenant et ils sont toujours en mouvement. Quatre heures de marche depuis leur passage dans le camion-citerne. La faim les tenaille. D'un commun accord, ils mettent de côté pour plus tard quatre gâteaux secs pour les femmes et les enfants, deux carrés de chocolat et une poignée de *kusburnu* qu'ils ont ramassés le matin même. Puis ils se partagent le reste des gâteaux secs, cassent en plusieurs morceaux les derniers carrés de chocolat et, afin de se donner l'illusion d'apaiser leur soif, ils laissent fondre le plus longtemps la pulpe des derniers *kusburnu* sous la langue. Ils connaissent tous la faim depuis toujours et ils ont appris à la refouler grâce à leur imagination. C'est donc la bouche pleine de viande hachée, de viandes cuites à l'étouffée recouvertes de *kachecaval*, ce fromage de vache qui donne un goût particulier au plat, de boulettes de lentilles, d'énormes aubergines, de poivrons grillés, qu'ils avancent obstinément. À quoi ressemblent-ils ? À leurs pieds traînent leurs chaussures disloquées, ils avancent maintenant recroquevillés sur eux-mêmes, leur rythme s'est ralenti contre cette mort qui pourtant les talonne. L'effort physique est de plus en plus pénible et leurs souffles rauques se mêlent avec davantage de force. En se racontant les uns aux autres, ils agrandissent leur troupe avec de nouvelles personnes qui prennent place à leurs côtés et font corps avec eux. Leur armée est plus solide de ces gens, vivants ou morts, qui viennent se fondre à leur destinée pendant quelques heures. Ils sont là, à avancer, étiques, grimaçant de douleur, soutenus par leur armée de souvenirs qui trotte à leurs côtés. C'est tout un monde qui traverse cette forêt. Il y a même un chien, le chien du vieux Soliman auquel Beritan n'arrête pas de penser.

— J'ai un chien, lance-t-il soudain à Yoldas, et toi ?

— Quatre vaches, mais mon père en a vendu deux pour me donner de l'argent pour que je puisse partir.

Et le chien de l'un et les vaches de l'autre avancent maintenant avec eux. C'est cette force, cette résurgence de souvenirs qui les font marcher de façon mécanique, il y a presque un mystère à ce qu'ils ne soient pas encore tombés raides morts.

— Et il s'appelle comment ton chien ? demande Yoldas dans un claquement de dents.

Beritan s'arrête un instant.

— Je ne sais pas.

Dans ces moments d'efforts intenses, plus rien ne leur paraît incongru. Les mots se croisent, se déplacent et vont de bouche en bouche, juste pour éradiquer la douleur des corps martyrisés, le temps passé à marcher qui les rend fous.

Un peu plus loin, un champ s'étend à découvert. Le passeur s'arrête. Il se retourne vers Tekin et balance l'information sans forcer le ton.

— Vous passez le champ en courant, sur la droite vous verrez une petite maison. Allez-y et attendez là-bas jusqu'à ce que je revienne.

L'information passe de l'un à l'autre et immédiatement le groupe se resserre, ils ont quatre cents mètres à parcourir et la nuit commence à tomber. Yusuf met Yildiz sur son dos et Citseko prend Dervis.

— Accrochez-vous bien, les enfants, c'est parti ! On va voir qui arrive en premier parmi tous ces grands !

Citseko donne le départ de la course. Ce sont des boiteux qui s'élancent et pourtant il y a comme une légèreté dans ce champ à traverser, le jeu est là, initié pour les enfants mais exécuté aussi par les adultes. Azra ferme les yeux. « Il suffit d'y croire... Oui, Ersin, c'est juste une course, mon bébé. » Beritan s'amuse et lance un « On connaît déjà le perdant ! » La mort n'est pas à leurs trousses, non, pendant quelques minutes ils ont juste le sentiment d'être portés par le vent. Tekin relève la tête et croit entendre la voix de Rabia : *Ne cours pas après des promesses qui s'envoleront à la moindre tempête.* Tekin sourit, secoue la tête en pensant à sa folle de mère et sa crasseuse de sœur et il murmure : « Vous allez voir, je vais réussir, les filles ! » Mirkan court, les bras grands ouverts, les doigts écartés pour mieux sentir le vent. Yoldas et Welat foncent le plus vite possible.

Cevdet s'est élancé, il n'est plus dans un champ mais à la campagne où les rivières sont fuyantes, il attrape la main de Sibel et accélère. Et là une image se dresse. Sa mère allongée dans les fleurs, le visage blanc, livide. Sa grand-mère Gül qui écarte les enfants pour les empêcher de voir. Puis plus rien, il est à nouveau dans le champ, là maintenant avec pour vision celle des enfants qui rient accrochés au dos de Yusuf et Citseko. Cevdet s'est brusquement arrêté et regarde Sibel sidéré. Mais la course continue, ils sont à découvert et il faut foncer.

— Ferme les yeux, Cevdet, et oublie tout, lui demande Sibel.

Et Cevdet se remet à courir.

Ce n'est pas une maison mais quatre murs en ciment sans toit qui sont perdus dans cette immensité. À quelques mètres, des rails de chemin de fer traversent le monde.

L'attente risque d'être longue. Ils sont tous épuisés, très essoufflés, le visage creusé par la douleur, la faim et la fatigue. Ils s'organisent pour dormir une nouvelle fois à tour de rôle. Ils se collent contre les murs pour éviter les rafales de vent mais le froid ne les lâche pas. Comme un rituel, ils entament une nouvelle nuit en faisant les cent pas en silence, le long de cet abri en ciment. Ils arpentent sans relâche les quelques mètres carrés, échangent leurs blousons, et comme une danse les bras se tendent pour offrir un lit improvisé aux enfants. Les derniers gâteaux secs et bouts de chocolat ont été distribués par Tekin à Azra et son bébé, Sibel, Yildiz et son frère Dervis. Sibel a mis de côté les derniers *kusburnu*.

Azra est épuisée, elle souffre terriblement du dos, le poids de son bébé lui raidit les muscles. Elle ne veut pas que quelqu'un d'autre le porte. « Il sera perdu, il aura peur », dit-elle chaque fois qu'on le lui propose, et parfois elle ajoute : « Non, désolée, il ne connaît que mon odeur », en secouant la tête.

Sibel se rapproche de la jeune mère.

— Tu es courageuse d'être partie seule avec ton bébé.

Azra évite son regard.

— Si toi tu penses que c'est vraiment du courage, alors oui, nous sommes tous courageux.

Sibel sent la gêne d'Azra, elle se penche à son oreille et lui chuchote.

— J'ai besoin de te parler.

Alors elles s'éloignent, un peu, à peine. Sibel reprend.

— Tu penses que ce n'est pas du courage ?

— Moi, oui. Mais toi Sibel, parfois je me demande si tu penses vraiment que c'est du courage que de s'échapper de Turquie.

— Pourquoi dis-tu ça ?

Azra plante ses yeux dans ceux de Sibel.

— Parce que nous sommes seuls, parce que nous n'avons pas vraiment de pays, parce que les hommes sont fous, Sibel. Parce que les conflits font trembler notre terre et que certains ne nous pardonneront pas de la fuir. Jamais. Non, jamais, tu m'entends bien? Parce que, un jour ou l'autre, nous devrons payer le prix de notre fuite. On nous en voudra d'avoir quitté notre pays de misère, on nous reprochera de nous être octroyés une seconde chance en laissant derrière nous les cadavres pourrir dans les caniveaux. Ces flèches viendront peut-être de nos parents, de nos grands-parents ou même de ceux qui habitent l'Europe. Et ça tu le sais, Sibel. Et parfois tu penses comme eux, tu penses toi aussi que c'est de la lâcheté de fuir et pas du courage. Je le lis dans tes yeux. Tu as besoin d'être rassurée, d'être certaine que ce départ c'est du courage. Tu doutes, et je le sais. Pourtant tu donnes le change, tu avances mais moi je suis certaine de ne pas me tromper.

Sibel souffle longuement.

— À toi je peux le dire, oui c'est vrai, parfois je doute et je me demande si j'ai fait le bon choix de quitter le pays. Et toi, il t'arrive aussi de douter?

— Non, jamais. Je te l'ai déjà dit, c'est pour le petit que je fuis.

Sibel ne parle plus, elle se sent écrasée. Azra revient à la charge.

— Et tes doutes sont dangereux, Sibel.

— Dangereux? Non, c'est normal de douter.

— Peut-être, mais pas dans cette situation. Le doute est parfois confortable pour ceux qui ont du temps devant eux. Mais ici tes doutes peuvent te mettre en danger, un moment tu hésiteras à avancer et des soldats pourront te tuer ou peut-être même nous tuer tous. Toi et Cevdet, vous êtes dangereux. Oui, tous les deux, vous êtes dangereux. Cevdet avec sa peur et toi avec tes doutes. Regarde, tout à l'heure, Cevdet s'est arrêté brutalement alors qu'il ne fallait pas s'arrêter de courir.

Azra essuie furtivement les larmes qui coulent sur ses joues puis elle s'éloigne et reprend sa marche le long du mur.

C'est un choc pour Sibel. Et si Azra avait raison ? Si elle laissait la lumière entrer au fond de son cœur, qu'éclairerait-elle ? Une femme qui pense être lâche ou une femme qui pense être courageuse ? Peut-on vivre la tête haute, digne quand on pense que l'on est lâche ?

Ferhat s'est rapproché de Tekin, il porte Dervis sur ses épaules.

— Tu as eu peur ce matin toi aussi. Tu as cru qu'ils allaient m'arrêter, non ?

Tekin s'arrête un instant et regarde Ferhat droit dans les yeux.

— Non, c'est pas pour toi que j'ai eu peur mais pour ton frère. J'ai cru un moment que tu étais prêt à laisser arrêter Mirkan pour sauver ta peau.

Ferhat hausse les épaules.

— Bien sûr que non ! Mais je n'allais pas me rendre alors que l'on était simplement contrôlés.

Tekin baisse la tête et parle plus bas.

— Personnellement, je sais que l'on peut faire des choses dont on n'est pas fier pour sauver sa peau.

Ils ne l'ont pas entendu surgir et il est là planté devant eux à les regarder marcher en rasant les murs. L'homme est maigre et long, ils ne l'ont jamais rencontré, c'est encore un autre passeur.

— Mais combien sont-ils ? se demande intrigué Mirkan.

— C'est un vrai réseau ! marmonne Ferhat.

— Une vraie mafia, ajoute Welat.

Il est sept heures du matin et l'homme leur parle en turc d'une voix faible, à croire qu'il pourrait être entendu, alors qu'ils sont seuls au monde dans cet abri perdu au milieu de nulle part. L'homme est particulièrement bref.

— Un train va passer dans une heure exactement, il ralentira et vous monterez dedans. Au bout de deux heures de route, il ralentira à nouveau et vous sauterez en marche avant la gare. Elle est très surveillée, c'est une vraie chasse aux migrants là-bas.

À peine la phrase terminée, le passeur disparaît. Il est resté si peu de temps que tous se demandent s'ils n'ont pas rêvé.

Alors s'installe avec eux une heure d'attente, une heure à imaginer un train à grande vitesse qui traversera le monde. Une heure sans bouger, le regard posé vers l'horizon où le train doit apparaître et où les désirs de chacun se mêlent.

Une à une les voix s'élancent et les rêves se

dessinent. Un train avec des cuisiniers qui apportent un poulet au yaourt à l'ail, des desserts à la cannelle et des baklavas, annonce Welat. Oui, et avec une petite serviette posée sur l'avant-bras, ajoute Tekin que le goût du luxe rattrape toujours. Un train bercé de musique, demande Osman. Un train où il fait bien chaud et où les enfants s'allongent sur les fauteuils, ajoute Yusuf. Un train qui nous entraîne vers des matins sans bombes, murmure Azra. Et un train avec de beaux fauteuils en velours rouge comme dans les films, ne cesse d'ajouter Yoldas, les yeux brillants de désir.

Et le voilà qui arrive, c'est lui au loin qui déchire le vent et ils seront au chaud à l'intérieur dans quelques minutes. Ils sont debout, glacés sur cette parcelle de terre battue. Et ils le voient enfin, mais c'est une locomotive centenaire qui avance dans un crissement suraigu. La cabine est en fer rouillé et le train semble avancer dans la souffrance. Les bouches s'ouvrent, le désappointement se lit dans leurs yeux, le train ne s'arrête pas, il fonce, et ils voient les wagons à bestiaux ouverts qui passent devant eux. Combien de secondes hésitent-ils ? Cinq, dix ? Une chaleur s'abat sur Yoldas, elle l'étouffe, son cœur accélère comme un fou. Et c'est la rage de vivre qui écrase sa colère. Il hurle et sa voix porte, c'est un cri qui raconte que les hommes sont là, vivants, et qu'on ne les tuera pas, c'est le cri qu'il aurait dû pousser le jour où il a vu sur la place de son village ce qu'il n'a pu partager avec personne, un cri qui traverse la plaine, un cri de guerrier. Il se tourne vers ses compagnons.

— Faut monter ! Maintenant !

Mais le train ralentit juste à peine, et de façon mécanique les corps se déplient et les jambes se mettent à courir. Osman réussit à rattraper un wagon, Sibel est à côté de lui, il s'accroche comme il peut d'une main ou des deux peut-être, et son corps glisse sur le sol en fer. Osman tend sa main et attrape violemment le bras de Sibel et elle quitte le quai, comme happée. Alors il voit tous ses compagnons, le visage livide, les yeux hagards qui courent le long de la voie pour sauter dans un wagon ouvert. Yoldas court vite, il voit Azra, son bébé qu'elle soutient d'une main, Cevdet qui hésite, Tekin qui s'essouffle, et il comprend qu'ils ne réussiront jamais à monter tous.

Et les hommes courent plus vite, le wagon d'Osman ne peut plus être rattrapé, il ne faut pas louper les autres, Citseko est à bonne hauteur, Welat est à ses côtés.

— Vas-y maintenant !

Et Citseko pousse Welat, ses mains accrochent le portant en fer de la portière, ses jambes traînent au sol quelques instants puis il disparaît à son tour. Cevdet tremble, sa putain de peur lui colle aux jambes, elle s'abat sur lui, c'est fini, s'entend-il dire, mais du wagon une main lui attrape un bras et son corps maigre s'élève quelques secondes et s'échappe du quai — c'est la main de Welat qui l'a sauvé. Dervis est dans les bras de Yusuf, il se laisse dépasser par un wagon puis se remet à courir, il parie sur le wagon qui est derrière lui et qui sera à sa hauteur dans quelques secondes, il accélère en inspirant, il cherche le souffle qu'il n'a plus, un wagon ouvert est maintenant à son côté, il ne peut pas grimper avec le petit, impossible, il accélère encore un peu, ralentit un dixième de seconde et jette Dervis dans le wagon en hurlant : « Sonja, veille sur le petit ! » Yildiz est dans les bras de Tekin, il court de plus en plus vite. « T'inquiète petite, tu es comme ma crasseuse de sœur et je ne te lâche pas. » Il remonte le quai en accélérant comme un fou, il se rapproche d'un wagon ouvert, il entend la voix de Rabia, il ne sait pas ce qu'elle dit, son cœur bat trop fort et frappe jusqu'à ses tympans, d'une main il saisit la porte du wagon et il tombe en boule à l'intérieur avec la petite. Yusuf perd de la vitesse, Yoldas hurle : « Vas-y, Yusuf, vas-y, les petits sont dans le train », et alors la main de Mirkan se tend, Yusuf s'agrippe, glisse et disparaît dans le wagon comme aspiré. Yoldas court toujours, mais le train file et il ne reste plus que trois wagons derrière lui, la rage monte en lui, il faut respirer, Citseko est là à ses côtés, lui ne paraît pas essoufflé, il est très calme, Citseko. Yoldas jette un coup d'œil derrière lui, il voit qu'Azra est trop loin, c'est fichu pour elle, elle ne pourra pas grimper dans un wagon avec son bébé alors il se retourne et court à contresens du train, très vite, très vite mais le train cavale. Il voit passer un wagon, il court plus vite, il entend Citseko hurler mais il continue de foncer, il se jette sur Azra, l'attrape, la jette sur son épaule comme un sac à farine, fait demi-tour et repart dans l'autre sens. Il perd trop de temps, un autre wagon passe, il se remet à courir, il ne reste plus qu'un wagon, « c'est pour elle », pense-t-il, « c'est pour elle », le dernier wagon est à sa hauteur, « c'est maintenant ».

— Azra ! hurle-t-il.

Il attrape Azra par la taille et la fait basculer dans le wagon. L'effort physique l'a ralenti et il voit le wagon le doubler, il ne lâche rien, reprend de la vitesse, remonte le quai, rattrape le wagon, pas assez pour sauter dedans. Il accélère dans un effort surhumain, tend un bras, accélère encore, remonte à sa hauteur, le dépasse à peine, ralentit un dixième de seconde puis s'accroche à la portière, il se laisse traîner, ses jambes raclent le sol pierreux, il fait glisser le haut de son corps dans le wagon, remonte ses jambes dans un cri de douleur et se laisse rouler sur le sol en ferraille.

Alors Citseko, qui court toujours à côté du train, attrape la main de Ferhat qui hésite trop et va être doublé par le wagon. Il le tire comme un fou.

— Cours, mon frère, cours, on t'attend en Europe !

Il accélère pour entraîner dans sa course Ferhat, le visage de Citseko est extrêmement calme, sa concentration est au maximum, une seule phrase bat ses tempes : « Ne rien lâcher, ne rien lâcher.» Il dépasse à peine le wagon avec Ferhat, Citseko le pousse contre le train.

— Vas-y maintenant Ferhat, maintenant !

Ferhat ferme les yeux et se jette, ses mains se rattrapent à la portière, il arrache ses pieds au sol, remonte à la force des bras sur le plateau, se hisse et se jette à son tour à l'intérieur du train.

Citseko court toujours à la hauteur du wagon, il voit Beritan à quelques mètres derrière lui. Citseko ralentit.

— Plus vite, Beritan, plus vite !

Beritan, exténué, secoue la tête, il fait signe qu'il n'y arrivera pas. Citseko hurle.

— Vas-y, Beritan, bats-toi pour ton fils ! Vas-y !

Alors Beritan oublie son bras, oublie ce sang qui frappe son moignon à chaque effort et il accélère, son visage est rouge, la sueur perle à son front, il court toujours plus vite et remonte cette terre battue qui n'est pas vraiment un quai. C'est con, mais il pense encore à cette foutue chanson, puis comme un éclair il revoit le chien de Soliman et il court, Beritan, il court, il se voit dans des plaines riantes en train de courir avec le petit chien de Soliman, sa femme et son fils, et il sourit, Beritan. Il va y arriver, il va grimper dans ce foutu wagon. Alors comme une danse parfaitement orchestrée, Citseko se rapproche, attrape la portière et se jette dans le train, il s'allonge immédiatement sur le ventre et tend sa main à Beritan qui est à sa hauteur.

— Vas-y, Beritan, donne-moi ta main ! hurle Citseko.

Mais c'est une manche vide qui flotte au vent et qui est à la hauteur de Citseko. Et Citseko comprend trop tard que Beritan est mal placé, il croit qu'il a toujours son bras, ce sont ces putains de douleurs fantômes qui le trompent. Beritan ne comprend pas, il tend sa main, mais Citseko ne l'attrape pas.

— Attrape ma main, hurle Beritan ! Attrape ma main !

Alors, désespéré, Citseko attrape la manche du blouson.

— Je l'ai frère, je l'ai !

Et Citseko voit les yeux de Beritan qui brillent de mille feux, un sourire s'esquisse sur son visage, Beritan n'a pas compris, il croit que Citseko lui tient vraiment la main. Mais ce n'est que du tissu qui se déchire.

Et, horrifié, Citseko voit Beritan, déséquilibré, tomber et glisser sous le train. Happé.

Allongés sur le ventre, les visages penchés dans le vide, Citseko et Sibel, chacun dans un wagon différent, viennent de voir Beritan disparaître sous le train. Sibel repense à l'âme contenue dans le souffle et elle ouvre grand la bouche. Elle avale à pleins poumons l'air qui s'écrase sur son visage et lui fait plisser les yeux. Elle veut retenir le dernier souffle de Beritan, il doit être en elle pour continuer le voyage. Citseko lui aussi ouvre grand la bouche, mais c'est la douleur qui l'empêche de refermer ses lèvres. Combien de temps restent-ils la bouche grande ouverte à la porte de leurs wagons ?

Combien de temps ?

Comme pour fuir plus vite, le train prend davantage de vitesse et c'est à ce moment précis qu'un cri s'échappe de la gorge de Citseko. C'est un cri de rage, un cri qui balaie des années de soumission, de torture et de haine.

Que dire ? Ils sont tous passés de wagon en wagon pour se rassembler et ils sont là, sidérés, assis par terre à côté des poulets, des vaches et des chèvres. Aucun mot ne va d'une bouche à une autre. La douleur les brûle, ils pleurent leur ami. Alors les mains se joignent et en silence ils prient pour lui. Yoldas pense au petit chien de Beritan qui n'avait pas de nom et il ne sait même pas pourquoi.

La grande dame vient d'abattre une première carte et il fait soudain très froid, Welat ferme d'un coup sec la porte du wagon. Les hommes et les femmes se resserrent, sentent-ils la présence de la mort aux relents de charogne ?

Les animaux urinent au sol et le peu de paille qui est sous leurs pattes ne suffit pas à absorber les litres d'urine qui coulent partout sur le sol en tôle où, épuisés, hommes, femmes et enfants se sont tous assis. La petite Yildiz est venue se glisser sur les genoux de Tekin. Les relents d'excréments et d'urine sont épouvantables et pourtant il y a une dignité incroyable chez ces hommes qui se tiennent le dos bien droit et relèvent la tête, assis dans la pisse d'animaux. Les yeux à peine clos, ils ne sont pas là, assis sur ce sol en fer rouillé trempé, non, ils sont sur les fauteuils en velours rouge que leur a décrit Yoldas. Tekin ferme les yeux à son tour, oui, bientôt des serveurs viendront avec un bon repas chaud, une petite serviette blanche posée sur l'avant-bras. Tekin se redresse. Il regarde ses compagnons de route que rien n'abat jamais. Il sourit, ils seront kurdes jusqu'à la nuit des temps, qu'on le veuille ou non.

Impossible pour eux de descendre dans une gare. Le passeur les a prévenus, en Macédoine les gares sont pleines de soldats et ils seront immédiatement reconduits à la frontière, il faut qu'ils sautent du train avant d'arriver à la station. Le conducteur de train est au courant et ralentira. Alors Azra accepte que Welat prenne son bébé contre lui, c'est plus sûr. Elle le fait glisser avec douceur de son écharpe et le lui tend, des larmes coulent sur ses joues, elle s'en excuse. Elle bafouille qu'elle n'a plus que lui.

C'est Sibel qui se jette du train la première, elle tombe dans un fossé et roule en boule. Et c'est une pluie d'hommes, de femmes et d'enfants qui tombent sur la route. Sibel regarde tous ces corps qui s'élancent, volent quelques secondes et retombent. De ses lèvres s'échappe une chanson étrange, mais de qui la tient-elle ? *Depuis que j'ai accroché ma veste aux gouttes de pluie, je récite des poèmes dangereux…*

18

En direction de Struga, Macédoine

La marche a repris à vive allure, les ombres fuyantes sont derrière le dos large d'un passeur. Cet homme était là quand le train a ralenti, il était là dans le fossé à les attendre en fumant une cigarette, et maintenant cet homme sans nom s'enfonce très vite dans des chemins perdus, à l'abri des regards. Ils frôlent des haies, les vêtements bruissent, les mains se frottent, les visages se baissent. Le froid les accompagne. Ils avancent tels des rôdeurs, sans bruit, dans le silence de leurs seules respirations et le souffle de Beritan. La peine de Ferhat coule sur ses joues. Tekin a raison, ils ne peuvent pas être traités de cette façon. Erdouan les laisse mourir à petit feu, et si ce train avait suffisamment ralenti leur compagnon de route serait encore là avec eux.

Lorsque le passeur s'arrête, c'est devant une maison vaste et solennelle. Ils entrent et les bouches s'animent. Une vraie maison avec un toit, du chauffage, une table et des chaises. Pour la première fois, le passeur ne fuit pas les regards qui se posent sur lui, au contraire il les cherche.

— Je vous rapporte de la nourriture, je reviens.

Et aussitôt le passeur disparaît.

Les langues claquent, les mots se promènent, les corps reprennent du volume, occupent l'espace. Ils sont là, bien présents. Ils se laissent tomber sur les chaises.

La chaleur les emporte et le temps s'arrête pour leur ami qu'ils viennent de perdre.

Les confidences se murmurent, les mains se frôlent et les réponses surgissent.

Beritan est toujours parmi eux et tout ce qu'il a esquissé de sa vie avec les uns et les autres prend une autre dimension. En se rassemblant ils peuvent entendre l'histoire de Beritan en son entier, des bribes de conversation s'accrochent les unes aux autres et créent la version longue de sa vie si courte.

Yoldas apprend que le chien de Beritan s'appelait « le chien du vieux Soliman » faute de temps, sinon Beritan allait le baptiser Miraculé, c'est ce qu'il avait dit au petit Dervis quand il était sur les épaules de Tekin. Son fils avait cinq ans et sa femme était enceinte, il avait fait cette confidence à une seule personne, Azra, en caressant la joue de son bébé. Il était superstitieux et il attendait un peu pour s'en réjouir car sa femme avait déjà fait deux fausses couches. Le jour de l'explosion de son immeuble, sa femme et son fils étaient chez sa tante Demet qui vivait dans le quartier kurde d'Istanbul à Tarlabasi, c'est à Tekin qu'il avait cité ce nom.

Alors Citseko, qui habite ce quartier, se souvient qu'il connaissait une femme du nom de Demet, une chanteuse de rue talentueuse. Elle logeait près de chez lui et elle lui avait dit avoir un frère qui s'appelait Beritan et qui avait un petit garçon qu'elle recevait chez elle de temps en temps.

Citseko regrette de ne pas avoir eu cette information plus tôt, peut-être connaissaient-ils d'autres personnes en commun. À l'évocation de ce souvenir, Citseko remue la tête, elle chantait de drôles de chansons cette femme-là.

Ils sourient en se remémorant Beritan sur les épaules de Citseko, posé comme une écharpe. Et puis il y a des interrogations, mais que faisait Beritan dans la vie ?

S'était-il confié à quelqu'un à ce sujet ?

Sibel fait un geste de la main, oui il s'était confié à elle lors d'une longue marche dans la forêt. Elle regarde ses compagnons et, la bouche hésitante, elle murmure juste : « Plus tard, je vous raconterai… Là je ne peux pas… »

Et elle essuie ses larmes.

Le passeur est revenu et maintenant s'étalent sur la table des concombres, de belles tomates rouges, cinq gros pains ronds de Macédoine, des boissons, des cigarettes. « C'est exactement ce dont on rêvait », balance Welat, qui donne un gros morceau de pain à Osman. Alors les mains se tendent et les estomacs se remplissent. La vie bat à nouveau et prend ses aises. Yildiz va sur les genoux d'Azra, Dervis court autour de la table. Cevdet caresse les cheveux de Sibel, Tekin croque avec plaisir dans un concombre. Yusuf fume, la tête levée, il regarde les volutes de fumée s'échapper.

Yoldas raconte à Ferhat et Mirkan l'histoire du minibus d'Abdulcebar écrasé par un tank, ses rêves envolés mais la détermination de son père à ne jamais lâcher prise. Ferhat est étonné, il a déjà entendu l'histoire d'Abdulcebar car il connaît très bien la fille de Mehmet, c'est la femme qu'il aime, Nihal. Soudain cette femme devient un lien entre la vie de Yoldas et ce jeune peintre. Ferhat s'empresse de la décrire. Les longs cheveux de Nihal, ses yeux bruns en amande, sa douceur, sa bouche qui s'arrondit sous la surprise, ses promesses faites à sa mère défunte. Dès que le père de Yoldas aura racheté le café de Mehmet, sa fiancée viendra le rejoindre en Europe, depuis qu'elle n'est plus là il n'a que du vide à serrer entre ses bras et cela lui est insupportable. Un vide comme un gouffre.

Yoldas ne lui dit pas que son père n'a plus les moyens d'acheter le café. Non, il ne veut pas faire de la peine à cet homme qui tient debout grâce à l'amour. Ni Ferhat ni Yoldas ne voient le visage de Mirkan s'assombrir douloureusement, seule Azra qui les observe ressent le malaise du jeune homme.

Le bruit des paroles continue de s'échapper,

les voix portent et les mots ne se chuchotent plus. Chacun se rapproche et parle comme pour mieux écraser la douleur que représente l'absence de Beritan. Et puis, quelques heures plus tard, c'est leur fuite qui s'organise à nouveau, une voiture stationne dehors pour les déposer à l'hôtel où les attend Erdouan. Le groupe se scinde en deux et Yoldas revoit le regard fourbe de ce passeur qui leur a menti. *Trois mille cinq cents euros et cinq jours de route pour toi et tous les Kurdes qui t'accompagneront.*

Ils sont tous là dans leurs chambres, les mains tremblantes à retirer leurs chaussures. Brûlés par la neige, les pieds sont à vif, purulents et gonflés. Les vêtements sont tombés par terre comme une pelure que l'on jette et, nus, ils se sont glissés sous les douches brûlantes.

Maintenant l'eau coule sur les corps épuisés, elle les réchauffe, détend leurs muscles, nettoie leurs plaies. Les visages basculent sous l'eau comme on tend le cou vers une pluie inespérée après de très longs jours de sécheresse. Pour les hommes c'est leur première douche depuis leur départ d'Istanbul.

Plus tard, c'est un véritable repas avec des plats chauds dans la cafétéria de l'hôtel qui prend l'allure d'un banquet. Non, ils ne rêvent pas, ils sont bien là assis ensemble, vivants, à attraper à pleines mains les cuisses de poulet.

Welat et Osman ajoutent des épices.

— C'est grand ici, notre futur restaurant sera tout petit.

La bouche pleine, les frères Ferhat et Mirkan leur donnent raison en hochant la tête.

— Il faut surtout qu'il fasse bien chaud, lance Azra en donnant de la purée à Ersin.

Welat la rassure.

— Oui, il fera chaud, il y aura une grande cheminée dans laquelle on fera cuire les viandes sur un feu de bois.

— Et il y aura tout le temps de la musique, annonce Osman.

— Ça c'est bien ! Vous savez, je n'ai pas le talent de mon frère, je ne suis pas un artiste comme lui, mais moi je danse très bien, ajoute Mirkan d'une voix timide.

Yoldas sourit.

— Tu pourrais peut-être donner des cours de danse turque aux Européennes !

— Ou peut-être danser dans le restaurant d'Osman et Welat, ajoute Tekin en riant.

Citseko éclate de rire et leur imagination les emporte. Un petit restaurant chaleureux où Mirkan danserait langoureusement comme une professionnelle, une vraie première ! Yusuf trouve que l'idée est à exploiter, surtout celle de donner des cours de danse aux Européennes, et il s'empresse de l'ajouter à sa liste, après tout lui aussi sait danser.

Ils se surprennent à des rêves au-delà du possible et du raisonnable. Yoldas construit le restaurant, Osman en est le propriétaire avec Welat qui cuisine, Mirkan danse le soir, Azra, Sibel et Cevdet font le service, Ferhat se sert du restaurant comme d'une galerie d'exposition, Citseko vient signer des autographes et donne de l'argent pour agrandir le restaurant quand il fonctionne bien, Tekin et Yusuf s'occupent de faire de la publicité pour que l'établissement soit connu internationalement.

Et maintenant les conversations courent entre les uns et les autres, elles s'échappent. Ils s'autorisent enfin à se livrer davantage. Face à la perte de Beritan, c'est la fragilité de leur propre vie qui est en miroir.

Sibel quitte la table, va dans un petit salon feutré et s'assoit sur un canapé, Tekin et Yoldas la rejoignent. La jeune femme se tient bien droite, elle regarde Cevdet qui est encore à table, la petite Yildiz sur ses genoux. Sibel se confie à ses deux compagnons de route.

— Moi aussi mes parents sont paysans.

Comme une porte que l'on ouvre, des souvenirs communs apparaissent immédiatement ; des champs à perte de vue dévalés en hurlant, des chèvres et des vaches caressées, des frères et des sœurs aimés et parfois tyrannisés.

— Si, si, j'ai assommé mon petit frère Erhan ce jour-là, insiste Tekin. Il ne voulait pas me donner son pull.

— Et moi mon frère m'a cassé le bras, comme ça d'un coup de pierre, ajoute Yoldas.

Sibel sourit.

— Et moi, mon frère a cassé le nez de Cevdet.

— Pourquoi ? demandent-ils d'une même voix.

— Mon frère a toujours été jaloux des garçons qui étaient autour de moi, et il leur a cassé le nez à tous en me disant que celui qui reviendrait chez nous après un coup pareil serait le bon. Et Cevdet est revenu.

Yoldas rit en imaginant toute une partie du village où des hommes se promènent encore aujourd'hui avec le nez cassé, en baissant plus ou moins la tête dans la rue afin de ne pas être repérés.

— N'exagère pas, Yoldas ! Pas toute une partie du village quand même !

Tekin pense à sa petite sœur Rojbin, quelle femme deviendra-t-elle ? Et il se confie, il a besoin de raconter sa famille toujours contente d'un rien, et il leur parle de Rabia, sa mère.

— Elle travaille aux champs depuis toujours. Elle a le dos tordu et elle rit tout le temps comme une folle parce que, chez moi, la misère ils ne la voient pas. La seule chose qui compte c'est d'être tous ensemble. Ils sont heureux avec deux vaches et un mouton et quand les assiettes sont vides, Diyar, mon père, dit qu'il y aura forcément plus demain. Depuis quelque temps, il a ouvert un garage, ça marche pas mal mais je…

La voix de Tekin tremble affreusement, Sibel l'attrape par le cou, a-t-elle senti de la douleur dans l'histoire de Tekin ?

— Tekin, tu n'es pas le seul, on trimbale tous quelque chose de lourd.

— Je ne sais pas… Tu as quelque chose qui traîne derrière toi et t'empêche parfois d'avancer?

Sibel hoche la tête.

— Oui, j'ai parfois des doutes à porter.

Son regard s'échappe à nouveau vers Cevdet. La petite Yidiz a quitté ses genoux pour aller traîner sur ceux de Citseko. Le jeune boxeur s'est levé, et l'enfant accrochée à son dos s'improvise cavalière.

— Vous montez à cheval tous les deux?

En guise de réponse, un immense sourire éclaire le visage de Yoldas et Tekin.

Leurs souvenirs se mêlent, les trois sont maintenant à cheval et galopent comme des fous dans les vallées riantes du Kurdistan. Ils rient, s'écoutent et se regardent.

Pour la première fois depuis le début de leur traversée, Tekin découvre Sibel sans Cevdet accroché à son bras, et son cœur se met à battre étrangement plus vite.

Osman, Welat et Ferhat sont assis ensemble au fond d'un petit salon. Leurs visages sont très graves. Ferhat les écoute tête baissée, accablé, ses mains bougent dans tous les sens. Il relève soudain son visage, il est livide.

Au loin Tekin, intrigué, observe la scène. Que se disent-ils?

Erdouan ne revient pas les retrouver le soir même comme convenu pour leur donner les prochaines directives. Alors les jours passent et se comptent.

Cinq jours où chacun se regarde et se découvre davantage. Cinq jours où la mort est barricadée et où les visages, écrasés sur les vitres des fenêtres, veulent changer l'horizon.

Cinq nuits aussi belles que les jours.

Cinq nuits à dormir pleinement mais aussi à danser, et c'est Osman qui ouvre le bal avec une danse folklorique — le réceptionniste de l'hôtel lui a prêté de quoi écouter de la musique, et dans la chambre de Yusuf, la plus grande, ils oublient l'enfer traversé sans penser au lendemain. C'est à la musique qu'ils obéissent et à rien d'autre, elle bouscule leurs peurs et s'accorde à leur bonheur tout neuf. Il y a du rêve pour tous. Les mains s'accrochent les unes aux autres et, en ligne, ils avancent. Le sourire aux lèvres, Yoldas est avec celle qui l'attend quelque part, que fait-elle pendant que lui danse ? Ferhat a les yeux qui brillent et serre dans ses mains le souvenir de Nihal — *On se retrouvera un jour, Ferhat, je te le jure* —, c'est la douce voix de la jeune femme qui lui souffle à l'oreille, pas de doute possible. Le cœur de Mirkan palpite, il s'imagine à la place de Ferhat, c'est lui qui tient dans ses bras Nihal le matin où son frère l'aimait dans les herbes hautes. Tekin saute dans tous les sens avec la petite Yildiz qui éclate de rire, et c'est le rire de sa sœur Rojbin que Tekin entend résonner. Welat ose et invite Azra à entrer dans la danse mais elle refuse en souriant — Dervis contre ses jambes — alors Welat se détache de ses compagnons et face à eux il danse seul et tend les mains à Azra pour qu'elle vienne le rejoindre. Le corps d'Osman n'épouse pas celui d'une femme dont il rêve mais se plie à la musique, ses pieds s'élèvent du sol avec légèreté, ses bras se dressent. Cevdet et Sibel suivent le mouvement, Citseko est à côté de Yusuf et tous avancent parfaitement synchrones. Cette musique est faite pour eux, elle offre du baume à leurs corps endoloris, épouse le chant de leurs âmes blessées, met en relief les nuances de chacun, fait danser les morts. C'est un moment de grâce qu'ils vivent et ils en sont conscients, à cet instant ils s'aiment sans réserve, liés par la dureté de cette vie dont ils veulent se débarrasser.

Erdouan est enfin là.

Il se poste face à eux, mais il ne cherche pas à croiser leurs regards, surtout celui de ce Yoldas qui le met mal à l'aise.

Il est venu jusqu'à eux récupérer le solde de la somme que chacun leur doit, et ce immédiatement. Yoldas refuse — ce n'est pas ce qui était convenu, balance-t-il d'une voix assurée et forte.

Un lourd silence s'installe, Ferhat devient livide et Cevdet tremble, il n'aime pas les conflits. La bouche de Yoldas reste maintenant fermée, il fait juste non d'un hochement de tête de gauche à droite. Il n'arrête pas, le mouvement de tête semble mécanique. Le silence perdure et toujours ce hochement de tête en signe de refus. Sibel relève le visage, elle regarde Yoldas, il lui insuffle la force de dire non. Elle se rapproche d'un pas solide, se place à côté de lui et elle-même tourne la tête fermement de gauche à droite, les yeux plantés dans ceux fuyants d'Erdouan, et c'est alors comme une vague qui se propage, toutes les têtes remuent dans un même élan signifiant leur refus implacable.

Erdouan fait signe à Yoldas de le suivre. Les deux hommes s'éloignent et vont dans un petit local qui sert à ranger les valises.

— Vous payez maintenant ou vous repartez immédiatement en Turquie. J'ai besoin de cet argent, je suis déjà perdant. Sakir m'a raconté qu'un type de votre groupe était passé sous le train. C'est vraiment dommage mais je ne vais pas attendre que vous tombiez les uns après les autres comme des mouches, vous réglez tous et maintenant.

Erdouan a employé les mots qu'il ne fallait pas et c'est le son déchirant d'un train qui freine, qui hurle soudain dans les tympans de Yoldas. Non, Beritan n'est pas mort pour rien et il va le lui prouver maintenant. Les images se mélangent, il revoit sa grand-mère Gonül, toute petite, usée jusqu'à la corde par des années de soumission et de misère, secouant sa main ridée à outrance pour lui dire au revoir sur le pas de la porte, sa mère cachant ses larmes en train de balayer leur petit restaurant bombardé.

Alors une force monte en lui, une chaleur

immédiate l'enveloppe, un cri de rage s'échappe de sa bouche qu'il tenait fermée depuis quelques minutes et il se jette sur Erdouan.

C'est le combat d'un homme qui ne supporte plus l'injustice, la souffrance, la mort au pas de sa porte. Il roule sur Erdouan, lui balance son poing dans la mâchoire, ce n'est pas que pour lui qu'il se bat mais pour Beritan courant derrière un wagon, sa manche flottant au vent, sa vie s'échappant sous le train. Il frappe avec rage, c'est aussi pour toutes ces nuits sans sommeil, pour cette attente mortelle dans des forêts hostiles, pour avoir crevé de froid et de faim, pour un voyage promis à la mort et non à l'Europe.

Les corps roulent, Yoldas est maintenant sur Erdouan, son nez et sa bouche saignent, le sang coule le long de ses tempes et s'échappe sur le carrelage crasseux. Yoldas maintient Erdouan de tout son poids au sol, et ses mains se jettent sur son cou. Son regard est plongé dans ses yeux, lit-il la souffrance de Yoldas, de tous ses compagnons depuis bientôt quinze jours ?

C'est un combat qui se joue au regard, la vie de l'un passe dans les yeux de l'autre. Ce que Erdouan a toujours refusé de voir, Yoldas lui injecte. La souffrance de son peuple kurde qui cherche à s'échapper, l'argent économisé pour pouvoir fuir, cette deuxième chance qu'on leur refuse, l'horreur qu'ils viennent de traverser. Erdouan ne cherche pas à éviter son regard, il plonge dans les yeux de ce Kurde qui le dérange, il pense à ses sept enfants qu'il doit nourrir, c'est un travail comme un autre dans ce pays qui convulse, voué aux désordres. Ils se battent tous comme ils peuvent contre la misère. Les mains de Yoldas se mettent à trembler, il voudrait serrer davantage ce cou qui se tend mais ses doigts n'obéissent pas, il n'est pas un assassin. Il ne pourra jamais le tuer et Erdouan sent peu à peu la pression imposée sur son cou se relâcher. Yoldas desserre son étreinte lentement, le regard toujours plongé dans le sien.

Erdouan tousse, il est d'accord, il ne réclamera pas le solde des sommes dues avant qu'ils ne prennent le bateau pour l'Italie. Pas avant. Puis il se relève d'un bond, va aux toilettes et jette de l'eau glacée sur son visage tuméfié. Il se regarde dans le miroir, passe ses doigts sur ses plaies comme pour mieux les inscrire dans sa mémoire. Il va le regretter, pense-t-il, oui, il va le payer très cher, puis il crache au sol avant de claquer la porte.

Il revient quelques minutes plus tard. Tous sont prêts, les sacs gonflés de nouvelles provisions.

Le passeur prévient qu'ils ont perdu beaucoup de temps et que c'est très regrettable. Le groupe va se scinder en deux de façon définitive. Par sécurité, dès maintenant, ils n'emprunteront pas le même chemin. Erdouan prend un petit papier qu'il déplie rapidement et demande aux personnes qu'il va appeler de se placer à sa gauche.

C'est un coup de poignard auquel personne ne s'attendait. Les cœurs frappent douloureusement les poitrines, et une à une les mains se tendent et s'attrapent pour ne faire plus qu'une longue chaîne humaine. Ils se revoient ensemble titubant de fatigue, marchant dans les forêts, portant les enfants à tour de rôle des nuits entières, traversant le fleuve en file indienne, allongés les uns sur les autres dans la citerne à gaz, rassemblés dans le wagon de train, assis par terre avec les animaux. Comment continuer la route ? C'est une part d'eux-mêmes qu'ils perdent, c'est une horrible souffrance que de se séparer.

Erdouan jette des noms dans le silence et les gorges se nouent.

— Yusuf et les deux enfants, Ferhat et Mirkan, Osman.

À l'annonce du prénom de son ami, Welat s'est avancé mais Erdouan le repousse.

— Non, il n'y a que six places.

Personne ne sait ce qui lie ces deux-là et pourtant, de façon instinctive, ils savent qu'ils sont inséparables. Welat devient fou, il est prêt à rebrousser chemin, il n'est pas question pour lui de continuer le voyage sans Osman. C'est comme assassiner leurs pères une nouvelle fois, la douleur est trop forte. Sibel est effondrée, elle ressent la souffrance des deux amis et serre très fort la main de Cevdet. Alors Yoldas s'avance et demande à échanger sa place avec Osman. Le visage d'Erdouan devient rouge sang et il repousse Yoldas.

— Non, toi tu restes là.

Avant même que Yoldas ait pu rétorquer quoi que ce soit, c'est Ferhat qui sort du groupe imposé par Erdouan et qui pousse Welat à prendre sa place. Erdouan s'impatiente. La voiture les attend et, quoi qu'il en soit, ils pourront toujours se revoir en Europe. Ferhat hésite, il semble regretter ce qu'il a fait mais c'est déjà trop tard, il voit Erdouan pousser Mirkan dans la voiture. Son petit frère le regarde les yeux perdus, comment Ferhat peut-il l'abandonner ainsi ? Welat et Osman s'engouffrent à leur tour dans la voiture. Les enfants effrayés s'accrochent à la jambe de Yusuf qui fait un petit signe de la main à ses amis avant de disparaître lui aussi.

Leur départ est si rapide qu'ils n'ont pas le temps de se serrer dans les bras, et c'est avec horreur que Tekin, Yoldas, Sibel et Cevdet, Citseko, Azra et Ferhat voient six de leurs compagnons disparaître dans la nuit.

Tekin se met à crier, il ne veut pas que les enfants les quittent, il s'est attaché à Yildiz, elle est devenue comme sa petite sœur qui traîne toujours dans les pattes de tout le monde. Et dans cette histoire-ci, là non plus, il n'a pas pu dire au revoir à cette petite qui ressemble tant à Rojbin. Il court dehors et essaie de rattraper la voiture, il accélère mais la voiture est déjà loin. Le vent s'est levé et il croit entendre la voix de sa mère : *Ne pars pas, mon fils. Comment grandiront tes frères avec ton absence collée à leur cœur ?*

Alors il s'effondre, et c'est Citseko qui l'a suivi qui lui offre ses bras pour pleurer.

19

Entre Struga, Macédoine, et Vlorë, Albanie

Les corps se replient sur eux-mêmes, les bouches ne tremblent plus, les mots se font rares. Ils sont dans une voiture familiale aux vitres teintées, cachés sous des couvertures. Trois longues heures de route en voiture, comme une parenthèse finalement nécessaire pour accepter l'absence d'une partie de leurs compagnons. Ils s'imaginent emprunter des petites routes pour être une fois de plus invisibles, rester à l'abri des regards. Ferhat étouffe, il voudrait que le vent glacé fouette son visage. Il a envie de vomir, il a fait le choix de laisser partir seul son petit frère, lui en veut-il ? Une idée fixe ne le quitte pas : en changeant les projets d'Erdouan au dernier moment, a-t-il condamné ou sauvé Mirkan ? C'est comme un pressentiment tenace qui le talonne, un seul groupe arrivera au bout du voyage. Divague-t-il ?

Azra est, elle aussi, silencieuse, elle ne cesse de penser à Welat. Elle revoit la main qui attrape la sienne pour éviter qu'elle ne tombe dans les sentiers escarpés, elle repense à Welat saisissant Ersin contre sa poitrine pour sauter du train. Où qu'il soit cet homme qu'elle connaît si peu restera à ses côtés, elle le sait, il va continuer de veiller sur elle et son bébé. Elle pressent que lui aussi pense à elle.

Sibel cherche à dormir, elle doit oublier cette combattante kurde rencontrée il y a quelques mois, oublier l'histoire d'Emite racontée par Beritan. Elle ne doit plus douter, Azra a raison, et pourtant elle entend toujours cette petite voix qui lui dit que son histoire n'appartient qu'à elle seule, que rien n'est encore définitif et que tout peut encore changer.

La voiture s'arrête à l'orée d'une forêt, on leur demande de descendre et à nouveau le froid s'abat sur eux, moins glacial mais plus humide. Citseko ne veut pas que l'absence de leurs amis rende leurs pas plus lourds que d'habitude, ils doivent foncer, dorénavant ils ne formeront pas un groupe mais deux à distance.

— Eux aussi doivent penser à nous, il faut juste arriver en Italie, sinon on n'aura aucune chance de se retrouver.

Alors ils se serrent les uns contre les autres et se mettent en marche. Déterminés, ils avancent, il ne faut pas capituler maintenant. Ils suivent une nouvelle fois le dos d'un passeur, celui-ci presse le pas, ils règlent leur cadence sur la sienne et s'autorisent le nouveau groupe qu'ils forment.

Ils n'auront plus, hélas, Yildiz et Dervis à porter et il faut qu'ils s'habituent à ce que leurs bras ne se tendent plus pour que les petits se reposent. Les nuits seront plus longues. Ils sont sept maintenant et Cevdet se surprend à penser que c'est un bon chiffre finalement.

Derrière eux, une armée d'ombres se bouscule, Beritan et son chien, son fils et sa femme, Welat et Osman, Yusuf et sa sœur, Dervis et Yildiz, et Mirkan qui trotte au côté de son frère, lui qui s'est si peu dévoilé toute la première partie du voyage.

Le passeur finit par les abandonner dans un petit cabanon — une voiture viendra vous reprendre plus tard, leur lance-t-il en reprenant sans tarder le chemin inverse.

Par précaution, les hommes continuent de marcher sur place pour garder le peu de chaleur qu'ils ont sur la peau. Leurs pieds frappent le sol, la buée s'échappe de leur bouche pourtant muette.

Sibel et Azra entrent dans le cabanon, Azra a besoin de s'asseoir, ces deux heures de marche lui ont brisé le dos. Ersin semble de plus en plus lourd. Dans la première pièce traînent quelques chaises et plusieurs sacs sont posés sur une table. À l'intérieur, de la nourriture et des cigarettes. Les femmes appellent Cevdet, Yoldas, Tekin, Citseko et Ferhat.

Ils mangent peu, ils préfèrent faire des réserves, puis ils s'assoient, et ce sont les souvenirs qui nourrissent leur attente. Le temps qui s'écoule ne compte plus.

Un vieux 4×4 arrive vers minuit. Le véhicule roule doucement pour éviter de se faire remarquer. Ils l'entendent à peine. Ils se lèvent, reprennent leurs sacs à dos, sortent et grimpent vite dedans. À peine trente minutes de petites routes escarpées, et déjà le conducteur les lâche devant un grand cabanon en bois dissimulé par la végétation. Avant de redémarrer le chauffeur leur fait de grands gestes et ils croient comprendre qu'une autre voiture passera les prendre.

Ils tournent en rond, s'inquiètent. Pourquoi ont-ils ce sentiment d'être dans une souricière ? Pourquoi ont-ils les mains si moites ? Il y a un poêle à bois, Yoldas se charge de faire le feu avec Tekin et ils sortent chercher quelques branches dans la nuit.

La maison est un lieu de passage où chacun a inscrit sa détresse. Sur les murs des milliers de petits mots sont gravés dans le bois comme des suppliques.

Citseko lit à voix basse : « À mes frères que je ne reverrai peut-être jamais. » « Trop fatiguée, trop froid. »

Ferhat : « Pardon, maman, prie pour ta fille qui regrette, trop difficile. »

Azra : « Si je ne survis pas, Ebru est passée là. »

Sibel : « Nous restons ensemble, nous y arriverons. » « Je prie encore. »

Cevdet hurle.

— Regardez ! Venez voir ! Lisez ça !

« Yusuf, Dervis et Yildiz, tout va bien pour nous, nous sommes passés là. »

Ça ne peut pas être d'autres personnes, ce n'est pas possible, alors c'est l'immense espoir de les revoir qui ôte soudain leur angoisse.

Le cœur de Ferhat se met à battre très fort, peut-être que Mirkan lui a laissé un mot. Il se plante près d'un premier mur et cherche parmi les centaines d'inscriptions quelques phrases de son petit frère.

Azra ne comprend pas pourquoi sa gorge est si nouée. Elle ne dit rien à ses compagnons, mais elle aimerait voir un petit mot réconfortant de Welat pour elle, juste pour elle. Et ses doigts courent fébrilement le long du mur où Yusuf a noté sa présence mais elle ne trouve rien. Alors elle s'attaque au mur d'en face, mais dans la multitude des inscriptions ses yeux se fatiguent, elle se perd et jamais elle ne trouve le prénom de Welat. Ferhat cherche lui aussi, en vain.

Cevdet les rassure, leurs anciens compagnons n'ont probablement pas eu le temps de laisser un mot, ou alors leurs inscriptions sont simplement noyées parmi toutes les autres.

Quand Tekin revient avec des branches plein les bras, Ferhat lui fait signe de le rejoindre. Tekin pose le bois au sol et Yoldas se met à remplir le poêle.

Ferhat a besoin de parler et il sent que Tekin est la personne qui peut le comprendre le mieux.

— C'est très dur de continuer sans mon frère, mais crois-moi, je ne pouvais pas faire autrement.

Tekin hoche la tête, sa voix tremble.

— C'est ton choix, je le respecte. Moi je suis parti sans embrasser mes frères et mes sœurs, je n'ai prévenu personne, je voulais fuir la misère et je suis parti comme ça en claquant la porte. Ils ont dû m'attendre pour dîner ce soir-là, et sans doute les jours suivants. Tu vois, ce n'est pas moi qui peux te juger.

Ferhat ressent toute la peine de Tekin, il lui souffle à l'oreille.

— Tout se répare, j'en suis sûr, tu verras.

— Il faut que leur cœur soit grand alors, murmure Tekin.

— Écoute Tekin, Nihal, ma fiancée, m'a offert un soir ces phrases pleines de sagesse : *J'ai demandé le pouvoir, et je l'ai trouvé dans la connaissance. J'ai demandé l'honneur, et je l'ai trouvé dans la pauvreté. J'ai demandé la consolation, et je l'ai trouvée dans le désespoir.* Crois-moi, le soleil sera un jour à notre porte, Tekin.

Mais, peu à peu, à nouveau l'angoisse s'écrase sur eux, les mots de ces fugitifs étalés sur tous les murs comme des bouches qui hurlent leur souffrance ne leur sont plus supportables. Ils décident de rester près du feu de bois et de focaliser leurs regards uniquement sur les flammes qui dansent. Vers deux heures du matin, c'est un gros 4 × 4 noir blindé aux vitres teintées qui glisse sous l'unique petite fenêtre et fait des appels de phares. En silence, ils sortent de la maison et s'engouffrent dans le véhicule. Les chauffeurs ont un physique impressionnant. Obèses, ils gardent un visage très fermé. Quelques minutes plus tard, ils se retournent vers eux et leur parlent. Personne ne les comprend, en quelle langue s'expriment-ils ? Énervés, ils leur font signe de baisser la tête d'un geste brusque et sans appel. Citseko murmure à Ferhat qu'il ne comprend pas, il fait nuit et les vitres sont teintées, comment pourrait-on les voir ?

Ils roulent à grande vitesse pendant une trentaine de minutes. Curieux, Yoldas et Ferhat jettent un coup d'œil discrètement. Est-ce pour les perdre qu'on leur interdit de regarder la route qu'ils empruntent ? Ils traversent une ville à vive allure. Au bout d'une quinzaine de minutes Citseko regarde à son tour par la vitre de sa portière et murmure pour ceux qui n'ont pas relevé la tête :

— On arrive près d'un pont, il y a des soldats, je crois que c'est une patrouille ou un poste frontière !

La voiture ralentit à peine et leurs cœurs accélèrent. Des soldats armés leur font signe de s'arrêter, le conducteur regarde le passeur qui se met à hurler.

— Non, non, non !

Et la voiture fonce.

Immédiatement les tirs fusent, le chauffeur prend de la vitesse. Azra tient Ersin fermement contre son corps, elle est assise à côté de Yoldas et commence à prier. Yoldas lui attrape la main. Les respirations se font sourdes. Le chauffeur accélère toujours. La police les poursuit. Ferhat comprend que la situation est cette fois sans appel, ils risquent tous de prendre une balle.

Yoldas jette un coup d'œil par le pare-brise arrière et, effrayé, il voit une voiture qui se rapproche, fenêtres ouvertes, kalachs sorties. Il se jette sur Azra pour la protéger et tombe avec elle entre les sièges.

La voiture continue de foncer sous le bruit des tirs. Sibel reste étonnamment calme, elle laisse glisser son corps entre les deux banquettes. Tekin a l'impression de flotter, ses pensées arrivent en vrac, Cevdet est à côté de lui aussi raide qu'un mort, il est tellement replié sur lui-même qu'il semble minuscule. Tekin se couche sur Sibel pour la protéger. Ferhat prie à voix haute, il veut juste vivre encore un peu. Les pleurs et les cris des uns et des autres se mélangent. Citseko est trop grand pour disparaître des vitres de la portière et, ahuri par la violence de la course-poursuite, il reste sans bouger comme en état de choc. Le temps est infiniment long, ponctué par ces tirs qu'ils connaissent trop bien. Azra entend les pleurs de son bébé, elle ne cherche pas à les étouffer. La voiture fait maintenant demi-tour et repart dans l'autre sens. Elle fonce à nouveau, bondit et entre dans une ruelle. Les pneus crissent et n'amortissent pas les chocs qui les secouent et les font valser dans tous les sens.

Citseko a réussi à se contorsionner et son corps écrase le dos de Ferhat.

Les tirs se font plus lointains, la voiture distance les soldats. Personne ne bouge. La voiture zigzague encore puis entre dans une cour et fonce dans un grand garage où le rideau métallique se ferme derrière eux dans un bruit affreusement aigu.

Le chauffeur hurle et ils comprennent qu'ils doivent descendre.

Effrayés, en larmes, ils quittent le véhicule et se retrouvent dans un vieux garage. Dans la pénombre, ils empruntent une porte qui les mène dans une cuisine. Un des deux conducteurs les fait traverser le jardin en courant. Un autre 4 × 4 blindé, semblable au précédent mais de couleur rouge, est garé. Ils montent dedans et reprennent immédiatement la route. Ils roulent à vive allure et personne ne bronche.

Vers quatre heures du matin, la voiture s'immobilise enfin. Les passeurs ouvrent la portière de droite et — à force de gestes — leur font comprendre qu'ils doivent se laisser glisser dans le fossé et qu'une autre voiture viendra les chercher plus tard.

La voiture reprend la route et les laisse marchant à tâtons dans le noir. Citseko et Cevdet passent en premier et retiennent dans leurs bras Azra et Sibel. Ils descendent doucement dans le fossé qui prend des allures dangereuses de ravin. Ils ne s'aventurent pas très loin et décident de rester tous couchés dans les ronces, ils ne peuvent pas déambuler comme à l'accoutumée sans risquer d'être repérés depuis la route.

— C'est l'enfer, murmure Yoldas.

Ils ne doivent pas être très loin d'une forêt, les

hurlements des loups se font entendre distinctement. Les buissons semblent infestés de serpents. Alors, de toutes leurs forces, ils donnent de grands coups de pied dans les ronces, leur peau se déchire et, épuisés, ils s'accroupissent. Ils grelottent, il faut parler pour repousser la mort et ne pas s'endormir. Les hommes discutent entre eux. Leurs conversations ne veulent pas dire grand-chose, c'est juste une passerelle d'une vie à une autre pour ne pas se perdre dans le silence.

Azra se rapproche de Sibel, elle a besoin de se confier, le poids de ce qu'elle cache depuis qu'ils ont pris le car à Istanbul est trop lourd. Comme un condamné qui veut se confesser, elle va lever le voile sur ce qui la rend muette. Elle s'assoit, pose ses mains sur son manteau pour que le petit ait encore plus chaud.

La voix d'Azra tremble, mais elle est prête.

— Une fois, tu m'as dit que tu avais l'impression de me connaître. C'est vrai, Sibel, nous nous sommes déjà rencontrées et je m'en souviens très bien. Je t'ai vue un matin à Cizîr, tu as longuement parlé à une jeune combattante.

Un grand silence se pose. Azra reprend.

— En réalité, je m'en souviens parfaitement, ce jour-là le monde a basculé. Mais d'abord il faut que je te parle de ce qui s'est passé le matin. L'air était trop lourd, j'avais l'impression qu'il s'abattait sur moi, c'était étrange, j'étais comme écrasée. Personne ne trouvait l'air trop lourd mais moi je me souviens très bien avoir arraché mon foulard, avoir posé mes mains sur mes joues humides, m'être passé de l'eau glaciale sur le visage. Pourtant, il faisait froid dehors, très froid. Puis il y a eu ce corbeau hideux sur le bord de la fenêtre, d'un coup de bec sec il a frappé au carreau et s'est envolé. Je me souviens avoir regardé le ciel mais il n'y avait pas d'oiseau. Rien que ce matin blafard, oppressant, beaucoup trop silencieux, hormis ces petits frappements que j'avais cru entendre. J'ai attrapé mon écharpe et je suis sortie. J'ai fait quelques pas, et à nouveau cette lourdeur étrange qu'il y avait dans l'air s'est écrasée sur moi. Je suis rentrée dans la maison, je me suis enfermée à clé et je me suis recroquevillée sous la table. J'étais sûre que la mort était là, Sibel, je l'ai sentie comme on sent une personne qui vous espionne. Et il y avait lui, lui et son regard. Ersin dormait dans son petit lit d'enfant et jamais je n'avais vu ses yeux comme ça, des yeux agrandis par l'effroi. Des yeux qui disaient qu'il avait trop peur pour rester seul dans son lit, alors je l'ai pris dans mes bras et je l'ai bercé. Et j'ai su que plus jamais je ne pourrais le laisser loin de moi, jamais. C'était comme un appel. Ce matin-là, oui, quelque chose s'est passé. Longtemps, très longtemps ce poids est resté sur moi, ma respiration était irrégulière. Deux heures plus tard, peut-être plus, peut-être moins, je ne sais pas, ma sœur Esma a ouvert la porte et elle s'est écroulée sur le sol. Elle avait marché près de deux heures, évitant les lance-roquettes, les mains sur les oreilles. Elle ne s'était pas cachée, elle n'avait cherché à esquiver aucun tir et elle n'avait pas été blessée, non. Le père d'Ersin avait été tué et elle l'avait vu tomber. Ma mère est arrivée, elle a gardé le petit et nous sommes allées reconnaître le corps. C'est là que je t'ai vue, tu parlais à une combattante kurde.

Azra est soudain mal à l'aise. Elle se lève brutalement comme pour signifier que la conversation est close.

— Je ne peux pas t'en dire plus, excuse-moi, c'est trop difficile, plus tard peut-être.

Ferhat regarde Azra qui va s'asseoir plus loin, il lit dans son regard la même peur qu'il porte. Quelle est son histoire ? Son lot de désespoir à trimbaler ? Le jeune homme ne peut pas s'empêcher de penser que la grande dame rôde, qui sera le prochain ? Et si c'était lui qui portait malheur avec sa condamnation aux trousses ? Ou elle ? Il le pressent, la belle Azra cache quelque chose.

Quatre heures d'attente. Il est huit heures du matin quand une nouvelle voiture ralentit. Ils ont si froid qu'ils n'arrivent pas à se relever. Azra n'a plus de force, Citseko se déplie doucement et la prend sur ses épaules pour remonter le ravin. Comme de tristes animaux, épuisés après une nuit de chasse nocturne, ils remontent le talus à quatre pattes. Des larmes de détresse coulent sur les joues de Tekin, il n'y croit plus. Pourquoi avoir fui ? Il donnerait cher pour être avec Erhan, il l'embrasserait, son frère, oh oui il l'embrasserait.

Ferhat rampe, ses mains s'agrippent aux ronces et déchirent son blouson. Comment va Mirkan, pourquoi l'a-t-il laissé venir avec lui, pourquoi n'a-t-il pas écouté son père? Cevdet fait corps avec Sibel. La jeune femme ravale ses larmes, elle se déteste. Elle risque sa vie pour le vent, pour les feuillages, pour un homme qui tremble. Ici n'est pas sa place, elle le sent. Une boule enfle dans son ventre, c'est sa rébellion qui est dans ses tripes, c'est physique maintenant. Elle est là cette saleté de boule et elle ne la lâchera plus.

Alors elle arrête de se battre contre cette terre qui refuse à ses mains de se planter comme des griffes et elle se souvient de l'histoire d'Emite. Et c'est à Emite qu'elle demande maintenant pardon à voix basse. « Un jour, je crois que je vais retourner sur tes terres, Emite, et la Kurde que je suis se battra. Personne ne m'attend en Europe, mon combat, ma vie, je ferais mieux de les offrir à mes frères. »

Yoldas a vu Cevdet pleurer, il ne veut pas qu'il s'effondre, pas maintenant.

— Tu vas y arriver, Cevdet, rien ne t'empêche d'y arriver.

C'est alors que Cevdet revoit cette image qui l'avait saisi dans la plaine quand ils couraient tous ensemble. Sa mère allongée dans les fleurs et Gül, sa grand-mère, qui l'empêche de s'approcher. Il se voit courir, faire le tour du jardin et ramper dans les fleurs. Les fleurs s'écrasent une à une sous son corps. Et il l'aperçoit, sa mère, blanche, si blanche dans ces fleurs si colorées, sur sa poitrine une tache rouge qui s'étale et son visage tourné vers le soleil. Et ce couteau qui l'a fait saigner à mort est accroché à sa main. Il revoit distinctement le visage de sa mère et le visage sur cette photo écrasée par le soleil.

Cevdet ne comprend pas tout, il voit maintenant Yoldas penché sur lui qui le traîne jusqu'en haut du talus, et c'est Yoldas qui pleure en l'implorant de ne pas lâcher maintenant. Alors Cevdet hoche la tête.

La voiture est là, seul un des deux conducteurs est revenu. Ils montent péniblement à l'intérieur et s'écroulent sur les banquettes, ils claquent des dents. Les mains d'Azra sont violacées, toute la nuit elle a recouvert de ses mains l'écharpe glissée sous son manteau pour qu'Ersin ait bien chaud. Ils roulent une dizaine de minutes, ils ont encore trop froid pour pouvoir s'endormir, recroquevillés sur eux-mêmes, ils ne cherchent pas à parler. Ils roulent à peine dix minutes et la voiture s'arrête devant un café. Azra se dit qu'elle ne pourra pas marcher, qu'elle a juste besoin de chaleur et de sommeil. Le conducteur ne leur demande pas de quitter la voiture, il attend juste son compagnon de la nuit dernière, qui monte précipitamment dans le véhicule, traînant derrière lui une odeur de café. La voiture redémarre précipitamment, les deux hommes parlent fort et Ferhat croit reconnaître la langue qu'ils parlent, l'albanais peut-être. Le temps passe et les corps se réchauffent, Tekin est à côté de Sibel, elle s'endort sur son épaule. Azra s'allonge et pose la tête sur les genoux de Citseko.

— Elle est belle, souffle le jeune boxeur à Yoldas qui acquiesce.

Durant deux heures la voiture roule vers un ailleurs indécis, le temps s'étire. Cevdet pense aux images fulgurantes qui lui ont traversé l'esprit, sa mère morte, cette photo contre son corps face au soleil. Que s'est-il passé ce jour-là ? On lui a toujours dit que sa mère était malade et qu'elle était partie se faire soigner à l'hôpital, puis des années plus tard on lui a dit qu'elle ne reviendrait jamais, qu'elle était heureuse au ciel et qu'elle le regardait grandir. Pourquoi lui a-t-on toujours menti ?

Ils traversent maintenant un village, le conducteur accélère dangereusement, Tekin jette un coup d'œil au compteur, il fonce à cent vingt kilomètres heure. Deux autres grosses voitures les suivent, des complices sans doute car le chauffeur n'a pas l'air inquiet, au contraire il semble se détendre. La voiture bifurque sur la droite, prend une contre-allée, au bout apparaît un grand portail, il s'arrête en pilant devant. Celui-ci s'ouvre, la voiture s'engouffre dans la grande cour, trois types armés sont postés près du portail, qui se referme.

La porte de la voiture s'ouvre et un homme énorme passe la tête dans l'habitacle. Il veut immédiatement mille deux cent cinquante euros, c'est Erdouan qui les réclame. Sans dire un mot, une fois de plus, les mains plongent dans les poches, les billets se tendent et disparaissent dans d'autres poches. Maintenant, ils peuvent sortir de la voiture.

Ahuris, ils se retrouvent dans la cour d'une ferme où des chèvres, des poules et même des chevaux se promènent en toute liberté. Leurs yeux balaient ce vaste terrain, ils dénombrent six petites maisons en ciment, trois bâtiments de taille plus importante, et plus loin une grande maison avec une piscine gardée par deux types armés. D'imposants murs d'enceinte protègent l'ensemble de la propriété surveillée par une multitude de caméras. Une dizaine de gardiens armés de kalachnikovs épient le moindre mouvement des hommes qui se trouvent dans la cour. Tekin effrayé se surprend à murmurer : «Mais on est où?» et Ferhat se souvient de la réflexion de Welat qui avait parlé d'une vraie mafia à propos des passeurs quand ils attendaient le train en Macédoine. Ils n'ont pas le temps de réaliser véritablement ce qui leur arrive que déjà un gardien fonce sur eux et les fait entrer dans une des petites maisons. C'est juste une pièce sombre avec une dizaine de lits superposés et des toilettes séparées. L'homme leur explique en turc que c'est là qu'ils dormiront. Azra repère un chauffage électrique et quelques couvertures noires de crasse posées sur une chaise.

Sibel et Yoldas laissent glisser leurs doigts sur des inscriptions faites au stylo sur le mur et qui coulent comme des seaux de larmes versées. Et c'est dans leurs yeux que l'on comprend le poids de ce qu'ils lisent en turc.

«Je ne reverrai jamais ma famille.» «On est restés ici deux cents jours, demain c'est le grand départ.» «Je suis enfermé ici depuis cent jours et j'ai peur.»

La gorge soudain nouée, ils se regardent tous les deux sans pouvoir articuler un seul mot.

Ils sont prisonniers.

20

Vlorë, Albanie

Ils se serrent les uns contre les autres, plus que jamais. Et, pétrifiés, ils se demandent si c'est ainsi que s'achèvent leurs beaux rêves.

Ils se mettent à regretter leur fuite, et comme un jeu de dominos géant c'est le désespoir de chacun qui tombe sur l'autre.

Tekin pense qu'il a été jusqu'à dépouiller ses parents pour se retrouver dans ce coin perdu et funeste où certains croupissent depuis des mois. Lorsqu'ils sont retournés dans la cour, ils ont pu parler à des Kurdes qui marchaient de long en large comme des animaux en cage. Ils leur ont appris qu'ils étaient en Albanie, à Vlorë. Mais quelle importance ? Depuis leur départ d'Istanbul, ils rasent les murs, se cachent, ne savent pas où ils vont, s'enfoncent dans des forêts, s'engloutissent dans la nuit, se confondent aux ombres. Sont-ils seulement encore vivants ?

Sibel se souvient des mots d'Azra… *Parfois tu*

penses toi aussi que c'est de la lâcheté de fuir et non du courage. Je le lis dans tes yeux. Elle se rapproche d'Azra.

— Azra, tu avais raison, il faut du courage pour fuir.

La jeune femme baisse la tête, comme vaincue.

— Le courage est des deux côtés, il en faut beaucoup pour quitter les siens, mais il en faut aussi beaucoup pour rester là-bas.

Azra serre la main de la jeune femme et ajoute dans un murmure :

— Comme il faut beaucoup de courage pour rester là-bas et combattre.

Puis peu à peu — parce qu'ils refusent que l'espoir les quitte, parce qu'ils sont encore vivants et que rien ne les a encore tués —, comme un second souffle qui s'installe, les corps se détendent et c'est la résilience qui s'installe en eux.

Se battre, envers et contre tout, ne rien lâcher. Voilà l'essentiel sur lequel ils vont se concentrer. Et ce n'est plus un groupe d'hommes et de femmes abattus qui se redressent mais une petite armée. Alors ils décident de s'organiser, de résister tous ensemble et de prendre le bateau qui doit les conduire en Italie. Ils ne peuvent pas croupir ici. Ils veulent pouvoir écrire leur propre histoire.

Résolument déterminé, Citseko se met en attaque dans cette pièce où ils refusent que leurs rêves s'arrêtent.

— Vole comme un papillon, pique comme l'abeille, oh et vas-y, cogne mon gars, cogne !

Citseko se bat contre un ennemi invisible, son corps dévore l'espace.

Soudain la porte s'entrouvre et deux petites têtes brunes surgissent de nulle part et se jettent dans ses jambes. Dervis et Yildiz sont là, minuscules, à ses pieds, à regarder avec de grands yeux ce colosse qui lance ses poings dans le vide.

Yusuf arrive derrière eux en courant et se jette dans les bras de Cevdet, Tekin, Yoldas, Ferhat. C'est un moment inespéré qu'ils vivent tous. Le groupe se reforme. Azra demande immédiatement où sont Welat et Osman. Ferhat secoue le bras de Yusuf, lui aussi veut savoir où est son frère. Aussitôt le visage de Yusuf se referme, il ne sait pas, ils ont été séparés rapidement et ils n'étaient déjà plus ensemble dans un petit cabanon où lui a laissé une inscription. Yusuf les rassure, peut-être sont-ils là dans les autres maisons ou peut-être arriveront-ils plus tard. Rien n'est joué.

La vie bascule de retrouvailles en hypothétiques pertes, et l'angoisse s'abat à nouveau sur Ferhat. Il veut vérifier si son frère est dans cette ferme mais, avant qu'il n'ait pu retourner dans la cour, un gardien entre à son tour dans la petite maison et leur demande de les suivre immédiatement.

Ils traversent la cour avec appréhension et pénètrent dans un des trois bâtiments. Le gardien pousse une porte. Ils découvrent une grande cuisine avec une immense table et des chaises autour. L'homme leur explique qu'ils peuvent cuisiner eux-mêmes mais que ce sont les gardiens qui se chargent de faire le ravitaillement à l'extérieur, eux ne pouvant sortir de la ferme. Pour leur premier jour, le gardien leur donne gratuitement un sac rempli de tomates, d'un pain rond et d'un fromage qu'ils s'empressent de manger. Tekin se rapproche de la petite Yildiz, il partage avec elle son repas, c'est comme sa crasseuse de sœur qui est à côté de lui et plus rien n'a vraiment d'importance. Maintenant, il sait que tout est possible, il finira par quitter cette ferme, passera sans problème toutes les frontières qui se dresseront devant lui, comme un sportif franchit chaque ligne d'arrivée les bras tendus vers le ciel, le torse bombé en avant. La vie est une course et il va la gagner Tekin. En Europe, il aura un salaire et il pourra donner de l'argent à ses parents. Et tous ses frères et sœurs porteront des habits neufs.

Citseko acquiesce, oui, chaque frontière passée est une victoire. Et les trophées les attendent à partir de l'Italie.

Yoldas se rapproche de Cevdet. Chaque jour, il sent la peur accabler davantage son compagnon de route et il veut l'aider.

— Cevdet, si tu n'arrives pas à chasser ta peur, alors il faut t'en servir.

Cevdet le regarde, interloqué.

— Me servir de ma peur ? Je ne comprends pas.

— Laisse-la venir en toi. Au lieu de tenter de la fuir, laisse-la t'envahir, venir complètement en toi, jusqu'à t'étouffer.

Cevdet ne saisit toujours pas où Yoldas veut en venir.

— Écoute, peut-être que je me trompe, mais une des façons de combattre ton ennemi, c'est de lui laisser croire quelques instants qu'il t'a vaincu. Alors là seulement tu te relèves et tu l'attrapes par surprise. Cevdet, tu luttes contre la peur depuis des années, quand elle tombe sur toi, laisse-la. Alors peut-être qu'à cet instant tu sauras d'où vient cette peur qui t'écrase.

Cevdet réfléchit, à chaque moment de stress revient l'image de rivières, et jamais avant ce départ vers l'Europe il n'avait pensé au jardin de sa grand-mère Gül. Il lui semble soudain que la peur, qu'il repousse depuis toujours, l'entraîne à reconstituer le puzzle de sa vie et lui offre les pièces manquantes. L'origine de sa peur serait-elle liée à son enfance ?

Alors, pour oublier quelques instants cette peur encombrante, Cevdet décide de rechercher et de rassembler des informations sur Mirkan, Welat et Osman auprès de tous ces hommes et femmes quasi éthérés qui errent dans la ferme. Il demande à ses compagnons de s'éparpiller pour retrouver les trois hommes.

Ils se glissent dans les autres maisons mais en vain, personne ne peut les renseigner. Ici les arrivées sont fréquentes et complètement irrégulières. Combien de maisons cachées, de fermes comme celles-ci existe-t-il ? Leurs amis sont-ils retenus ailleurs en attendant un bateau en partance pour l'Italie ?

Leurs interrogations ne trouvent pas de réponses.

Ferhat se rapproche d'Azra, il souhaite lui aussi revoir les trois hommes qui manquent à leur groupe. Ensemble, ils espèrent.

— Dis-moi, Azra, est-ce que mon frère s'est confié à toi durant nos longues marches? J'ai envie qu'on me parle de lui.

Azra lui attrape la main.

— Oui, ton frère m'a parlé plusieurs fois de son envie de voir l'Europe mais aussi de sa tristesse d'avoir dû quitter la femme qu'il aimait.

— La femme qu'il aimait? Mais mon petit frère n'a personne dans sa vie!

— Peut-être qu'il ne t'en a jamais parlé, mais je sais qu'il tient énormément à une femme.

Ferhat reste dubitatif. Pourquoi son frère ne lui a-t-il jamais parlé de cette femme? Puis il sourit.

– Tu sais, mon petit frère a toujours eu beaucoup d'imagination et je crois qu'il aime beaucoup inventer.

Azra est agacée, elle trouve Ferhat suffisant et elle ne peut pas oublier le regard souvent blessé de Mirkan qui s'est si peu dévoilé. Finalement, il n'a jamais parlé de sa vie, de ses envies, il s'est toujours accordé à laisser la parole à son frère. Soudain Azra éprouve une bouffée de tendresse pour Mirkan, elle regrette de ne pas avoir suffisamment discuté avec lui. Ferhat lui secoue la main comme pour la sortir de ses pensées.

— C'est normal, j'ai une vie très prenante, plus que la sienne — je le reconnais —, alors parfois il compense en inventant, histoire de donner un peu de piment à sa vie. C'est bien mon frère, tout ça !

Azra hoche la tête, elle ne peut plus cacher son agacement, d'autant plus que, si Ferhat était resté avec son frère, Welat serait toujours là.

— Je comprends mieux alors pourquoi tu as laissé ton frère finir seul son voyage, c'est pour pimenter sa pauvre vie. C'est un très beau cadeau.

Ferhat est vexé, mais finalement Azra a raison, avoir laissé son frère seul n'est pas pardonnable. Mais avait-il le choix ?

Ce qu'il ne dira pas à Azra, ce sont les confidences faites par Osman et Welat un soir à l'hôtel. Ils ont réussi à poser des mots sur leur douleur commune. Ils lui ont parlé de l'amitié indéfectible qui liait leurs pères, amis comme eux depuis leur plus tendre enfance. Puis ils sont revenus sur ce petit matin pâle où leurs deux pères ont été arrêtés, leur incompréhension, leurs corps qui se sont débattus pour ne pas suivre les fanatiques. Osman et Welat ont décrit les regards de leurs pères comme un dernier cri d'amour jeté. Des yeux agrandis par l'horreur avec une interrogation évidente : « Pourquoi nous ? » Quelque chose comme : « Aidez-nous, les enfants ! Vous ne pouvez pas nous laisser mourir ! » Mais ils n'avaient rien pu faire. Rien. Juste être les spectateurs de leur mise à mort.

Ferhat se souvient de la voix brisée d'Osman fouillant au plus profond de sa douleur, des deux mains de Welat posées sur ses oreilles pour ne pas entendre les mots qui scellaient la triste fin des deux hommes qui étaient leurs pères. C'est d'une voix à peine audible qu'Osman avait parlé de leur décapitation, des deux têtes basculant dans le vide, des deux têtes exposées sur une chaise, les yeux encore ouverts sur un monde qui se fermait, un monde dressé pour la haine.

Et cette image qui hantait Osman et Welat, cette douleur, maintenant elle stagne aussi dans le cœur de Ferhat.

Ce soir-là, les deux amis lui avaient demandé l'impossible. Redessiner leurs deux pères en train de danser. Alors toute la nuit, avec leur aide, il avait tenté à coups de crayon de redonner vie à ces deux hommes. Après une telle plongée dans l'horreur, il ne pouvait pas accepter que Welat et Osman soient séparés. Ces deux-là ne tiennent debout que s'ils sont ensemble.

Mais ce qui rend malade aujourd'hui Ferhat, c'est qu'il n'a pas eu le temps de leur remettre le dessin de leurs pères. Il voulait leur faire la surprise un peu plus tard.

Ferhat s'éloigne d'Azra, les épaules voûtées, il regrette qu'elle le prenne pour un salaud.

De hauts murs ont changé leur ligne d'horizon alors souvent, au long de cette première journée, ils s'assoupissent, non pas pour oublier mais pour ordonner à leurs rêves de refaire surface durant leur sommeil.

Avant que la nuit tombe, après qu'ils ont tous pu manger grâce aux réserves faites à l'hôtel et aux sacs de provisions récupérés dans le cabanon, un gardien vient les chercher et les emmène dans un autre bâtiment. Ici une dizaine de douches sont séparées par des murs carrelés et un rideau en plastique. Cette installation leur permet de se laver en toute intimité. Un gardien à l'entrée chronomètre le temps de chacun, ils ont droit à une douche quotidienne de cinq minutes. L'eau tiède glisse sur les corps meurtris, mais ce sont surtout leurs pieds fatigués par la marche, gonflés, recroquevillés depuis trop longtemps dans des chaussures usées qu'ils inondent pour éviter que les plaies ne s'infectent davantage. Une fois la douche coupée, n'ayant pas de serviettes, ils font glisser du plat de la main les gouttes d'eau qui dégringolent vers leurs jambes, se secouent comme des chiens et remettent leurs vêtements en tremblant de froid.

Quelques minutes plus tard, ils rejoignent leur petite maison. Azra choisit le lit au-dessous de celui de Sibel. Une fois installée, elle sort un petit crayon de sa poche et un bout de papier.

Esma, me pardonneras-tu ? Seuls ces mots me hantent.

Me pardonneras-tu ?

Tu as tellement dû pleurer en découvrant ma lettre. Peut-être t'es-tu écroulée au sol, fracassée de douleur. Pardonne-moi, mais c'est ce que je voulais, il le fallait.

Moi qui ai toujours tant aimé écrire, je n'ai plus la force de tenir un crayon. Est-ce la fatigue ou la douleur, je ne sais pas. Mes mains sont brûlées par le froid et mes pieds sont si enflés que chaque pas me retient comme collée au sol. J'ai traversé des forêts, des villages, passé des frontières, marché des nuits entières, Ersin contre mon corps, bravé le froid glacial. Je n'ai pas renoncé, je n'ai jamais failli.

Esma, j'espère que tes larmes t'ont fait changer d'avis. Que fais-tu depuis notre départ ? As-tu filé comme moi ? Es-tu à notre recherche ? Je l'espère maintenant que ma colère est tombée, oui, je l'espère. Ici il y a une jeune femme, Sibel, elle te ressemble. Je ne le lui dis pas, mais je tremble pour elle, je connais les doutes qui l'assaillent et elle a dans les yeux cette flamme qui me fait si peur.

Nous attendons un bateau pour l'Italie.

L'Europe dont on rêve, celle qui offre du travail, de la dignité, une vie décente, celle qui brille de mille feux, est bientôt à notre portée. Nous avons tous droit à une deuxième chance, je sais maintenant que l'on peut changer le cours des choses.

Chaque jour, je t'attendrai. Chaque jour.

Sibel est allongée sur le dos, les yeux grands ouverts. Elle revit les dernières vingt-quatre heures. Pourquoi l'histoire d'Emite l'a-t-elle tant troublée ? Où est véritablement sa place ? Quoi qu'elle décide, elle n'a plus le droit de douter.

Elle souffle longuement, quelle route suivre ? Elle attend quelque chose, elle ne sait pas quoi, un signe peut-être qui fera qu'elle n'hésitera plus.

À quelques lits d'Azra et Sibel, Yoldas écrit un mot. Il veut rassurer ses parents et pour cela il est prêt à mentir. Ses doigts courent sur le bout de papier sale qu'il espère glisser dans une boîte aux lettres avant d'embarquer pour l'Italie.

Tekin est au-dessus de lui et a du mal à s'endormir, il est agité. Il pense à Sibel, il trouve que Cevdet ne va pas avec elle, et il ne sait pas pourquoi mais cela l'énerve. À cela s'ajoute l'attente dans cette ferme où ils sont prisonniers. Pourquoi toutes ces caméras ? Pourquoi tous les gardiens sont-ils armés ? Pourront-ils sortir de là ?

Ferhat est plus loin, il travaille sur le dessin des pères de Welat et Osman. Il a ajouté un fond, il les fait danser dans un champ de fleurs. Parce que ces deux-là, ils doivent être éclaboussés de lumière. Quand il sera au bout du voyage, quand il aura trouvé une ville où il pourra peindre en toute liberté, il reproduira ce dessin sur une grande toile pour que les pères d'Osman et Welat existent, eux aussi, dans un pays où seul le soleil frappe le ciel.

Yusuf ne dort pas, il a peur pour les enfants. Vont-ils pouvoir quitter rapidement cette ferme lugubre où les passeurs sont rois ?

Citseko est à quelques lits de Yusuf. Personne ne peut le voir alors il ne joue plus, il est toujours là pour donner de l'espoir à chacun, toujours en position d'attaque, mais ce soir il pleure. Il se sent terriblement seul et c'est toute une famille qui apparaît dans ses pensées. Il revoit son quartier, ses quatre frères, ses deux sœurs, ses parents et sa vie comme un tourbillon. Alors il écrase ses larmes sur ses joues et il sourit en se rappelant son père qui courait derrière lui en hurlant le jour où il avait volé les poulets de la voisine.

Cevdet regrette que Sibel soit si loin de lui. Il aimerait lui parler, lui dire qu'il va vaincre sa peur. Il convoque cette peur pour mieux l'écraser et, pour la première fois depuis très longtemps, il se sent étonnamment fort. Son Europe, son eldorado est à quelques encablures.

21

Un terrible brouhaha les a réveillés. Un gardien a annoncé un bateau dans les quatre jours à venir, et la nouvelle ne cesse de courir d'une bouche à une autre. Les hommes se redressent, reprennent forme humaine. L'espoir bat sous les paupières, les sourires s'étalent, les mains se joignent, et c'est soudain comme un immense drapeau qui flotte au vent.

Ferhat émet un doute, ils sont très nombreux, pourront-ils tous monter dans ce bateau, surtout eux, les derniers arrivés ? Alors ils s'organisent. Yoldas fait le tour de la ferme avec Citseko pendant que Yusuf et Tekin repèrent les lieux. Ferhat fait des plans et dessine tous les emplacements des caméras. Cevdet étonne, il paraît avoir repris du courage, il va voir les gardiens, essaie d'avoir des renseignements précis sur le prochain bateau et note tout avec ardeur.

Ne jamais lâcher, oui, ils sont maîtres de leur destin, la mort ne s'abattra pas sur eux. Sibel se revoit traversant le fleuve. Il n'y a pas de victoire individuelle, avait-elle pensé. Cette phrase n'a jamais été aussi juste.

Avec ce bateau prévu dans quatre jours ce n'est pas uniquement le retour triomphant de l'espoir, c'est un feu qui s'anime en eux. Les chants débordent et deviennent contagieux. Les rires explosent. La vie prend son élan et se propulse. Plus ils s'éloignent de leur passé, plus leurs rêves deviennent éclatants. Bientôt ils fouleront d'un pied léger des terres de légende. Il y a une véritable exaltation à vivre cette journée où leurs désirs ne sont plus chuchotés et c'est leur avenir qu'ils déroulent devant eux avec joie. Jamais le « tout est possible » n'a été caressé d'aussi près.

Devant leur joie affichée — et qui agace —, un gardien leur rappelle qu'il n'a plus de nourriture à leur offrir. Maintenant s'ils ont faim, ils devront payer. Alors, pour économiser le peu d'argent encore caché au fond de leurs poches, Welat découpe en minuscules fragments les quelques tomates achetées avant de quitter l'hôtel en Macédoine, puis ajoute des petits bouts de fromage qu'il coupe le plus petit possible. Leurs provisions se résument surtout à des gâteaux secs et des tablettes de chocolat qu'ils ont privilégiés en raison de leur légèreté, mais aujourd'hui ils regrettent de ne pas avoir davantage de tomates, de fruits, de fromage. Ils rêvent d'omelettes à la sauce tomate, de galettes fourrées de viande.

Le lendemain matin, ils se rassemblent et étudient encore et encore les plans, recoupent les toutes dernières informations récoltées par Cevdet. Le lieu est trop sécurisé pour espérer se sauver. Aucun autre moyen pour partir les premiers que de soudoyer les gardiens, ce sont eux qui viennent les chercher pour les emmener au bateau. Ils vident leurs poches, font les comptes. Un billet glisse de la main de Ferhat à la poche du gardien qui détient les listes des passagers, c'est peu mais ils doivent garder de l'argent pour se nourrir. Depuis qu'ils sont immobilisés dans cette ferme leurs provisions diminuent plus vite car ils se rationnent moins. Yoldas fait signe à un gardien armé d'une kalachnikov, en poste dans la cour, qu'il a besoin de nourriture. L'homme fait non de la tête puis roule ses doigts pour signifier qu'il veut de l'argent. Yoldas se rapproche, le gardien s'est éloigné des caméras. Yoldas lui donne cinquante euros, il ne lui en reste plus que cent cinquante. Le gardien les cache immédiatement dans sa poche et part fumer une cigarette. Il nargue Yoldas en souriant et en envoyant au loin ses volutes de fumée. Au bout de quelques minutes, Yoldas fait à nouveau signe au gardien qu'il veut de la nourriture.

Alors sans prévenir, comme pour marquer ce territoire qui semble lui appartenir, pour rappeler qui décide, l'homme armé se jette sur Yoldas. Et ce sont de longs coups de kalach qu'il lui assène sur l'épaule jusqu'à le faire tomber à terre. Les genoux au sol, les coups redoublent. L'homme lui donne de grands coups de crosse dans le ventre, à croire qu'il voudrait enfoncer son arme comme un poignard.

Yoldas tombe à la renverse, les yeux injectés de sang, il n'entend bientôt plus que le souffle rauque de celui qui l'assaille.

Le ciel descend, pense Yoldas, bientôt il va m'étouffer. Mais c'est la tête de sa vieille vache qu'il voit se rapprocher et ses naseaux froids qu'il touche. Yoldas laisse glisser ses doigts sur son vieux pelage, il attrape le cou du vieil animal. Il se voit soudain sur son dos et il traverse les champs, le vent siffle à ses oreilles. Il aperçoit ses frères dans le jardin et, l'un après l'autre, ils lui font un petit signe de la main. Il veut leur répondre, lève la main à son tour, mais il glisse du dos de l'animal, la chute est longue, vertigineuse, rien à quoi se raccrocher. Il tombe sur le sol et la douleur est fulgurante, il sent que la vache le mord, elle attrape sa veste et le tire plus loin. Son corps blessé se déchire sur les cailloux. Des flashs d'images l'assaillent. Le canapé de leur maison, les couvertures épaisses, que fait-il dessous ? Il étouffe, les rejette. Sa sœur se penche sur lui, l'embrasse, sa bouche est glaciale. Puis il se voit danser dans la chambre de Yusuf, il voit Azra lui sourire, mais c'est Abdulcebar qui la fait danser. Il a soudain très froid, il est seul dans la forêt et il traîne derrière lui comme un chien de traîneau Beritan et Osman. Il lève la tête, il neige, les flocons qui tombent sur son visage lui font du bien. Il voit une femme de dos qui lui fait signe de le rejoindre. C'est sa mère, au mariage de son grand frère, elle l'attrape par le cou, il l'entend lui chuchoter comme une promesse : « Un jour ce sera toi, mon fils. » Sibel est près de lui maintenant, ses cheveux volent au vent, elle lui murmure : « N'oublie jamais, nous sommes kurdes, relève-toi. »

Ils ont tous vu son corps ensanglanté, tiré par deux gardiens. Ils ont vu son corps traîné au sol laissant une grande trace rouge derrière lui. Ils ont vu Sibel se lever d'un bond, se ruer dans la cour, se jeter sur lui et lui glisser quelques mots à l'oreille.

Et, comme une horde de chiens fous, ils ont tous couru derrière elle, agitant la tête de gauche à droite en signe de dénégation, la bouche grande ouverte sur leur douleur.

22

Pudiques, les hommes ne raconteront pas à Yoldas les heures d'attente à le veiller. Deux nuits où, à tour de rôle, ils ont tous arpenté la pièce de la petite maison qui leur est attribuée, de la même façon hagarde qu'ils ont traversé les forêts glaciales, la bouche fermée par l'émotion, les poings refermés sur leur colère. Ils se sont relayés, ont soigné ses plaies en silence. Ils ont tremblé et se sont faits humbles devant la grande dame qui menait le jeu, et jamais — non jamais — ils n'ont fanfaronné, même quand, parfois, Yoldas ouvrait à peine les yeux.

Deux jours où Sibel et Azra ne l'ont pas quitté et où les enfants sont venus frotter leurs mains sur ses joues. Deux jours où un gardien a glissé sous le lit d'Azra un petit sac de provisions qu'ils se sont partagées avec reconnaissance alors que ce n'était que la nourriture qu'on leur devait.

Deux jours où Azra s'est enfin confiée à Sibel. C'est elle qui a parlé la première. Pourquoi mentir davantage ?

La jeune femme s'est assise au bout du lit où était allongé Yoldas. Elle a sorti Ersin de son écharpe et l'a glissé dans le lit à côté de lui. Puis le dos adossé au mur, le regard posé sur le mur couvert d'inscriptions, elle s'est enfin livrée.

— Tu vois tous ces messages un peu partout, eh bien moi si je dois écrire quelque chose ce sera : « Esma, pardonne-moi pour l'horreur que je t'inflige. »

Un grand silence se pose. Les deux femmes ne se lâchent pas des yeux. La voix d'Azra tremble.

— Je vais reprendre mon histoire au moment où ma sœur a franchi la porte de la maison, parce qu'elle est un peu différente de ce que je t'ai raconté quand nous étions dans le ravin. Oui, comme je te l'ai déjà dit, quelque chose s'était passé ce matin-là. Quand Esma est entrée dans la maison, sa souffrance faisait peur. Oui Sibel, sa souffrance faisait vraiment peur. Elle s'est écroulée sur le sol, j'ai vu son corps se tordre, se disloquer, et j'ai entendu son cri. Son mari avait été tué et elle avait absolument voulu reprendre le chemin inverse pour tenir dans ses bras son bébé, le petit Ersin. Oui, tu as bien entendu, Sibel, cet enfant que je garde jour et nuit contre mon corps est celui de ma sœur. Moi je n'ai jamais été mariée et je n'ai pas d'enfant. Comment t'expliquer, Sibel… Ce petit… Aujourd'hui c'est aussi le mien.

Azra souffle longuement avant de continuer.

— À partir de ce jour-là, de l'instant où son mari a fermé les yeux pour toujours, ma sœur a fermé les volets, elle n'a plus voulu sortir, nous avons dû vivre terrés comme des rats. Nous ne devions faire aucun bruit, seulement survivre dans un silence de mort. Le petit n'avait même pas le droit de pleurer, ça la rendait folle, elle plaquait sa main sur sa bouche, persuadée que nous aussi allions mourir. Et puis, au bout de quelques semaines, un jour elle s'est levée et j'ai su que dans son cœur il n'y avait plus de place pour nous. Tu comprends ça, Sibel ? Il n'y avait plus de place pour le petit, ni pour moi d'ailleurs, il n'y avait de la place que pour la vengeance. Oui, que pour la vengeance. La vengeance avait pris toute la place. J'ai vu son regard changer, et j'ai compris que ce qu'elle murmurait le soir à genoux sur le carrelage de la maison, elle allait le faire. Elle voulait entrer dans l'armée kurde pour venger le père d'Ersin.

Azra laisse les larmes couler sur son visage, elle ne cherche pas à les écraser.

— Alors un matin, avant que le soleil se lève, j'ai fui avec le petit. Cet enfant que je cache nuit et jour dans mon manteau et qui est celui de ma sœur, je lui offre une chance de vivre. L'a-t-elle enfin compris ? A-t-elle renoncé aux forces armées ? Est-elle prête à fermer la porte sur le passé ? Je ne sais pas, Sibel, je ne sais pas. Est-ce qu'elle nous recherche ? Elle a dû s'effondrer quand elle a trouvé ma lettre qui lui disait que nous partions.

Sibel ne peut retenir ses larmes à son tour. Elle retrouve le regard de la combattante kurde, il se mélange à celui d'Azra ce matin-là. Elle revoit le visage de l'homme mort à ses pieds. Alors Sibel s'approche d'Azra et, tout doucement, elle pose sa tête sur ses genoux.

— Oui, Azra, tu as raison, ce matin-là n'était pas ordinaire. Moi aussi je me souviens très bien de ce jour-là. Le ciel était noir de rage, Cevdet n'était pas là, alors doucement, sans aucune précipitation, je suis sortie, je voulais sentir le vent et j'ai marché, je crois que j'ai marché des heures. Je voulais épuiser mon corps, tuer l'énergie qui m'empêchait de dormir. Il y avait eu une explosion dans le vieux quartier et j'ai voulu me rapprocher, les hommes, les femmes, les enfants couraient tous pour échapper au danger. Moi c'était le contraire, je les bousculais et allais à contresens. Je me suis mise à courir. Je crois que je n'ai jamais couru aussi vite. Je ne courais pas pour fuir la guérilla, je courais pour aller là où le lance-roquettes avait fait ses ravages. C'était un peu comme entrer dans le cœur de l'ennemi. Et je les ai vues toutes ces femmes dignes, la tête haute, ces combattantes qui ne reculaient devant rien. Et il y avait toi avec cet homme mort à tes pieds. Et j'ai rencontré cette combattante kurde. Elle avait les cheveux au vent, elle m'a dit que si j'étais là, alors que tous fuyaient, ce n'était pas par hasard. Et je me suis revue courir à l'inverse de la foule et j'ai eu peur, Azra, j'ai eu si peur de moi. Où était ma place ? En Europe avec Cevdet ou auprès de ces femmes ? Je sais que toi tu as la réponse.

Azra ferme les yeux, elle aimerait croire ce qu'elle va dire.

— Non, tu es la seule à savoir.

— Non, tu le sais et je crois que moi aussi, mais c'est une réponse qui fait peur.

Sibel se détache doucement d'Azra et se rapproche de Yoldas toujours endormi. Elle entrouvre le drap et glisse sa main sur sa poitrine.

— Azra, je n'ai pas supporté qu'on le frappe. Quand ils l'ont tiré comme un chien dans la cour, je lui ai dit tout bas ce que mon cœur me dictait.

Le jour vient à peine de se lever et Citseko est déjà en position de boxe.

— Aujourd'hui c'est le vent que je boxe, mon ami. Il s'est levé, et c'est pas bon pour naviguer.

Yoldas ouvre un œil avec difficulté. Son corps roué de coups lui fait un mal de chien. Citseko le regarde avec un petit sourire.

— Trois jours que tu es allongé comme une princesse, tu abuses !

Et Citseko jette son blouson sur Yoldas.

— Va falloir que tu marches et même que tu coures, sinon le bateau t'attendra pas !

Yoldas se redresse.

— C'est maintenant ?

— Non, demain. Mais mets-toi debout, je vais t'entraîner ! Tu vas oublier tes douleurs de femme et courir, crois-moi !

Et c'est maintenant un petit groupe d'hommes qui court, un petit groupe d'hommes serrés les uns contre les autres. En son centre, à l'abri des regards, Yoldas ferme les poings, la douleur lui donne envie de vomir, les bras autour de sa taille, les hommes le soutiennent et c'est Cevdet qui lui dit de ne pas lâcher.

Comme une promesse non tenue, le bateau ne peut pas partir le lendemain. C'est le vent qui retarde le départ. Déçus, ils font les cent pas parmi les chèvres et les poules. D'autres migrants les préviennent, ils peuvent rester ici de longs mois. Le type qui habite au fond de la cour dans la jolie maison avec piscine vit du racket fait sur eux et c'est à lui qu'appartiennent les bateaux. Quand ils n'auront plus d'argent pour se nourrir, les gardiens commenceront les fouilles dans la chambre pour voir s'ils n'ont rien de valeur puis les fouilles au corps pour être certains qu'ils ne cachent rien — et, s'ils ne veulent pas crever de faim, les gardiens n'hésiteront pas à racketter jusqu'à leurs familles au Kurdistan. Ils travaillent avec les passeurs qui savent d'où ils viennent, qui savent très bien qui ils sont. C'est un réseau de mafieux.

De peur d'être tabassés, ils décident tous de se nourrir uniquement de leurs dernières provisions. Trois boîtes de gâteaux secs, quatre tablettes de chocolat. Ils font les comptes et coupent les carrés de chocolat en petits morceaux, les gâteaux secs en deux.

Après de telles révélations, la nuit venue ils décident de dormir à tour de rôle et ceux qui veillent guettent avec angoisse la porte de leur petite maison.

Le troisième jour la faim les tenaille trop, ils n'ont plus de quoi se nourrir. Citseko, Yusuf et Tekin vont négocier ensemble auprès d'un autre gardien un poulet et des fruits. Les poches s'allègent de quelques billets et leur demande est acceptée.

Plus tard, tous à table, ils sourient tristement devant ce poulet qui est le plus cher du monde. Quarante euros. Tekin ferme les yeux en savourant la chair tendre.

— À ce prix-là, il faut prendre son temps, nous mangeons de l'or.

Ils font les comptes, avec de tels prix ils ne pourront tenir qu'une semaine au plus alors, effondrés, Tekin, Ferhat, Citseko et Yoldas demandent juste à Allah que les passeurs ne rackettent pas leurs familles.

L'entraînement avec Citseko reprend. Yoldas ne veut pas être un poids pour le groupe, il s'oblige à marcher dans la cour sans répit, même très tôt quand les autres sont encore endormis. Et c'est à l'aube du sixième jour qu'il découvre Sibel assise par terre au pied du bâtiment qui sert de réfectoire. Il s'étonne, que fait-elle là si tôt? Son visage est marqué, elle est toute pâle. Alors il se souvient de la conversation qu'ils avaient eue avec Tekin à l'hôtel, quand elle avait avoué qu'ils avaient tous des choses lourdes à traîner derrière eux.

Pourquoi à cet instant ? Il ne le sait pas lui-même. Il est vivant et elle est là avec sa peine. Alors, sans réfléchir davantage, il s'accroupit et lui souffle à l'oreille : « Relève-toi. »

Sibel se redresse lentement, Yoldas la pousse doucement contre le mur et passe longuement ses mains dans ses cheveux.

Et ces mains qu'elle avait imaginées courir sur une sculpture quelques semaines plus tôt maintenant glissent sur son visage. Il ne la quitte pas des yeux. Alors c'est l'histoire d'Emite qu'elle lui raconte, et elle reprend mot pour mot l'histoire transmise par Beritan. Yoldas secoue la tête, Beritan avait raison — on ne lave pas le sang avec le sang, lui murmure-t-il. Et parce qu'il ne veut pas d'un monde avec des femmes au combat, des femmes avec des fusils dans les mains, il approche doucement sa bouche de la sienne. Ce n'est pas le baiser qu'il donnera à la femme qui l'attend quelque part, il le sait. Non, c'est juste le baiser d'un homme qui veut transmettre son courage. Il aimerait que Sibel n'ait plus de doutes. Un baiser comme un cadeau, un baiser pour sceller cette longue traversée où aucun d'eux n'a démérité, un baiser pour éclaircir le monde.

À cet instant, il n'y a plus qu'elle et lui qui se donnent l'amour nécessaire pour être plus déterminés encore et vaincre ce qu'ils vont devoir subir. C'est sa voix à elle qu'il a entendue lorsqu'il était allongé dans la cour, c'est elle qui lui a donné la force de lutter. Il en est sûr.

Sibel laisse la bouche de Yoldas s'approcher davantage de la sienne et c'est son souffle qu'elle inspire, les yeux plongés dans les siens.

À cet instant elle a besoin d'un homme qui prenne le dessus sur elle. Et c'est à ce conquérant qu'elle veut offrir sa bouche. Au guerrier qui va construire une nouvelle vie à la force de ses bras, à cet homme sans peur qui affrontera un monde nouveau, sans doute hostile, mais qui — elle le sait — relèvera toujours la tête. Elle a de l'admiration pour cet homme qui abat ses cartes sans crainte, qui a fait le choix de l'inconnu, qui a le courage de laisser son passé derrière lui.

Sibel ferme les yeux, et sa bouche s'offre à cet homme, à ce décideur qui la désire et la veut dans ses bras.

23

— Prenez vos affaires, c'est maintenant, leur annonce un grand type qu'ils n'avaient jamais vu auparavant.

Il est deux heures du matin, ils attrapent leurs sacs à dos déjà prêts depuis plusieurs jours. Ils ont protégé l'essentiel, le peu d'argent qu'il leur reste dans plusieurs sacs en plastique et, pour certains, leurs cartes d'identité. Les passeports sont au fond de leurs poches. Azra a même recousu tous les boutons de son manteau afin qu'il reste solidement fermé.

Ils suivent cet homme qui prend des couloirs jamais empruntés. À la peur se mêle une grande excitation. L'Europe s'annonce à eux comme une inconnue dont on a vanté d'extraordinaires qualités mais aussi la beauté. Seront-ils à la hauteur ?

L'homme s'arrête devant une petite porte blindée, il fait tourner la clé, elle s'ouvre sur la nuit glaciale.

Chaque détail est important dans ce moment

de bascule où leur vie va vraiment changer. Azra a resserré son écharpe, mis des collants épais au petit et, afin qu'Ersin soit protégé des vents marins, elle le porte contre elle, le visage contre sa poitrine. Elle pense à Sibel, elle a juste pu glisser sa main dans la sienne avant d'emprunter ce grand couloir. Elles ont plongé dans les yeux l'une de l'autre. Azra a été surprise, il y avait quelque chose de nouveau dans le regard de Sibel, une véritable détermination, les doutes n'étaient plus là. Quel choix a-t-elle fait ?

Sibel est à côté de Cevdet, il lui donne la main. Elle n'a pas dormi. Elle a longuement réfléchi et maintenant elle sait ce qu'elle va faire. Il faut aller un peu plus vite, bras dessus, bras dessous, ils accélèrent.

Ferhat regarde autour de lui, il aimerait voir Mirkan. Il serait plus tranquille. Depuis trois jours déjà il a roulé le portrait des pères d'Osman et de Welat dans un sac en plastique pour qu'il soit protégé, puis l'a glissé dans la poche intérieure de son manteau.

Tekin pense à sa folle de mère. Il ne sait pas pourquoi, mais pour la première fois il se sent vraiment angoissé. Il aurait dû être patient, il aurait pu partir plus tard, profiter davantage de sa famille. Citseko le regarde du coin de l'œil, lui aussi se sent seul. Il tape dans le dos de Tekin.

— Eh l'ami ! Regarde qui est derrière nous.

Tekin se retourne, Yusuf se presse avec les enfants, Dervis à sa droite et Yildiz à sa gauche.

Citseko fait un clin d'œil à Tekin.

— Ça te dit ?

D'un accord tacite, Citseko et Tekin attrapent les enfants et les juchent sur leurs épaules. Soudain c'est du bonheur qui éclaire les yeux des deux hommes.

— C'est parti les enfants !

Yoldas ferme la marche, il bascule la tête vers les étoiles et sourit, il a confiance. Ils ont tous une vie pleinement décidée à construire.

Ils arrivent sur un chemin tortueux qui domine légèrement une petite crique en contrebas et, immédiatement, c'est une douche glacée qui s'abat sur eux. Ce n'est pas le grand bateau qu'ils imaginaient mais un petit bateau pneumatique qui les attend avec trois moteurs dessus. Un autre bateau similaire est amarré plus loin. Les pas se pressent, les corps se bousculent et ils atteignent sans difficulté la grève, autour d'eux des hommes, des femmes, des enfants affluent de tous côtés. En quelques minutes la crique est noire de monde.

Le moment pour annoncer les grandes décisions ne se calcule pas, c'est un rendez-vous imposé par la bouche et le temps. C'est comme une écharpe qui vous étrangle et qu'il faut arracher immédiatement, il y a une violence qui s'impose dans cet instant où un choix fait basculer la vie autour de soi. Rien ne peut freiner cet élan, rien. Et le moment est venu pour Sibel, elle sait que c'est maintenant.

Alors elle lâche brutalement la main de

Cevdet. Elle se détache de lui, se penche à son oreille, les mots vont s'élancer — elle sait qu'elle ne fera rien pour les retenir, au contraire, et elle lui murmure : « Pardon », puis elle ajoute : « Je ne vais pas monter dans le bateau, je retourne en Turquie. »

Soudain les dizaines de personnes qui se pressent autour de Cevdet n'existent plus. Il ne voit que cette bouche qui vient d'arrêter le temps. Il a compris, ce qu'il redoutait le plus vient d'arriver et rien ne la fera changer d'avis. Ce qu'il pressentait depuis longtemps est maintenant là et il va devoir y faire face. Il a perdu. Les sanglots de celle qu'il aime et qu'il n'a jamais voulu entendre ont eu raison d'elle. Elle n'ira pas plus loin, elle n'ira pas jusqu'en Italie et elle va retraverser tous les pays qu'elle vient de franchir, l'amour qu'elle porte à son pays est plus fort que tout, il écrase même leur bel amour. Elle va retrouver les siens, se battre à leurs côtés, alors la terre se fend sous les pieds de Cevdet. Il va tomber, c'est sûr, englouti par la voix de Sibel. Comment faire sans la force de cette femme à ses côtés ? Comment tenir debout ? Il sent une déchirure dans son ventre, il inspire fort, croise le regard de Yoldas et c'est comme s'il l'entendait hurler : « Bats-toi, domine ta peur. » Il voudrait se raccrocher à Sibel, lui demander de rester mais non, il ne le fera pas. Il se souvient des petits coups frappés au mur de leur studio quand elle rentrait tard le soir, trois petits coups qui lui disaient : « Tout va bien, je ne suis pas morte. » Il se souvient de leurs nuits d'amour, des jours à s'imaginer ailleurs que sous ce ciel plein d'incertitudes. Il a perdu. C'est un ciel de guerre qu'elle choisit pour horizon. Sibel est une guerrière et il l'a toujours su, on ne muselle pas une combattante. Il a perdu, c'est la guerre qui a gagné. Il la regarde longuement, s'empêche de pleurer. Il ne veut pas lui laisser l'image d'un homme faible, et puis surtout il ne voudrait pas que ses larmes la fassent fléchir. Alors d'une voix parfaitement placée, qu'il veut froide — pourtant il crève d'amour pour elle —, il s'entend murmurer : « Je comprends, fais attention à toi, Sibel, je prierai pour toi », et il se retourne, il ne veut pas la voir partir, fendre la foule à contresens. Il ne veut pas, alors il avance.

Sibel sait maintenant qu'elle a fait le bon choix, il ne cherche même pas à la retenir et c'est comme une porte qui se ferme violemment devant elle.

La jeune femme reste droite, il n'y a plus de place pour le doute. Alors elle prend son temps et regarde longuement ses compagnons, c'est avec eux qu'elle va faire le chemin de retour. Elle le sait, elle emporte un peu de chacun. Elle regarde Tekin. A-t-il compris qu'elle ne monterait pas dans le bateau ? Il lui offre un magnifique sourire, alors elle lui souffle des baisers et lui frappe sa poitrine du plat de la main comme pour suivre les battements de son cœur. Elle regarde Citseko, il relève la tête, la voit et se met en garde, les poings en avant, elle croit lire sur ses lèvres : « Pique comme l'abeille. » Elle regarde

Yusuf, les deux enfants sont à nouveau près de leur oncle, Dervis la regarde et lui fait signe de les rejoindre. Son regard s'échappe et va vers Ferhat, comme un chef d'orchestre ses mains battent le vide, qui dessine-t-il sous ses doigts ? Maintenant ses yeux s'arrêtent sur Azra, elle a besoin de la regarder encore. Comme une double protection, elle soutient le petit Ersin alors que l'écharpe le maintient déjà serré contre elle. Sur ce quai, elle lui apparaît encore plus belle. Elle a fait le choix d'offrir une chance à ce bébé et finalement elle trouve cela très bien. Mais le lui a-t-elle seulement dit ?

Puis elle regarde une dernière fois Yoldas, il est là face au bateau, il retourne son visage et la voit. Ils se regardent. Elle ne sait pas pourquoi mais cet homme lui donne du courage. Il la rassure et elle a besoin de son regard sur elle. Oui, plus que tout, et surtout maintenant qu'elle est seule au monde.

Sibel sourit, elle le regarde à distance, droit dans les yeux, et elle revoit maintenant les mains de cet homme glisser sur son visage. Yoldas ne la quitte pas des yeux et Sibel sait qu'à ce moment précis il a compris qu'elle ne monterait pas dans le bateau et il lui souffle son courage. Alors elle imagine sa bouche près de la sienne et c'est dans son regard qu'elle plonge et que lui semble se noyer. Longtemps ils restent face à face, à quelques mètres, chahutés par la foule.

Puis elle regarde encore une fois ses compagnons de route, c'est un long chemin qu'ils ont parcouru ensemble et elle n'oubliera rien d'eux, elle le sait, ils seront avec elle quand elle va remonter le fleuve glacial, passer les frontières en tremblant. Elle est épuisée, mais on l'attend, un jour elle sera à côté de ces femmes qui se battent. Elle n'acceptera aucun compromis, elle sera là.

Sibel regarde une dernière fois Cevdet qui s'est rapproché de Yoldas, alors elle prend une grande inspiration et se met à courir à contresens. Dans sa tête trotte une drôle de petite chanson.

Les uns derrière les autres, ils embarquent. Quatre-vingts personnes seulement peuvent monter dans chaque bateau. Mais qu'importe, les passeurs poussent tout le monde et finalement ils sont plus de deux cents à grimper dans ces embarcations de fortune, éloignées à trois cents mètres l'une de l'autre. Tekin réalise que la crique est vide, rien ne servait de soudoyer le gardien, le passeur était décidé à faire partir tout le monde.

Yoldas a soudain un mauvais pressentiment, il revoit le regard d'Erdouan ivre de colère qui lui a refusé de changer de groupe, et à son tour ce sont ses jambes qui se dérobent.

Ils sont assis par terre les uns contre les autres, ils sont si serrés qu'ils ne peuvent pas bouger. Ferhat et Citseko ont pris le plus de place possible pour qu'Azra ne soit pas écrasée avec son bébé et que Dervis et Yildiz puissent respirer eux aussi. Le conducteur tient une kalachnikov et est attaché à l'unique siège pour ne pas tomber à l'eau. Le bateau démarre, Azra a fermé son large manteau à capuche, Ersin est bien au chaud mais elle ne ressent pas la joie qu'elle avait imaginée, non, elle a juste envie de pleurer. Elle se sent trop petite, trop fragile face à cette immensité à traverser sous le ciel éclairé de quelques étoiles. C'est trop d'émotion d'un seul coup, cette mer glacée sous ses pieds, le froid plein d'humidité qui ne la lâche pas et l'enveloppe, la mort de Beritan, la disparition de Mirkan, d'Osman et Welat, le départ de Sibel. Elle donnerait cher pour que la jeune femme soit près d'elle. Ferhat a senti la solitude qui s'abat sur elle parce qu'il a la même sensation d'esseulement, alors il lui attrape la main et la serre très fort.

Au bout d'une quinzaine de minutes, soudainement, le conducteur allume les deux autres moteurs du pneumatique et le bateau se jette en avant en levant le nez quasi à la verticale, puis retombe dans un bruit lourd en envoyant des trombes d'eau autour de lui. Les mains de tous les passagers glissent dans les poches, sortent leurs passeports, les déchirent, et ce sont des centaines de petits bouts de papier qui volent puis flottent dans les vagues.

Quelques minutes plus tard, des hurlements accompagnent les soubresauts de ce bateau de fortune qui trace dans la nuit. Femmes et hommes se retiennent les uns aux autres pour ne pas être éjectés, mais inexorablement les corps fatigués se relâchent peu à peu. Pétrifié par le froid, il faut pourtant puiser au fond de soi toutes ses ressources afin de trouver la force de ne pas renoncer et se laisser tomber par-dessus bord. Yusuf sent le bateau disparaître dans le creux des vagues pour resurgir avec violence et, chaque fois, il est comme avalé par la mer.

Au bout d'une heure, l'épuisement prend le dessus, les cris deviennent plus plaintifs et les corps se détachent de la masse compacte qu'ils formaient. Yoldas voit Tekin glisser, il n'a pas le temps de rattraper son ami, il s'écrase quelques mètres plus loin sur un inconnu. C'est comme le signal d'une grande débandade, les corps dégringolent les uns sur les autres en un enchevêtrement de femmes, d'hommes et d'enfants. Le bateau fonce comme un dingue, il fend les vagues et retombe toujours plus lourdement. Bientôt Azra est assourdie par les cris de douleur et de peur. Elle fait tout pour que le petit Ersin ne reçoive pas de coups mais elle ne cesse de glisser. Ferhat s'écroule sur Citseko, il n'a jamais vu son visage aussi émacié par la douleur. Mais c'est le regard maintenant horrifié de Yusuf posé sur lui qui l'inquiète, il regarde ce qu'il voit et c'est sa propre jambe qu'il découvre en oblique à côté de son genou. Les enfants hurlent et roulent l'un sur l'autre, des gerbes d'eau glaciales viennent se jeter sur eux comme des seaux d'eau que l'on balance pour récurer le sol.

Tekin a peur. Où est Sibel? Il ne l'a pas vue monter et c'est à elle qu'il aimerait se confier. Son corps se recroqueville, il a besoin de Yoldas, où est-il ? Il ne le voit plus. Ce sont ses amis qu'il désire autour de lui et c'est la voix de Rabia qu'il entend soudain, il revoit sa folle de mère lui tendre en cachette un fruit qu'elle a gardé pour lui, quelques jours avant qu'il se sauve. D'une voix timide, elle lui a murmuré : «Tiens, c'est pour toi, juste pour toi, ne dis rien aux autres. Mange.»

Et ses yeux de mère heureuse, agrandis par la joie de lui faire plaisir, ne l'ont pas lâché pendant qu'il dévorait le fruit. La bouche de Rabia mastiquait le vide comme pour l'accompagner. Alors Tekin se souvient de son agacement et il le regrette. Ce soir il implore les yeux de sa mère, il a besoin de son regard bienveillant sur lui. Et c'est à genoux qu'il lui demande pardon.

Yoldas est soudain tétanisé par une douleur violente à l'épaule, mais à peine se redresse-t-il qu'il reçoit comme un poids mort le corps de Cevdet. Leurs regards se croisent et il lit dans les yeux exorbités de son ami la défaite annoncée, quelque chose comme : « On ne va pas sortir vivants de cet enfer. » Yoldas refuse, gémit. « Non, faut y croire », et il perd connaissance quelques secondes. Quand il rouvre les yeux, ce sont des inconnus qui l'écrasent. Un nouveau soubresaut plus violent déplace les corps de chacun, la jambe tordue de Ferhat s'accroche à un bras qui traîne. Tekin est maintenant à côté de Citseko, les deux serrent les dents et se retiennent à d'autres jambes.

Yusuf tient fermement les enfants contre lui.

Il leur parle de leur mère. « Sonja nous regarde, elle est fière de nous, ne vous inquiétez pas, je ne vous lâcherai jamais. » Et il revoit les jolies mains de sa sœur tourbillonner au-dessus de cette mer trop agitée.

Trois heures à tomber comme des poupées désarticulées les uns sur les autres. Trois heures à prier, à espérer que tout s'arrête. Trois heures à tout regretter. Azra a du mal à respirer, elle s'est mise en boule pour protéger son bébé et maintenant elle reste coincée dans les genoux, les corps qui l'écrasent — au moins elle ne risque pas de basculer. Il ne lui reste plus qu'à prier.

Citseko repense à son enfance, il se revoit à l'âge de cinq ans sur les épaules de son père qui court dans les vieilles rues. Les rires de ses frères et sœurs s'égrènent en cascade. Ils dévorent l'espace.

Cevdet est coupé en deux par la douleur, il reçoit une gerbe d'eau glacée et se met à cracher. Un nouveau soubresaut le propulse au bord du bateau, il voit la mer couleur d'encre à quelques centimètres de son visage et la peur s'abat sur lui. Cette foutue peur. Alors il la laisse se coucher sur lui, son poids est si lourd qu'elle l'écrase, il étouffe mais il ne fait rien pour la congédier. Un nouveau bond du bateau qui se lève comme un dément le fait glisser de quelques mètres en arrière, avant que le pneumatique retombe à plat avec fracas. Cevdet, tremblant de peur, se retrouve brutalement propulsé dans le jardin de Gül. Des images reviennent à l'assaut, il les laisse prendre toute la place et il entend maintenant bruisser le vent dans les fleurs de toutes les couleurs, et puis il voit ses petits pieds nus d'enfant qui courent et qui s'éloignent des fleurs, ils foncent dans les herbes hautes et courent plus vite. Il entend la rivière couler, ses petits pieds cavalent, touchent à peine terre, ses mains poussent une barrière, elle est restée ouverte par oubli, sans doute. Et il court encore. La rivière l'appelle, il en est sûr. Et puis il entend un oiseau voler, il déchire le ciel, mais est-ce un oiseau? Il court plus vite, maintenant il entend la voix de sa mère qui crie son nom et le cherche, il se cache. Il la voit passer, il attend puis il se remet à courir, la rivière l'appelle, il rit, il y est, l'eau est là. Il entend une voix, celle d'un petit garçon qui le cherche aussi. Alors il voit l'eau claire qui dégringole à travers les herbes hautes, il s'arrête et, fasciné, il regarde l'onde qui court plus vite que lui et qui joue à cache-cache. Il se remet à courir à côté de la rivière puis il s'arrête. L'eau est trop claire, trop belle pour ne pas glisser ses pieds brûlants dedans. Alors il s'avance, pousse les herbes hautes qui le gênent et il entre peu à peu dans la rivière et maintenant ce sont des hurlements qu'il entend, il s'en fiche pas mal, lui est drôlement bien alors il continue d'avancer et son corps s'échappe dans la rivière. Son ventre, ses bras, son cou sont entourés d'eau fraîche, elle est si douce qu'il avance encore. L'eau vient lui prendre la bouche, il ne comprend pas, elle recouvre son visage, il suffoque, remonte la tête, alors un garçon, un peu plus vieux que lui, hurle en lui attrapant les cheveux pour le faire remonter à la surface.

Et Cevdet est à nouveau là sur ce bateau qui s'agite, complètement trempé, une vague s'est abattue sur lui, ses mains se raccrochent à un corps. L'image qui l'a écrasé quelques secondes plus tôt frappe à nouveau sa mémoire et le visage du petit garçon qui tente de le sauver se superpose à la photo de son grand frère qu'il n'a jamais connu.

Ferhat regarde sa jambe tordue, ce ciel trop noir qu'il a envie d'arracher comme une toile ratée. De la lumière, il lui faut de la lumière, là maintenant, il hurle que le ciel s'éclaire. Il revoit les quatre bracelets de Nihal s'agiter à son poignet, elle lui a offert une nouvelle existence pour qu'il puisse s'exprimer. Ferhat ressent une vague de chaleur l'envahir, les émotions l'étreignent jusqu'à la gorge. Il faut survivre, il doit dessiner, il ne doit rien manquer de cette peur affichée sur tous ces visages, il doit absorber l'effroi de chacun pour que leur douleur ne soit pas vaine. Demain ses crayons retraceront ce que le monde ne devra jamais oublier. Jamais. Toutes ces personnes qui accrochent leurs mains à ce qu'elles peuvent pour ne pas glisser dans cette mer béante, tous ces doigts qui se tordent, toutes ces bouches sur lesquelles s'agitent des prières, il se doit de les poser sur une toile. Il est un passeur lui aussi.

Il doit emporter les portraits de chacun vers un ailleurs où la joie est autorisée. C'est une tempête intérieure qui agite Ferhat, cette foule désemparée qui tend son visage vers un ciel éteint, ce soir, cette foule est la sienne, mais demain elle appartiendra à l'humanité. Il doit dessiner chaque femme, chaque homme, chaque enfant, tous cramponnés à ce bateau pour redonner un sens à la vie, dissiper la haine, congédier la mort. Ferhat sait qu'il ne peindra plus jamais de la même façon, ses tableaux ne se fonderont plus aux harmonies de son imagination, non il recherchera jusqu'à sa mort le véritable regard de son peuple admirable de courage.

Un soubresaut propulse Cevdet en avant du bateau mais cette fois-ci c'est le vide qu'il empoigne, et il laisse une nouvelle fois la peur l'envahir.

Il se revoit immédiatement dans la rivière, son frère l'attrape pour le faire remonter mais sa main glisse, alors il s'enfonce un peu plus. Il voit à nouveau sa main crever l'eau, et cette fois elle réussit à attraper le col de sa chemise et le tire. Cevdet refait surface, il crache, se débat, le jeune garçon continue de le tirer vers le bord de la rivière puis le lâche. Cevdet fait quelques pas vers les grands feuillages, se retourne. Il n'a plus toute cette eau autour de lui qui l'emprisonnait et qui l'empêchait de respirer. Il regarde son frère à quelques mètres de lui, il le voit basculer en arrière. Ses pieds sont pris dans des racines, elles l'empêchent de bouger et enserrent ses chevilles au sol. Lentement, comme au ralenti, sa bouche s'ouvre sur du silence, et son frère continue de basculer, ses mains frappent l'air, il n'a rien pour se retenir et c'est à son tour de tomber dans l'eau. Cevdet ne le voit plus, est-ce un jeu? Soudain sa tête remonte hors de l'eau puis est comme happée à nouveau. Et plusieurs fois il voit son frère disparaître puis remonter à la surface mais on dirait qu'il rétrécit, il paraît de plus en plus petit, c'est comme si le sol l'avalait. Cevdet revient vers lui, mais il rebrousse très vite chemin, il se méfie de cette eau qui monte trop haut. Son frère ne remonte plus, son corps reste cette fois-ci bien allongé au fond de la rivière. Il reste un long moment à l'attendre. Est-ce la fin du jeu?

Maintenant, Cevdet revoit ses petits pieds faire le chemin inverse, ses mains s'accrocher aux herbes, et c'est sa mère qu'il entend crier, elle est là, à quelques mètres de lui. Mais elle ne le prend pas dans ses bras pour le réchauffer, non, c'est elle maintenant qui entre dans l'eau en hurlant et qui tombe à genoux dans la rivière et tend les mains pour remonter le corps de son frère.

Et tout se mélange, c'est un autre jour, maintenant il voit de dos les épaules de Gül qui montent et descendent, exactement comme ce bateau furieux.

Une autre image s'abat sur lui, les mains de Gül qui cachent ses larmes, et à nouveau Cevdet voit son corps d'enfant qui rampe dans les fleurs et le visage de sa mère, incroyablement blanc et apaisé, tendu face au soleil. Et il revoit cette tache de sang qui inonde son chemisier.

Soudain Cevdet se met à hurler, il hurle comme jamais, il est tombé du bateau, et dans cette immensité noire et glacée l'image de sa mère livide s'écrase sur lui, il l'entend lui murmurer : «Pardon.» Le même pardon que Sibel a lâché quelques heures plus tôt, alors Cevdet comprend que ce pardon était un adieu. Sa mère a déserté sa vie comme Sibel, et Cevdet ne cherche plus à lutter. Il voit Yoldas au-dessus de lui, ses bras qui s'agitent comme ceux de son frère vingt ans plus tôt pour lui sortir la tête de l'eau, mais non, il ne réécrira pas la même histoire. Il ne veut pas mettre son ami en danger et il demande au ciel qu'on le laisse couler.

À cent mètres des côtes, le conducteur coupe les moteurs et hurle à tout le monde de sauter dans l'eau.

Il ne leur donne que dix secondes. Il faut nager, mais la plupart des passagers sont blessés et l'eau est glaciale. Citseko repère immédiatement Azra à une dizaine de mètres de lui, elle tente de nager sur le dos. Elle fait tout pour qu'Ersin ne se noie pas, elle a mis toute sa force pour ouvrir le haut de son manteau et maintenir la tête du petit hors de l'eau. Alors de la même façon qu'il a réussi à remonter les wagons du train quelques semaines plus tôt, une seule phrase le lancine : «Ne rien lâcher, ne rien lâcher», et ses bras fendent l'eau vers Azra. Vite. Très vite. Yoldas voit Tekin qui tire Ferhat, il cherche dans le noir Yusuf et les enfants, mais ce sont des inconnus qui ne savent pas nager et se débattent à côté de lui. Combien de personnes sont déjà mortes ? Tekin regarde autour de lui, il a vu Yoldas s'approcher de Cevdet mais maintenant il ne voit plus personne et où est la petite Yildiz ? C'est sa crasseuse de sœur qu'il veut ramener à la brasse, pas Ferhat, il le pousse, il implore le ciel de la trouver et il s'entend hurler son nom. Ferhat est pris de tremblements, sa jambe lui fait trop mal, il a l'impression de voir Yusuf traîner Dervis. Où est Tekin ? Citseko croit voir Cevdet, il se rapproche mais c'est un inconnu qui s'accroche au dos d'un autre.

Des cris et des prénoms courent au-dessus de l'eau mais les voix ne se répondent pas, elles prennent toutes la direction du large et seul le silence répond présent.

Plus tard c'est le bruit d'un hélicoptère qui vient étouffer les cris, une lumière jaune qui éclaire la mer où des dizaines de corps se débattent, ce sont des mains qui tirent des hommes déjà morts pour que la mer ne soit pas leur tombe, et l'eau est jonchée de sacs en plastique et d'habits qui flottent.

24

Près de Lecce, région des Pouilles, Italie

C'est peut-être le silence le plus impressionnant, c'est lui maintenant qui s'impose et donne la réplique au vide. Comment décrire ce chaos ? Ce ne sont pas des oiseaux perdus dans la tempête qui sont posés sur les rochers comme des petits paquets oubliés, non, ce sont des hommes qui se sont agrippés à coups d'ongles, à coups d'épaule, qui ont demandé à leur corps de s'accrocher à la pierre et qui ont fait taire leurs blessures qui s'ouvraient davantage contre cette roche qui, elle, ne voulait rien entendre.

Mais quelle importance ? Pourquoi autant d'efforts pour finalement regarder et compter tous ceux qui n'ont pas pu lutter davantage et qui ont glissé, aspirés par l'eau glaciale. Ceux dont les corps roulent dans les vagues au pied des rochers. Ces morts qui ne verront pas cette Europe qui les avait gardés debout des jours et des nuits. Cette Europe qui avait poussé leurs pieds à avancer, à engloutir les kilomètres. Non, ils ne la verront pas.

Ont-ils pensé à ses lumières quand l'eau est venue engloutir leurs rêves ? Ont-ils pensé à cette terre d'asile quand leurs bras glacés se sont engourdis à ne plus pouvoir faire un mouvement ? Ont-ils pensé à Paris ? Se sont-ils vus marcher fiers, heureux et libres sur ses trottoirs d'argent, mouillés par une simple pluie de printemps ? Avant de sombrer, ont-ils imaginé la douceur du vent ? Ont-ils vu leurs enfants libres, un cerf-volant accroché à la main danser sur le sable des plages d'Europe ? Qu'ont-ils imaginé avant de fermer les yeux ? Rome, Paris, Berlin ? Sont-ils partis avec leurs rêves cachés derrière leurs paupières maintenant closes ? Est-ce l'Europe qui a tendu une dernière fois ses mains avant qu'ils ne glissent dans cette eau traîtresse ou les bras de leurs parents ? Ont-ils revisité la terre qu'ils fuyaient ? Sont-ils partis avec pour toute dernière image celle de la guerre ? Sont-ils partis avec le bruit des balles qui pleuvaient autour d'eux ? Ont-ils quitté la vie avec l'odeur de la cendre ?

Ont-ils souffert ?

Ces hommes perchés comme des oiseaux réalisent que la belle Europe ne connaîtra pas les sourires de leurs compagnons de route, qu'elle n'entendra pas leurs jolies voix chanter. Leurs bouches se sont refermées avant.

Pourquoi ne verront-ils jamais les matins se lever sur ces magnifiques pays d'Europe qu'ils avaient choisis ? Que vont-ils dire, ces quelques rescapés, aux enfants orphelins qui cherchent leurs parents ? L'Europe ne brillera pas de ses mille lumières comme ils avaient pu l'imaginer, elle s'est éteinte sous leurs souffles épuisés. Quels anniversaires fêteront-ils maintenant ?

Et cette Europe si belle qui les nargue. N'étaient-ils donc pas assez bien pour elle ? Pourquoi les a-t-elle laissés s'enfoncer dans l'eau glacée ? Pourquoi a-t-elle été si cruelle ? Ils se sont pourtant débattus, ils ont lutté jusqu'à l'épuisement mais la grande dame n'avait pas fini la partie et elle est venue les cueillir, déguisée en oiseau planant au-dessus de l'eau. Ils ont cru à la liberté qui leur tendait les bras. Ils n'ont pas vu le leurre, ils se sont accrochés à ses ailes et maintenant l'oiseau les a lâchés brutalement en vol et ils sont tous là ces voyageurs, posés au sol, inertes, désarticulés. À croire que la grande dame leur a fait payer leurs rêves qu'elle jugeait démesurés pour des petites gens. Ils ne demandaient pourtant pas grand-chose, ils demandaient juste le droit de vivre.

La belle Europe les a laissés mourir à ses portes, et c'est la douleur qui fait hurler ces femmes et ces hommes qui se roulent sur cette terre qui ne verra pas leurs enfants poser leurs pieds.

C'est Azra qui le voit la première, le corps allongé bien droit sur la grève, les yeux grands ouverts sur le ciel. Et c'est à cet instant que son corps lâche, qu'il n'a plus la force de la porter et ses jambes glissent comme happées par le sol. Elle tombe à côté de lui, foudroyée. Sa main reste plaquée sur sa bouche comme pour retenir les cris et remonter le temps. Elle n'était pas prête à cette hécatombe. Elle n'était pas prête à la mort de ses compagnons. Ils étaient là encore quelques semaines plus tôt tous ensemble, bravant le froid, traversant le monde, et puis cette soirée à l'hôtel où ils dansaient tous, le temps suspendu, les bras levés vers le ciel. Alors Azra pose son visage sur la poitrine qui ne battra plus, puis elle prend les deux mains glacées et les joint vers le ciel comme une prière. Ses mains comme celles de sa sœur, Sonja, découvertes sous les décombres.

Puis elle ferme les yeux de Yusuf et elle laisse venir ses cris qui vont crever le ciel.

Et puis soudain le temps s'accélère, le bruit revient, assourdissant. L'hélicoptère italien fait maintenant du surplace, des soldats se penchent et tirent des coups de feu sur les deux bateaux complètement vides. Ils s'embrasent instantanément et des flammes immenses se mettent à danser sur l'eau.

Les hommes se déplient et quittent les rochers. Chacun se met à courir, à ramper, à la recherche d'une femme, d'un enfant, d'un ami.

Les mots claquent, reprennent de la force, les corps se bousculent, se penchent au-dessus d'un blessé, d'un mort. Il y a comme un sursaut, une urgence à réaliser le désastre. Les noms résonnent, les cris exultent. Les ambulances, les cars de police arrivent, éclairent la côte, et c'est un fourmillement d'hommes qui s'agitent et pleurent.

Et il est là à regarder ce massacre, les hommes qui vacillent, tombent, se relèvent, partent sur des civières, sont recouverts d'un drap en aluminium qui brille comme un costume de clown pour un dernier tour de piste. C'est à ne pas croire cette effervescence alors que lui est juste anéanti, cloué sur son rocher à observer comme un oiseau ces corps échoués. Et il repense à eux, à ses compagnons, à leur force qui ne les a pas fait lâcher, à cette phrase qu'il n'a pas oubliée : *Je ne crois pas qu'une Européenne puisse t'aimer, ou alors si elle existe garde-la précieusement car cette femme-là n'épousera pas juste un homme mais la souffrance de tout un peuple.* Existe-t-elle cette femme qui l'attend quelque part ? Il faudrait qu'elle ait un cœur énorme pour accepter la douleur qu'il trimbalera désormais avec lui toute sa vie. Et il éclate en sanglots. Il se lève, souffle longuement et prie pour que ses compagnons soient vivants.

C'est la mort qu'il rencontre, et parmi tous les corps disloqués il y a ceux qu'il aime. La petite Yildiz est dans les bras de Tekin, ils semblent sourire. Ils ont dû être contents ces deux-là quand ils se sont retrouvés dans l'immensité glacée. Un peu plus loin, Dervis a la tête tournée dans la direction de sa sœur. Ce n'est pas soutenable de regarder ça. Yoldas se laisse tomber, il en a assez vu. Ses compagnons de route, il les aimait. Comment avancer sans eux maintenant ?

Il pose ses mains sur ses yeux. Il ne veut plus rien voir, ni entendre. Rien.

C'est alors qu'il sent quelqu'un s'asseoir à ses côtés. Il ne bouge pas, non, il ne bougera pas. Alors ses mains qui sont collées à son visage, quelqu'un le force à les retirer, ce geste que lui n'a pas fait avec son père quand il était à genoux terrassé de douleur. Pourquoi lui imposer ce qu'il ne veut pas voir ? Est-ce un ambulancier qui veut le remettre debout et l'emmener plus loin ? Qu'importe, il ne retirera pas les mains de ses yeux. Non, parce qu'il vient de se revoir dans l'eau et qu'il sait qu'il n'a pas pu sauver Cevdet, non, quand il s'est approché de lui pour le tirer vers la côte il se débattait comme un fou, à croire qu'il ne voulait pas d'aide, et il a vu son ami s'enfoncer, il a nagé sous l'eau pour le chercher et l'aider à refaire surface, mais il n'avait que de l'eau à saisir entre ses mains.

La personne s'acharne à vouloir écarter ses mains alors, épuisé, il se laisse faire. Et c'est Azra qui lui fait face, le visage trempé de larmes.

— Tu es vivant, toi aussi tu es vivant ! murmure-t-elle.

Alors il voit son visage basculer et c'est celui de Citseko qui se plante devant lui.

— Eh frère, j'ai comme l'impression qu'on a encore de la route à faire ensemble.

Et c’est Ersin qui hurle maintenant, sa petite voix prend du corps. Il a réussi à traverser ce monde de misère.

Ils se serrent dans les bras, se touchent, se caressent le visage. Oui, ils sont vivants.

25

C'est une main qui se lève.

À peine.

Et pourtant il la voit cette main noyée parmi tous ces blessés et ces cadavres, mais elle s'adresse à lui, il en est sûr. Cette main qui tente d'accrocher le vent, c'est le signe que tout est possible, ce « tout est possible » qui leur a permis de tenir debout jusqu'ici. Alors Yoldas fait signe à Citseko et Azra qu'il va revenir et maintenant lui aussi s'agite, il fait partie du tourbillon, de cette masse d'hommes et de femmes qui vont et viennent, cherchent encore un regard, et il se met à courir à son tour comme un fou. Il la voit la main s'agiter et il rit, c'est la main d'un de ses compagnons, il le sait, il y a des instants où les choses sont déjà écrites, et pour lui il n'y a pas de doute possible.

Beaucoup plus loin, près d'un rocher, un homme, le ventre ouvert, regarde le désastre autour de lui. Il voit ces ambulances qui vont et viennent, ces hommes en ombre chinoise qui se découpent, ce feu qui danse sur la mer. Ils sont montés les derniers dans le deuxième bateau et une seule chose lui importe — que son ami soit vivant. Il se relève à peine, mais la douleur le condamne à rester couché. Alors il retombe et bascule son corps sur le côté, et il le voit là, l'homme qu'il espère, juste un peu plus loin qui crache comme un fou. Il lui tend la main, maintenant plus rien n'a d'importance. Parce qu'ils sont à nouveau deux, parce que l'un ne peut pas avancer sans l'autre.

De l'autre côté, un homme tient son bras levé comme un drapeau blanc hissé. Je suis vivant ! Vivant ! Rien n'est fini, tout commence, murmure-t-il. Yoldas s'est arrêté, il est près de lui mais le corps d'un homme cache celui qu'il veut découvrir. Il avale longuement l'air de cette Italie qu'il ne connaît pas encore, il remplit ses poumons avec le bruit de sa gorge qui ronfle, et il s'avance.

À l'opposé d'où se trouve Yoldas, près des rochers, l'homme tient maintenant son ami blessé par la main, son ventre saigne beaucoup. Il se penche, le rassure. Il lui souffle à l'oreille de tenir bon, les ambulances sont là et il va pouvoir être soigné. Alors Welat sourit et ferme les yeux.

À plusieurs centaines de mètres, Yoldas se penche enfin. Ses mains tremblent, son cœur se pince atrocement. Maintenant il le voit nettement ce visage livide qui tente un sourire, cette main levée comme un appel au secours, et ces lèvres qui remuent en laissant entendre son prénom. Soudain Yoldas se retrouve à Istanbul dans ce vieux bus éreinté. Il revoit tous les visages, très vite, les uns après les autres. Tous ses compagnons de route qu'il ne connaissait pas encore, et puis ces deux hommes montés en dernier, ces deux frères au même regard : Ferhat et Mirkan, et c'est bien Mirkan qui est là, allongé parmi les cadavres. Yoldas s'écroule à ses côtés et les deux hommes se mettent à rire et à pleurer en même temps. Puis Yoldas l'aide à se soulever, le soutient sur son épaule et le dépose près des ambulances.

*

Yoldas reprend sa course folle, il voit au loin Citsekö qui lui aussi recherche parmi toutes ces personnes un visage familier. Dans le clapotis des vagues qui viennent s'écraser, Yoldas scrute les échoués. Il va de long en large, pose des questions mais Cevdet et Ferhat ne sont pas parmi ces gens.

Citseko arpente quelques mètres et soudain il reconnaît des mains. Des mains capables de changer la couleur du ciel, des mains fines qui métamorphosaient le monde d'un coup de crayon, ce monde à qui il offrait bien plus de nuances que la réalité. Et Citseko s'effondre. Assis à côté du corps de son compagnon de route, le jeune boxeur s'évade et voit s'agiter sous la brise les fleurs du jardin de Gül. Il respire profondément comme pour inviter toutes les fragrances à venir balayer son chagrin. Et c'est sous des fleurs multicolores — si bien racontées par Cevdet — qu'il ferme les yeux de Ferhat.

Un joli bus est là devant eux, un homme les fait monter un par un, il parle doucement une langue inconnue, leur donne une petite tape amicale dans le dos puis recouvre leurs épaules d'une couverture en laine. Il demande à Yoldas de monter le premier, Citseko le suit, Azra est beaucoup plus loin, les médecins ont voulu s'assurer qu'Ersin allait bien.

À une centaine de mètres, une ambulance emmène Welat. Osman est à ses côtés.

Yoldas s'assoit à l'avant du bus et, comme à Istanbul, il voit ses compagnons monter et c'est avec une émotion qui le dépasse qu'il voit Citseko passer la tête, avancer et se laisser tomber à côté de lui. Les deux hommes pensent à leurs disparus. Le visage de Citseko est impassible, pourtant des larmes roulent sur ses joues et s'écrasent sur son pantalon trempé et déchiré. À cet instant c'est à Tekin qu'il pense, uniquement à lui. Parce qu'il veut prendre du temps avec chacun de ses disparus. Et c'est avec Tekin qu'il veut faire ce voyage en bus.

Azra monte enfin, elle s'assoit à côté d'eux dans l'autre rangée, son esprit va d'un disparu à un autre, ses souvenirs apparaissent puis se fondent, glissent pour laisser la place à d'autres. Tout est confus, les sourires des uns se mélangent aux visages des autres et puis revient cette danse qu'ils avaient exécutée tous ensemble à l'hôtel. Sa mémoire revient toujours à ce point de musique.

Yoldas écrase son visage contre la vitre, il a besoin de regarder une dernière fois les corps étendus de ceux qui ne verront pas la belle Europe. Sa bouche tremble. Non, c'est trop dur. Il ne peut pas, alors il laisse courir son regard et il le voit monter et c'est bien Mirkan — en équilibre sur un pied — qui les observe tous les trois et qui tombe dans les bras de Citseko et Azra qu'il n'avait pas encore revus. Il n'était pas question pour lui de se faire soigner avant de les avoir serrés dans ses bras.

Elle est là assise, le regard tendu, la tête bien droite, et il est là, le visage émacié par la douleur. Ils viennent de répondre à son interrogation alors Mirkan redescend du bus en larmes parce qu'il veut revoir encore son frère Ferhat, Tekin, Yusuf et les enfants. Devant sa douleur aucun n'a pu lui poser la question qui leur brûle les lèvres, où sont Welat et Osman ? Sont-ils encore vivants ?

Quelques minutes plus tard c'est dans un grand gymnase qu'on les accueille, plusieurs femmes sont là pour donner à chacun des vêtements secs et de la nourriture. Puis des policiers prennent leurs empreintes. Ils ne parlent plus, ils sont juste harassés.

Ils rapprochent trois lits de camp et s'allongent, bientôt le jour va se lever.

26

Des milliers de personnes sont là à attendre dans ce centre de rétention qui ressemble à une prison. Ils ont été déplacés ici le lendemain de la catastrophe. Depuis vingt et un jours, le temps est mis entre parenthèses. Toutes les nationalités se confondent. Yoldas, Citseko et Azra ne se quittent pas.

Chaque jour, ils arpentent cet immense centre de rétention près de la ville de Lecce.

Cette ville, pourtant européenne, est juste une passerelle vers cette Europe pleine de promesses dont ils rêvent. Ici ils se sentent en déséquilibre entre deux mondes. Citseko boxe l'air, pas question de craquer maintenant. Alors ils convoquent leurs disparus et marchent de long en large, personne ne fait attention à ces trois loufoques qui parlent au vent et tendent souvent leurs bras comme s'ils portaient un colis. Parfois ils s'arrêtent, s'assoient au sol et discutent quelques minutes sans s'arrêter. Le froid les engourdit, leurs mains cherchent un peu de chaleur et leurs sourires éclairent à peine leurs visages amaigris. Dans leur bulle, ils évitent les bagarres au couteau qui se multiplient, les corps qui s'écrasent de coups de poing, les hurlements hystériques, les rackets entre migrants. Eux déambulent sans répit sous les yeux des gardiens qui portent à la ceinture uniquement des matraques.

Azra fait souvent glisser Ersin de son écharpe et Yoldas l'attrape et le fait tournoyer vers le ciel puis l'offre à Citseko qui reprend sa course et le tient contre sa poitrine. Et c'est sous le rire en cascade du petit qu'ils se reconstruisent.

Un semblant de vie s'organise, une routine s'instaure. Les déjeuners, les dîners pris dans le grand réfectoire où ils retrouvent les mêmes cuisiniers qui derrière un comptoir leur tendent avec un sourire mécanique leurs rations. Les douches quotidiennes, les longues nuits où ils refusent à leurs rêves de s'éteindre. L'attente rythme cette vie en équilibre. Une question noircit les lendemains, que vont-ils devenir ?

Et puis le vingt-deuxième jour, alors qu'ils n'ont rien vu venir, alors qu'ils ont repris leur marche de forcenés contre les murs, leurs disparus trottant à leurs côtés, trois hommes se glissent près d'eux et ce sont les doigts de Welat qui attrapent au vol ceux d'Azra, les mains d'Osman qui arrivent derrière Yoldas et se posent sur ses yeux, les poings de Mirkan qui se ferment et battent l'air face à Citseko. Alors ils se serrent les uns les autres, se replient dans un coin et plongent dans les regards de chacun. Le silence vient s'installer, et leurs yeux se racontent. Ils ont les mêmes peurs, les mêmes disparus qui côtoient leurs doutes, mais toujours le désir têtu d'avancer.

À l'heure où le soleil décline Osman sort un petit lecteur CD qu'il a négocié à l'hôpital et, l'air triomphant, il lance un : Alors ? Il déclenche la musique et c'est l'histoire de leur pays qui s'élève dans cette cour où les cris s'abattent comme la pluie. Immédiatement, les mains glissent les unes dans les autres, et ils se placent en ligne. Les pieds d'Osman s'élèvent, Yoldas ferme les yeux, il tient la main de Citseko alors il sourit, ils ont tout à construire. Mirkan s'autorise à penser à Nihal parce que c'est le souvenir de cette femme qui s'impose à lui à cet instant précis, Welat ose et tend la main à Azra pour qu'elle aussi vienne danser. Il s'entend penser que cette femme est bien trop belle pour lui mais il la regarde et elle lui sourit.

Azra réalise qu'elle vit une nouvelle fois ce moment tant espéré, elle va accepter l'invitation, ce soir c'est la mémoire de ceux qu'elle a perdus qu'elle fera danser. Alors quand Welat voit Azra s'approcher de lui, il sait maintenant que tout est possible.

Dès le lendemain, ils sont convoqués un par un dans un petit bureau aux murs bien blancs qui contrastent avec la crasse du réfectoire et des dortoirs où s'entassent une cinquantaine de lits par pièce. Le responsable est debout, la main tendue. Un homme est à ses côtés et leur traduit ce qu'il dit en turc.

—Voici les papiers qui vous autorisent à rester ici en Italie un mois, mais attention juste un mois, et dès maintenant vous devez quitter le centre. Si vous voulez sortir de la ville, un bus va jusqu'à la gare.

L'homme se lève de façon mécanique et annonce exactement la même phrase à tous. Il conclut sur un «bonne chance» systématique, sans tonalité particulière.

Et en quelques minutes à peine, ils se retrouvent sur le trottoir, ils regardent les deux lourdes portes se refermer derrière eux, c'est leur propre histoire qui maintenant va se dessiner. Le bus est là et semble les attendre. Citseko et Osman ont longuement étudié les cartes.

— Oui, on est dans le talon de la botte, c'est dingue, non? ne peut s'empêcher d'ajouter Citseko, les yeux exorbités en pensant au chemin parcouru.

Et Yoldas de surenchérir sur la durée du trajet.

— Cinquante-trois jours de cavale depuis mon arrivée à Istanbul.

Et chaque fois c'est cette trahison, la dureté de ce voyage qui a valu à leurs compagnons d'être absents. Alors ils choisissent de ne pas perdre de temps et de quitter cette région meurtrière qui a avalé tant de rêves. Ensemble, ils vont aller à Rome. Sur le quai de la gare ils convoquent leurs souvenirs et c'est à Beritan qu'ils pensent tous. Mais soudain le sourire de Citseko s'effondre, parce qu'il veut reconstituer la vie de son ami en entier et qu'il comprend que, parfois, ce sont des pointillés qui s'ajoutent à son histoire.

— Mais on ne saura jamais ce qu'il faisait comme travail !

Yoldas sourit, c'est lui qui détient l'information, recueillie par Sibel puis divulguée à Cevdet. Et c'est Cevdet lui-même qui lui avait parlé de cet incroyable Beritan.

Tous les visages convergent vers Yoldas.

Arrivés à la gare, ils découvrent un train confortable — et les fauteuils sont rouges, note Yoldas. En réalité ils sont bleus mais personne n'y trouve à redire.

Une fois assis, la mort est convoquée, elle a des comptes à rendre à ces hommes-là, pas question de l'ignorer. C'est un ennemi qu'ils tiennent au cou. Les mots prennent leur envol et planent au-dessus de cette mer glaciale qui a avalé leurs compagnons. Alors les hommes s'écoutent et se racontent, les mains s'agitent, esquissent des visages. Chacun veut donner des formes à ses souvenirs, des intonations à des voix.

Et Yoldas revient à Cevdet, ses bras qui frappent l'eau et l'empêchent de l'approcher. Osman émet l'idée que Cevdet avait peut-être renoncé à la vie ce soir-là, Sibel l'avait quitté quelques heures plus tôt et certaines décisions ne sont pas envisageables. Jamais lui n'aurait pu finir ce voyage s'il n'avait pas été avec Welat jusqu'au bout.

Yoldas secoue la tête, non, Cevdet ne se serait jamais suicidé, il en est persuadé. Parce que, caché sous ses peurs, c'était un homme solide qui ne demandait qu'à vivre. Yoldas ferme les yeux, il imagine Cevdet glissant dans l'eau profonde puis au dernier moment frappant le fond marin de ses deux pieds avec force. Cevdet remontant, nageant comme un fou et s'accrochant à un rocher. Si seulement cela était possible… Yoldas accroche son regard à la fenêtre, les paysages défilent, le train traverse cette Europe dont ils ont tant rêvé. Mirkan a ressenti le rejet des suppositions d'Osman, alors pour le rassurer il lui souffle que la vérité n'est pas toujours là où l'on croit.

Ils ont trop vu la mort, elle les a rendus humbles, avec elle ils ont jeté le peu d'artifice qu'ils pouvaient avoir, et ce dernier voyage tous ensemble, ils le vivent les yeux dans les yeux, nus, sans mensonges. Et c'est Azra qui leur dit la vérité sur Ersin. Elle revient longuement sur le choix de sauver son neveu, préférant le soustraire à sa sœur Esma dont le cœur ne battait plus que pour une triste vengeance.

— Voilà, après avoir rencontré le passeur Erdouan qui rôdait dans mon quartier, je suis partie un matin en laissant une lettre sur la table de la cuisine, j'ai traversé le pays et je suis restée quelque temps à Istanbul chez une tante.

Seul Citseko remarque l'émotion de Yoldas à l'évocation de cette histoire, il le voit glisser dans ses poches ses mains qui tremblent beaucoup trop. Yoldas devient livide, il prétexte un petit malaise pour s'éloigner. Il change de wagon, il a besoin d'être seul.

Il se laisse tomber dans un fauteuil, il vient de revoir ce qu'il essaie de fuir, ce qu'il a vu sur la place de son village, ce matin-là, à Varto. Quand Azra a raconté l'histoire de sa sœur voulant rejoindre les forces armées, l'image est tombée implacable devant ses yeux. Il a revu son père à genoux, sidéré par ce qu'il voyait. Et ce qu'il a vu ce jour-là c'est le corps d'une femme nue, exposée aux yeux de tous, torturée à mort. Seuls ses cheveux lâchés semblaient flotter, soulevés par le vent. C'était une combattante kurde qui avait été traînée jusque-là, accrochée à un tank de l'armée turque. Et cette femme exposée nue, comme pour lui ôter à tout jamais toute pudeur, c'était comme l'assassiner une deuxième fois. Alors ce jour-là, il n'avait pas relevé son père mais il avait lentement enlevé sa veste, son pull, son pantalon et il avait recouvert le corps de cette femme en faisant attention à laisser ses cheveux danser au vent. Voilà ce qui le tenait debout des jours et des nuits à marcher sans s'arrêter. Marcher pour cette femme qui avait lutté et ne jamais l'oublier. Fuir la haine.

Quand Yoldas revient dans le wagon où sont ses compagnons, Mirkan prend la parole, lui qui s'est souvent tu.

Timide, c'est sur Ferhat qu'il préfère d'abord poser des mots, sur ce grand frère artiste qui lui a toujours fait un peu peur. Il a admiré cet homme talentueux, replié sur son travail, et il leur décrit ses peintures, plus incroyables les unes que les autres. Alors de la même façon qu'ils traversaient les forêts hostiles avec les fleurs multicolores du jardin de Gül dans leurs pensées, viennent maintenant s'inviter les peintures de Ferhat qu'ils n'ont jamais vues. La richesse des textures qu'il utilisait, le foisonnement des couleurs, le rendu exceptionnel des couchers de soleil, la beauté des ciels de guerre.

— Oui, même un ciel noir de tirs devenait beau, il y avait toujours de l'espoir dans ses toiles. Comment expliquer? Sous son pinceau tout se transformait.

Mirkan s'arrête soudain, il a retrouvé, dans le manteau de son frère, protégés par un sac plastique, quelques dessins qu'il veut leur faire partager. Beaucoup ont pris l'eau mais c'est le travail de son frère et il tient à le leur montrer comme un dernier hommage.

Et c'est le portrait des pères de Welat et Osman que Mirkan vient glisser sous les yeux de ses compagnons de route. Ils sont là, ces deux hommes dansant sous un soleil éclatant, les bras levés, les pieds dans un jardin de fleurs, ils sourient mais la mer en s'invitant dans le sac de Ferhat a ajouté des bavures et c'est comme s'ils dansaient derrière une vitre où la pluie aurait laissé couler de longues gouttes d'eau. Une vitre de larmes. Welat ne cherche pas à calmer son corps qui tremble, il ôte sa main plaquée sur sa bouche qu'il ne veut plus muette et c'est lui qui leur raconte l'histoire de leurs pères. Et c'est Osman qui leur retrace la nuit blanche à l'hôtel, ces heures passées jusqu'à l'aube à expliquer à Ferhat comment étaient les visages de ces hommes et Ferhat de s'appliquer à leur redonner vie, son choix le lendemain de les laisser partir tous les deux ensemble.

Azra découvre un portrait d'elle avec Ersin, non pas contre sa poitrine, mais face à l'horizon, ils sont tous les deux de profil, le visage balayé par le vent. Ferhat a réussi à dessiner le point de bascule entre l'action et le rêve, et c'est extrêmement troublant. Il y a aussi un dessin des mains de Citseko, les poings fermés, les portraits des enfants de Yusuf sur les épaules de Tekin et Welat.

Mirkan ressent l'émotion de chacun alors pour laisser une fois de plus toute la place à son frère, il choisit de se taire.

Les projets se précisent, Osman et Welat veulent rejoindre Berlin, des oncles à eux sont déjà installés là-bas. Citseko a juste l'adresse d'un entraîneur de boxe qui l'attend à Paris, et peu à peu son rêve se rapproche. Yoldas a des cousins qui sont prêts à l'accueillir lui aussi à Paris. Azra ne parle pas, elle ne sait pas où aller, elle veut juste un ciel de trêve comme toit et des rires pour combler le vide. Welat se rapproche.

— Azra, tu pourrais peut-être faire un bout de route avec nous. À Rome un bus va jusqu'à Berlin.

Et sans attendre sa réponse, comme sur cette route escarpée, les mots cavalent, se bousculent et Welat ne peut plus les taire.

— Ou plus qu'un bout de route, c'est à toi de choisir mais, tu sais, un bon plat s'accompagne toujours d'un bon vin. Non, je ne veux pas dire que tu es un bon vin ou moi un bon plat. Non, bref, la route est moins longue parfois quand on peut parler de poulet, de poivron à une femme connaisseuse comme toi de bonne cuisine, mais on peut aussi regarder les enfants grandir. Enfin non, je ne veux pas dire que toi et moi…

Impressionné, Yoldas sourit et murmure à Citseko : «Waouh, il ose lui ! »

Alors Azra sort le petit Ersin de son écharpe et le tend à Welat.

— D'accord, je suis partante pour l'Allemagne, en plus je crois qu'Ersin a adopté tes bras.

Puis c'est Mirkan qui, d'une voix timide, demande si lui aussi pourrait emprunter leur route jusqu'à Berlin. Il n'est pas boxeur et il n'a pas des mains qui peuvent élever des maisons, des tours comme celles de Yoldas, de plus Paris lui fait peur, il voit la capitale comme une gigantesque machine qui risquerait de le broyer. À Berlin, il pourrait peut-être aider Osman et Welat dans leur restaurant.

— Mais attention, je ne serai pas danseur ! En Turquie je jouais du tenbûr comme personne, alors je pourrais peut-être jouer quelques morceaux le soir dans votre restaurant.

Et leurs vieux rêves refont surface et cavalent.

Quand le train arrive en gare de Rome, ils sont prêts à offrir leurs multiples talents à Paris et à Berlin. Ils se serrent les uns contre les autres, ils se reverront, c'est inscrit au fond de leurs regards.

Yoldas murmure à Welat qu'il prenne bien soin de la belle Azra. Citseko promet une séance de dédicaces dans leur restaurant dès qu'il sera célèbre. Mirkan lui dit qu'il peut rajouter un nom à sa liste de célébrités car Berlin risque fort de tomber amoureux de sa musique.

Il fait froid soudain sur le quai et Osman respire longuement, il pense à Rabia, la mère de Tekin, et il ne sait pas pourquoi. Longtemps les fantômes de leurs amis vont traîner avec eux. Yoldas, qui a surpris l'expression d'Osman, a compris qu'un de leurs compagnons disparus était venu s'inviter.

— Il va falloir s'habituer, ils vont être avec nous jusqu'à notre dernier souffle.

Yoldas et Citseko se faufilent dans les couloirs et trouvent le quai pour le train à destination de Vintimille. C'est un point de chute qu'on leur a donné au centre de rétention. Une petite ville italienne pas loin du sud de la France.

Mais une fois arrivés après plus de neuf heures de voyage, il fait bien trop nuit pour s'aventurer dans la ville, alors ils décident de dormir au chaud dans la gare et c'est en longeant les quais comme des souris qu'ils repèrent un train sur une voie de garage. Ils s'animent, se mettent à le longer, mais aucune porte n'est ouverte et le découragement s'abat sur eux comme une claque. Le dos de Yoldas glisse lentement le long du train. Citseko s'assoit à ses côtés.

— Non, Yoldas, pas maintenant. Il faut arriver à Paris. Rappelle-toi notre promesse.

Yoldas se revoit tenir debout, ne lâchant jamais prise malgré le froid, la faim, la fatigue, il entend à nouveau ses cris de guerrier déchirer la forêt en Bulgarie, alors d'un bond il se relève et se met à chercher avec rage une porte ouverte dans ce train qui comme eux se cache du monde. Et puis Citseko pousse l'avant-dernière porte du wagon, celle-ci mal fermée s'entrouvre. Ébahis, l'un et l'autre voient dans cette ouverture comme un passage vers leur nouvelle vie et ils s'engouffrent dans le wagon. Ils referment la porte et s'allongent sur les banquettes. Ici, au moins, ils sont à l'abri du froid. Et les deux amis s'entendent dire que oui, tout peut arriver, qu'ils ne doivent plus rien craindre, que les difficultés endurées étaient le prix à payer pour fuir leur vie de misère.

Le lendemain matin au lever du soleil, Citseko et Yoldas sortent de la gare et découvrent, étonnés, la petite ville. Les rues sont bordées de grands palmiers, les façades des maisons multicolores posées comme des milliers de papillons.

— C'est plus beau que dans un rêve, s'entend dire Citseko.

— Oui, c'est extraordinaire, ajoute Yoldas.

Sans même s'en rendre compte, leurs jambes fatiguées les entraînent jusqu'au parc de la ville où ils se laissent tomber sur un banc. Longtemps, leurs visages se renversent vers le ciel, ils ne lâchent pas du regard les oiseaux qui s'envolent d'arbre en arbre, mais ils se sont toujours trop cachés pour comprendre qu'ils sont libres de circuler dans ce pays pendant un mois. Comme des fugitifs en cavale, ils restent des ombres fuyantes — inquiets d'être repérés et renvoyés en Turquie —, alors ils n'osent pas bouger de leur banc et ils regardent avec envie les promeneurs s'agiter.

Le lendemain, après une nuit passée à nouveau dans la gare, ils retournent dans le parc et osent davantage. Yoldas et Citseko n'ont plus que cent euros pour rejoindre Paris alors quand la faim les tenaille, leurs bras s'ouvrent en grand comme les ailes des oiseaux qui tournoient au-dessus du parc et ils se mettent à courir en riant dans les allées. Ils croisent des enfants bien emmitouflés qui jouent avec la buée qui s'échappe de leur bouche, ils se roulent sur les pelouses comme des chiens fous et se jettent sur les miettes lancées aux pigeons, ils crèvent simplement de faim et de froid. Quand personne ne les voit, ils se penchent sur les poubelles et cherchent des bouts de sandwichs, des gâteaux secs, puis noblement ils s'assoient sur un banc et, le dos bien droit, ils mangent avec l'élégance de deux personnes dans un quatre-étoiles. Ils s'inventent des serveurs en costume cravate qui viennent s'inquiéter de leur avis.

— C'est vraiment délicieux, on se régale.

— Attends, comme disait Tekin, il faut que le serveur ait sa petite serviette blanche sur le bras, rectifie Citseko.

— Oui, tu as raison, ajoute Yoldas, les détails sont toujours très importants. Il ne faut pas oublier qu'ils portent aussi les cheveux gominés en arrière.

Et ce sont deux hommes très dignes qui mangent lentement quelques miettes, les yeux clos, de la même façon que d'autres apprécient quelques grammes de caviar.

Plus tard, ils s'imagineront face à un beau feu de cheminée, les trophées sur une armoire pour l'un, une femme amoureuse à ses côtés pour l'autre.

27

Ils se penchent à peine sur le quai et ils le voient arriver majestueux, le nez en avant. Le train en partance pour Paris est enfin là. Quand les portes s'ouvrent, ils s'engouffrent dans les toilettes et referment la porte sur leurs deux corps costauds. Faute d'argent, ils n'ont pas pu se payer le billet. Ils rient, c'est vraiment petit ces toilettes. Citseko jette un coup d'œil dans le miroir, il ne se reconnaît pas.

— On ressemble à des clochards !

Yoldas se regarde à son tour, lui non plus ne se reconnaît pas, il passe sa main sur un visage qui ne lui dit pas grand-chose.

— Tu vois, Citseko, je crois que je me serais pris pour un autre.

L'un assis sur les toilettes, l'autre par terre, ils partagent une cigarette, Yoldas la tend à Citseko.

— Va falloir assurer à Paris, là-bas ils sont tous impeccables.

Citseko tire une longue bouffée, il tente de se rassurer.

Alors ils s'inventent des costumes, des chaussures en cuir, des manteaux épais, de larges écharpes lorsque des coups violents dans la porte les font sortir brutalement de leur parenthèse.

— Contrôle de billets, ouvrez la porte, s'il vous plaît !

À peine la porte entrebâillée, deux contrôleurs leur barrent le passage et leur demandent ce qu'ils supposent comprendre, les billets qu'ils n'ont pas.

Devant leurs mines effarées et leurs mains qui retournent leurs poches vides, les contrôleurs leur demandent de ne pas bouger en faisant de grands gestes et ils appellent la police.

— Ne pas bouger, ça on sait faire, se surprend à ironiser Citseko.

D'un ton qui n'admet pas la réplique, les contrôleurs les invitent à descendre.

Interminables, les minutes s'éternisent sur le quai. C'est Citseko qui, le premier, aperçoit les policiers fendre la foule, il n'est pas question de trembler. Est-ce que Mohamed Ali tremblait, lui ?

Ils tendent les papiers donnés en Italie, les policiers leur demandent de les suivre. Ils les encadrent. Yoldas et Citseko prient pour qu'ils ne soient pas renvoyés en Turquie. Ils traversent la gare, les policiers parlent au talkie puis les laissent sur un autre quai où un train est déjà en gare, destination Vintimille.

Et c'est maintenant le chemin inverse qu'ils refont, et ils n'aiment pas cela.

— Bon, là on recule, mais ce ne sont que quelques kilomètres en arrière. Je crois que tu dirais que c'est pour prendre de l'élan et franchir la ligne d'arrivée en vainqueurs.

Citseko hoche la tête.

— C'est exactement ça, mon ami.

Arrivés à Vintimille, ils se regardent et, sans un mot échangé, ils traversent la gare en courant puis, une fois dehors, ils détalent à toute vitesse dans les rues. Les passants se retournent sur ces deux types à la mine épuisée qui courent comme si la mort était à leurs trousses.

Et parce qu'ils n'arrivent toujours pas à comprendre qu'ils sont libres, c'est dans le parc qu'ils retournent se cacher.

Et ce sont deux jours à nouveau, à courir les bras déployés, à se contenter de miettes et de restes de sandwichs, et étonnamment une envie de vivre qui ne cesse de croître. Parce que rien n'est décidé, parce que ce sont eux qui écrivent leur destin, parce qu'ils veulent réussir, non seulement pour eux, mais pour Tekin, Cevdet, Ferhat, Sibel, Yusuf, Dervis, Yildiz et Beritan. Un jour, on entendra leur histoire, elle se promènera de bouche en bouche, de pays en pays, et leurs noms cloueront le bec au silence, aux journalistes qui se taisent.

C'est au troisième matin qu'un homme s'approche d'eux, il ne les regarde pas dans les yeux. Il les a repérés depuis un moment, alors il leur parle en turc en leur balançant un sourire sardonique.

— Je suis un passeur.

Yoldas et Citseko ne bougent pas et écoutent avec intérêt l'homme qui leur parle.

— Vous me filez deux mille euros, vous passez deux nuits à l'hôtel et j'organise tout pour que vous arriviez à Paris. J'ai un départ lundi si ça vous intéresse.

Sans réfléchir, sans se concerter parce qu'ils rêvent de se laver, de dormir au chaud dans un vrai lit, mais aussi parce qu'ils ont une promesse à tenir, ils acceptent la proposition. Yoldas voit Citseko se déployer, à croire qu'il reprend du volume rien qu'à l'idée d'être au chaud.

— On est d'accord, le seul souci, c'est qu'on aura l'argent lundi matin.

Et Yoldas précise sérieusement :

— On attend de l'argent de mon frère.

Le passeur hésite quelques instants puis il accepte.

— Attention, si je n'ai pas l'argent lundi matin, je…

Et avant qu'il ne fasse le signe de leur trancher la gorge, Citseko ajoute :

— Reste calme, fais-nous confiance. On se retrouve où pour te régler ?

— En bas de l'hôtel, mais je vais vous surveiller nuit et jour alors pas d'embrouilles.

Une fois à l'hôtel, c'est sous l'eau brûlante de la douche qu'ils se glissent et se réchauffent. Les poings de Citseko cognent les jets d'eau, et dans des postures de boxeur c'est contre le malheur qu'il frappe. Yoldas laisse l'eau couler longtemps sur son visage et il prie pour que Cevdet lui pardonne de ne pas avoir réussi ce soir-là à le rattraper dans l'eau glacée.

Dès le lendemain, ils repèrent les lieux, l'épicerie est à une rue de l'hôtel, et de la fenêtre de la chambre, ils voient le passeur surveiller l'entrée de l'hôtel du trottoir d'en face.

Citseko soulève régulièrement le rideau de la fenêtre.

— Il est toujours là.

— Alors viens, on va acheter un peu à manger, il faut qu'il voie qu'on n'a rien à se reprocher.

Ils descendent dans le hall de l'hôtel. Une fois l'entrée franchie, ils se sentent suivis. Ils achètent un peu de nourriture, rient fort et regagnent l'hôtel. Puis ils ressortent et retournent dans le parc où ils restent jusqu'à vingt-deux heures. Le lendemain, après être passés à l'épicerie, ils retournent dans leur chambre.

Yoldas a réussi à convaincre Citseko qu'ils se rasent, leurs barbes mangent trop leurs visages creusés par tant de jours de privation. Elles sont le reflet flagrant de leur errance. Une fois douchés et rasés, ils vident leurs sacs sur leurs deux lits et enfilent tous leurs habits les uns sur les autres. Ils ne veulent pas se séparer de leurs vêtements, c'est leur seule richesse, la seule chose qu'il leur reste. Puis les mains dans les poches, comme des promeneurs, ils retournent au parc.

Le passeur est toujours là, en planque. Vers vingt heures, Yoldas regarde de droite à gauche puis souffle.

— C'est maintenant!

Alors leurs jambes se détendent et, comme deux sprinters, ils foncent de l'autre côté du parc. Vite, très vite, ils filent. Ils traversent sans faire attention aux obstacles, les voitures klaxonnent leur imprudence et eux continuent à courir entre les voitures, ils poussent les passants, se suivent, se regardent comme pour mieux se donner du courage. Yoldas voit au loin le passeur qui les suit alors il accélère. Citseko va encore plus vite. Ils franchissent la gare, courent encore puis s'arrêtent et se faufilent parmi des touristes. Rapidement Citseko repère le passeur à quelques mètres d'eux, alors ils reprennent leur course folle, vont jusqu'aux quais, les traversent à pied, voient un tunnel à gauche.

Ils se regardent et c'est l'amour de la vie qui fait basculer leur corps. Ils sautent sur les rails et en courant ils s'enfoncent dans le tunnel. Citseko hésite à aller plus loin, c'est trop dangereux.

Yoldas lui attrape le bras.

— Non, faut foncer, on n'a plus le choix, le passeur va nous tuer.

Et ils se mettent à courir dans ce tunnel noir qui ne laisse pas présager grand-chose de bon. Citseko allume son briquet, ils ne savent pas quand cet interminable tunnel s'arrête et où il va les conduire.

— Il faut surtout prier qu'un train ne l'emprunte pas maintenant, car là c'en serait fini : il y a juste la place du train.

Alors ils détalent, talonnés par l'angoisse d'entendre surgir un train. Et comme pour congédier la mort, une fois de plus, c'est de la vie, uniquement de la vie qu'ils veulent parler.

— Citseko, tu as toujours voulu être boxeur ?

Citseko sourit.

— Je crois que oui, je suis né pour être un grand champion, tu vas voir les combats, je vais tous les gagner !

— C'est qui cet entraîneur qui t'attend à Paris ?

— C'est le meilleur, mon ami !

Yoldas se remet à trottiner.

— Tu crois qu'il y a quoi au bout de ce tunnel ?

— La vie.

— Alors faut pas ralentir.

Et leurs corps épuisés obéissent et soutiennent le rythme imposé. Citseko raconte maintenant sa famille, son père marchand de valises à Tarlabasi.

— Et tu sais quoi ? Les valises c'est ce qui se vend le mieux dans toute la ville ! Ça m'a toujours épaté, Istanbul grouille de touristes mais aussi de passeurs qui aident ceux qui veulent filer. Quand les magazines disent qu'Istanbul est une ville qui bouge, ils ne croient pas si bien dire ! Elles sont bien les valises de mon père, il en a de toutes les tailles, de toutes les formes, des sacs aussi, même des sacs en plastique. Ça marche bien.

Et Citseko lui parle longuement de valises, de la qualité de certaines, de la médiocrité d'autres.

— N'achète jamais les valises qui ont quatre roulettes, elles vont plus vite que toi, finit-il par conclure.

Puis Citseko rit quand il évoque son père, ses yeux ronds, sa voix qui gronde quand il tombe sur les aînés un torchon plein de nœuds pour fouetter leurs fesses et leur ôter l'envie d'être malpolis.

Sa mère sans travail, ses frères et ses sœurs qui se battent du soir au matin.

— C'est ça la vie chez nous, c'est jamais calme !

Dans ce tunnel noir et plein de suie, c'est Tevrat, sa mère, que Yoldas fait maintenant surgir.

— Moi aussi je pars en France pour réussir. Je veux prouver à ma mère que la réussite en Europe ce n'est pas que pour mon père, lui est parti en Allemagne il y a longtemps puis il est revenu. Tu vas voir, Citseko, à Paris ils seront épatés par mon travail, je vais leur monter des immeubles en moins de deux !

Et leurs deux corps disloqués continuent toujours de s'enfoncer dans ce tunnel sans fin.

— Au fait, c'était quoi alors le travail de Beritan ?

Yoldas s'arrête et prend son temps, il savoure par avance la surprise qui va arrondir dans quelques instants les yeux, la bouche de Citseko.

— Il était magicien.

Citseko écarquille les yeux.

— Non ? C'est pas vrai ?

— Si, si, un vrai magicien. Il faisait sortir des

lapins des chapeaux, des oiseaux des ballons. Il faisait des trucs incroyables.

Citseko est épaté, Beritan n'était vraiment pas quelqu'un d'ordinaire. Soudain, il éclaire les rails.

— Hé, mon ami, tu vois ce que je vois ?

Yoldas porte son regard au sol et découvre, lui aussi, une vingtaine de clémentines dispersées entre les rails. Un train de marchandises a dû passer par là, et dans le virage les clémentines ont dû tomber. Ils éclatent de rire, Yoldas n'en revient pas.

— C'est incroyable, c'est un coup de magie de Beritan ! On va se régaler !

Les deux hommes ramassent les fruits et les mangent en continuant d'allonger le pas.

Leurs pieds gonflés et couverts de cloques sortent de leurs chaussures. Cela fait plus de trois heures maintenant qu'ils marchent. Ils ne peuvent pas ralentir, depuis qu'ils se sont engouffrés dans ce tunnel, ils n'ont plus d'autre choix que d'avancer. Ils économisent leurs briquets, ils ne les allument que toutes les minutes quelques secondes, et à tour de rôle. La flamme vacillante éclaire ce tunnel angoissant qui s'enfonce dans les ténèbres. Leurs jambes tremblent, leurs doigts sont brûlés par cette flamme à qui ils demandent de ne pas faiblir, mais leur course n'en finit pas. La mort est toujours à leurs trousses, elle ne les quitte pas, elle suinte même contre les parois noires de suie du tunnel nauséabond, pourtant les deux hommes foncent avec la même hardiesse. Et les mots ne cessent de jaillir entre eux, ils ne lâcheront pas. Ils s'interdisent de donner la parole à la peur, ce sont les chants kurdes qu'ils invitent et les sourires de leurs pères qui poussent leurs pieds en avant. Souvent, l'un passe le bras sous l'épaule de l'autre, ils fuient l'obscurité et filent sous les mêmes rêves de paix.

Maintenant leurs briquets viennent de s'éteindre définitivement et ils avancent à tâtons. Leurs yeux fouillent le noir épais, ils s'obligent à parler plus fort, à écraser leur angoisse en faisant claquer les mots.

Leur incroyable détermination est liée à leurs propres désirs mais aussi à leur promesse faite depuis la triste nuit du naufrage. Ils ont décidé de réaliser le vœu de Tekin, parce qu'il n'a jamais cessé de leur ressasser qu'une fois en Europe, dès qu'il aurait un peu d'argent, ce serait pour aider Rabia, sa mère, mais aussi pour acheter des vêtements à ses frères et sœurs et surtout offrir des slips à Rojbin, qu'il appelait toujours sa crasseuse de sœur. Alors, quand ils seront en France, dès qu'ils gagneront de l'argent, ils achèteront des slips à sa crasseuse de sœur.

Et c'est alors qu'ils voient, minuscule à des centaines de mètres, un halo de lumière. Ils rassemblent leurs dernières forces et ils se mettent à courir en boitant. Le halo s'agrandit, oui, c'est bien la fin du tunnel, il débouche enfin quelque part. Alors ivres de joie, les bras en l'air comme des sprinters gagnant la course, ils passent dans ce rond de lumière, les bras tendus vers le ciel en hurlant de joie.

Et là, sous les lumières d'une gare, Citseko découvre le visage totalement recouvert de suie de Yoldas. Il éclate de rire.

— Tu es mon frère, Yoldas ! Tu es mon frère ! Tu es aussi noir que moi !

Citseko regarde sa montre, il est exactement minuit et on est le 31 décembre.

— Là, on peut parler de signe, mon ami !

— Oui, on peut dire que la vie commence ! Mais c'est quoi cette gare ? On est où ?

À peine ont-ils le temps de se poser réellement la question que quatre policiers se sont placés devant eux. Ahuris, les mains déjà en l'air comme des voleurs qui se rendent, ils n'osent plus bouger.

— Vos papiers, s'il vous plaît !

Intrigués mais amusés, les policiers — dont une femme — regardent ces deux hommes qui ressemblent à deux ramoneurs en cavale. Leurs visages noirs de suie sont éclairés par deux magnifiques sourires d'un blanc éclatant, et les policiers ont du mal à contenir leur rire. Yoldas et Citseko donnent leurs papiers, en priant qu'ils ne soient pas redéposés dans un train en partance pour Vintimille. Alors Citseko, avec de grands yeux écarquillés, demande où ils sont dans un anglais très approximatif.

— Vous êtes dans la gare de Monte-Carlo.

Devant leur incompréhension évidente, un policier ajoute : « Pas très loin de la France. »

Ils ont compris le mot France et leur cœur se met à cavaler. Les policiers leur demandent de les suivre et les emmènent dans un bureau qui leur est affecté dans la gare. La jeune femme leur tend deux chaises et va chercher des biscuits qu'elle attrape dans une armoire. Elle les invite à s'asseoir et leur donne les gâteaux secs.

Yoldas et Citseko s'assoient très dignement sur la chaise et, le dos bien droit, ils grignotent les biscuits avec déférence.

Étonné, un policier les regarde et ne peut s'empêcher de commenter la scène à voix haute à tous ses collègues.

— On n'avait encore jamais vu ça ! Ces deux types viennent d'Italie à pied par le tunnel ! Ils fuyaient le diable ou quoi ? Ça doit faire au moins quatre heures qu'ils cavalent comme des lapins dans le noir. Ils sont dans un sale état mais ce sont de sacrés athlètes !

Son collègue intervient.

— À croire qu'ils veulent vraiment pas rester chez les Ritals. Ils ont des papiers valables un mois là-bas, pourtant. Bon, on fait quoi avec eux ? On les renvoie là-bas ?

Sur des paroles qu'ils ne comprennent pas leur destin est en train de se jouer. Les policiers se concertent, regardent les deux hommes aux allures de charbonnier, venus de si loin, qui mangent avec une élégance incroyable. Alors la femme s'approche timidement de Yoldas, tout en s'adressant à ses collègues.

— Il ne faut pas qu'ils retournent à la gare, ils vont être remis dans le train pour Vintimille. C'est le jour de l'an pour tous aujourd'hui, non ?

Les policiers acquiescent. La jeune femme ouvre son sac, sort son porte-monnaie, attrape deux billets de dix euros qu'elle glisse dans la main de Yoldas puis de Citseko. Elle essaie de leur expliquer qu'il ne faut pas retourner dans la gare. Yoldas et Citseko lui sourient en hochant la tête. Ont-ils vraiment compris ? Les policiers ouvrent la porte du bureau et leur montrent les grandes portes de sortie de la gare.

Les deux hommes les remercient et, une fois ces portes franchies, ils foncent à toute allure. Il faut qu'ils puissent acheter une carte téléphonique pour prévenir les cousins de Yoldas à Paris. Ils ont retenu le nom de la ville où ils sont : « Monte-Carlo », ils leur diront de venir les chercher ici.

Ils s'engagent dans des petites rues, s'éloignent du centre. Ils continuent d'avancer comme des fous, ils se croient en France, c'est inespéré ! Ils accélèrent, leurs chaussures traînent à leurs pieds, et enfin ils aperçoivent l'enseigne lumineuse d'une station-service qui brille au loin. Hors de souffle, ils ralentissent à peine. En s'approchant ils voient la boutique inondée de lumière avec le vendeur à l'intérieur.

— C'est bon, Citseko ! hurle Yoldas. C'est ouvert !

Et il se rue vers la boutique, suivi par Citseko, mais la porte ne s'ouvre pas. Elle est fermée par sécurité. Yoldas, qui voit le vendeur à l'intérieur, ne comprend pas et essaie d'ouvrir en poussant fort, de plus en plus fort. Il met sa main dans sa poche pour montrer le billet que lui a donné la femme policier mais de l'autre côté, dans le magasin, le vendeur panique, ces deux hommes dont un a le visage noir de suie l'effraient et il appelle la police. Les braquages le soir de l'an, ce n'est pas ce dont il rêve.

À peine quelques minutes plus tard, une voiture de police surgit et ce sont les mêmes policiers qui découvrent à nouveau Yoldas et Citseko.

La femme descend en premier et s'approche en souriant de Yoldas.

— Décidément, vous ne voulez plus nous quitter !

Citseko explique avec son piètre anglais qu'ils voulaient juste acheter deux cartes téléphoniques et de la nourriture.

La jeune femme va discuter avec ses collègues, puis elle revient vers eux.

— Ne bougez pas, restez là.

Et c'est elle qui entre dans le magasin. Citseko et Yoldas regrettent de ne pas avoir attendu le lendemain pour acheter des cartes téléphoniques. Cette fois-ci c'est sûr, ils vont repartir en Italie.

Le temps est interminable, c'est alors que Yoldas voit la jeune policière, un grand sourire aux lèvres, revenir vers eux, elle leur tend deux cartes téléphoniques, des sandwichs et des boissons. Elle plonge dans les yeux de Yoldas et lui fait comprendre qu'ils peuvent partir, ses mains semblent battre l'air comme les ailes d'un papillon.

Alors Yoldas sent frémir le monde sous ses pieds, ils seront bientôt à Paris, on ne les renverra pas dans leur pays en miettes. Les deux hommes rient, renversent leurs visages vers le ciel, il neige maintenant et les flocons glissent sur leurs joues noires de crasse.

Le vent se lève. Yoldas se sent porté par une force nouvelle, il pense à la légende d'Emite, cette combattante devenue chef d'orchestre, et il croit entendre quelques notes de musique kurde s'égrener au-delà des frontières.

Épilogue

Les Yvelines, banlieue parisienne, France

Dans cette existence où j'ai toujours cru possible de merveilleux dénouements, il y a aujourd'hui cet homme venu jusqu'à moi. Il a marché des nuits et des jours. Sans relâche.

C'est le vent qui a fait sonner Yoldas à ma porte. Il cherchait du travail, le mur d'enceinte en vieilles pierres de la maison s'était écroulé et je ne trouvais pas de maçon qui veuille rapidement s'atteler à ce travail de titan.

Aujourd'hui je l'attends. Durant ces minutes d'attente, ce sont tous ces mois passés ensemble qui tremblent sous mes doigts. Je suis assise à la vieille table en bois qui surplombe le jardin et c'est une parenthèse que je m'autorise. Il n'est pas encore là, et j'ai envie de parler de lui.

Je le revois dans l'effort, ces pierres incroyablement lourdes à déblayer, à reposer, moi voulant toujours l'aider, lui refusant, s'amusant devant ma volonté farouche. Je me souviens de sa force, de sa détermination, de son courage qui ne faiblissait jamais. Je revois ses yeux, ses larmes retenues quand il parlait de son village, son émotion quand il évoquait les hauts plateaux du Kurdistan, les vallées riantes, les forêts à l'infini. J'ai aimé cette fragilité qui battait sous ses cils, ses fêlures enfouies dans un corps parfaitement campé face au travail qui l'attendait.

Dans ses yeux j'ai vu danser son peuple meurtri, j'ai vu des foules colorées, des marchés où les hommes se bousculaient, j'ai vu simplement la vie à laquelle il s'accrochait.

J'ai aimé sa simplicité, son savoir-vivre, son éducation irréprochable, cette véritable élégance qu'il ne soupçonnait même pas avoir. Cette manière presque noble qu'il avait de s'asseoir à table le dos bien raide.

J'ai aimé son français qui n'était pas parfait, le temps pris à l'écouter, son sourire qui mettait à la porte mes angoisses et ses bras qui s'ouvraient comme des parapluies.

J'ai aimé sa retenue.

J'ai aimé le temps pris à réveiller les morts, à écouter leur douleur.

J'ai aimé le vin que nous avons bu ensemble.

J'ai aimé les heures légères à croire en un monde sans guerre.

Et j'ai aimé son prénom digne d'un roman, ce prénom d'aventurier qui galopait dans des forêts hirsutes. C'est son père qu'il a évoqué en premier, la douleur d'Abdulcebar devant son minibus écrasé par les tanks turcs. Parfois j'aurais voulu mettre ma main sur sa bouche pour qu'il ne me raconte plus ses jours de peine, mais jamais je n'ai eu ce geste et c'est moi qui avalais mes lèvres, alors il me demandait de laisser venir les larmes, de pleurer avec lui.

Il y a eu des confidences non écrites, des difficultés à se comprendre qui finissaient parfois par des phrases incroyables. Et il y a eu aussi des rires qui éclaboussaient l'espace et fracassaient le vide. Jamais il n'a compris pourquoi les passeurs leur avaient demandé de s'accrocher à la queue d'une jument en Serbie pour traverser cette forêt glaciale plutôt que suivre cet animal. Son rire à l'évocation du visage ahuri de Citseko le découvrant plein de suie et aussi noir que lui à Monte-Carlo.

Il y a ce mur qui nous lie maintenant à jamais, ce mur soufflé par la tempête puis reconstruit, mais il y a aussi ce livre. Je suis convaincue que les survivants de ce périple insensé doivent faire entendre au monde le prix inestimable de la vie. Ils n'ont pas erré des jours et des nuits la mort aux trousses, marché sur des pieds usés pour simplement se glisser sans bruit dans une autre existence. Non, ils sont là pour raconter, dissiper les ténèbres. Pourtant ces hommes, épuisés de tant de kilomètres parcourus, rencontreront parfois des foules d'ignorants qui, méfiants, ne voudront pas les voir et détourneront leur visage devant leurs yeux encore hagards de tant de souffrance. Ces masses d'anonymes, incommodés, tracassés par leur présence, n'auront de cesse de les blesser cruellement jusqu'au jour où — je veux le croire — la voix de ces ressuscités les bouleversera, et l'amour enfin dessillera leurs yeux. En invitant les protagonistes de ce drame au cœur de ce récit, j'ai voulu faire résonner leurs voix différemment.

Dans quelques minutes je vais offrir ce livre à Yoldas. Il ne lit pas le français alors je lui raconterai chacun des chapitres. À travers mes mots, ses confidences, il va retrouver cette course folle contre la misère et la mort qui l'a conduit d'Istanbul en Bulgarie, lui a fait atteindre la Serbie et filer en son sud, descendre la Macédoine, foncer vers les côtes ouest de l'Albanie, débarquer sur les côtes italiennes, parvenir en France.

Yoldas vient d'arriver. Je vois cet homme s'avancer vers moi, étrange sensation…

Nous nous sommes longuement regardés, nos yeux débordant d'images resurgies.

Il s'est approché davantage de moi, soudain timide, puis a hoché la tête, il a regardé le mur maintenant solide. Il m'a assuré qu'il ne s'écroulerait plus jamais. Il a insisté sur le « plus jamais » et je lui ai tendu ce livre. Incrédule, Yoldas n'a cessé de le tourner et de le retourner. J'avais tenu ma promesse. Je crois n'avoir jamais vu une personne aussi heureuse. Il a accepté que je le lui raconte mais il veut aussi essayer de le déchiffrer seul dans un coin qui abritera son émotion. Il sait que la lecture sera longue, difficile, mais il a réussi à lire son prénom, celui d'Abdulcebar, celui de Tevrat, et des larmes de joie ont jailli de ses yeux.

Les situations traumatiques nous avalent, nous écrasent de leur obésité. Tant qu'elles restent en nous, tant que la douleur n'est pas racontée, le temps reste figé.

Le temps s'est arrêté plusieurs années pour Yoldas. Seulement aujourd'hui une nouvelle vie commence.

Je lui ai demandé de garder la clé du jardin, de la garder jusqu'à la nuit des temps.

Je crois qu'il n'a pas compris ce que je lui ai dit, mais qu'importe. Souvent durant tous ces mois il m'a regardée en souriant et, les paumes tournées vers le soleil, la tête penchée, il me faisait signe que mes mots cavalaient trop vite et qu'il n'avait pas tout saisi.

Alors il s'est davantage approché de moi, m'a tendu la main et avec un grand sourire m'a demandé de danser. Juste de danser.

Je n'ai pas été surprise. Je crois que la musique accompagnera toujours les victoires et les défaites des hommes. Pour ma part, dans cette vie hérissée de rocailles mais où s'étalent aussi de merveilleux jardins, a toujours vibré le violon de Yehudi Menuhin. Mon père était musicien et peut-être de lui ai-je hérité cet amour pour les vibratos, les coups d'archet, les trilles, les glissandi. Cette parfaite résonance entre l'émotion ressentie et la musique qui raconte l'histoire des hommes.

NOTE DE L'AUTEUR

35 millions de Kurdes environ vivent partagés entre quatre pays, l'Iran, l'Irak, la Syrie et la Turquie. Il existe aujourd'hui, dans les faits, un État kurde en Irak, après la résolution 688 votée par l'ONU en 1991 qui condamnait l'Irak et brisait pour la première fois le principe de non-ingérence sur le plan humanitaire. Les Kurdes ont en Irak 40 000 km^2 de territoire, qui est protégé par les armées alliées.

Les Kurdes sont descendants des Mèdes, cousins des Perses. Ils parlent le kurde, une langue indo-européenne qui comporte plusieurs dialectes. On distingue deux grands dialectes qui ont donné naissance à des langues littéraires : le kurmandji, parlé par environ 80 % du peuple, et le soranî, parlé par 15 %. Le kurmandji est utilisé par les Kurdes de Turquie, de Syrie, du nord de l'Irak et de l'Iran, ainsi que par ceux des ex-républiques soviétiques du Caucase. Le soranî est parlé dans la grande partie du Kurdistan irakien et iranien. Il existe trois alphabets différents pour écrire en kurde, soit le latin, l'arabe et le cyrillique. Les Kurdes ont dû choisir l'alphabet utilisé dans les pays où ils se trouvent. Les Kurdes de Turquie et de Syrie ont des liens culturels très forts et utilisent depuis le début des années trente un alphabet latin simplement phonétique.

Privés d'un État national et frappés d'interdiction culturelle et linguistique dans les pays où ils se trouvent, les Kurdes n'ont jamais eu la possibilité d'unifier leur langue.

Le 16 mars 1988, en Irak, le gouvernement de Saddam Hussein utilise des gaz chimiques pour bombarder la ville kurde Halabja. En quelques heures, environ cinq mille civils, enfants et adultes meurent asphyxiés. Du 25 août au 15 septembre, l'armée irakienne mène une offensive contre les provinces kurdes situées le long de la frontière turque. L'ensemble de cette région subit des bombardements aériens visant à détruire toutes les habitations. Les gaz chimiques ont provoqué de lourdes pertes au sein de la population. Des centaines de milliers de civils kurdes ont été déportés vers les déserts du Sud.

Le PKK (Parti des travailleurs du Kurdistan) a pour objectif la reconnaissance du Kurdistan. Depuis 1984 les partisans du PKK ont pris les armes. Face à la dureté de la politique turque, son refus de légitimer une identité culturelle kurde à part entière, d'accepter une autonomie administrative, nombre de jeunes s'engagent dans le combat et la guérilla s'intensifie dès le début des années 1990, elle ne connaît que peu de trêves.

L'est de la Turquie est devenu le sombre théâtre de massacres en 2014 et 2015.

La plupart des Kurdes sont musulmans et luttent contre l'islam radical. Les Kurdes combattent au sol l'État islamique en Irak (Peshmergas) et en Syrie (YPG) avec les forces armées de la coalition. La Turquie considère le PYD (Parti de l'Union démocratique, principal parti kurde de Syrie) et sa branche armée, les YPG, comme des organisations terroristes, bien qu'elles soient épaulées, en tant que forces combattant efficacement les jihadistes, par Washington, allié traditionnel d'Ankara.

Les femmes kurdes qui combattent sont craintes par les soldats de l'État islamique, ils pensent être condamnés à rester à la porte du paradis si jamais ils étaient tués par des femmes.

REMERCIEMENTS

Je remercie Béatrice Duval, mon éditrice, qui a porté et défendu ce livre avec l'énergie d'une véritable combattante. Grâce à sa détermination, les rêves de Beritan, Tekin, Cevdet, Ferhat, Sibel, Yusuf, Dervis et Yildiz voyageront de cœur en cœur, peut-être même de pays en pays, et leurs prénoms exploseront dans le silence.

Je remercie le chanteur kurde Ahmet Kaya qui m'a accompagnée avec sa musique tout au long de l'écriture de ce récit et qui repose au cimetière du Père-Lachaise. Condamné par la cour de Sûreté de l'État d'Istanbul en 1991 pour propagande séparatiste car il avait évoqué le souhait de chanter en kurde, il avait fui la Turquie pour venir vivre en France, rappelant sans cesse que le bien le plus important pour l'homme est sa dignité.

DE LA MÊME AUTRICE

Aux Éditions Denoël

SOIXANTE JOURS, 2018 (Folio nº 6805). Prix Pèlerin du témoignage, prix spécial du jury du prix littéraire Matmut

JUSTE APRÈS L'AMOUR, 2020

Composition Utibi
Impression Maury Imprimeur
45330 Malesherbes
le 31 août 2020.
Dépôt légal : août 2020.
Numéro d'imprimeur : 247787.

ISBN 978-2-07-282631-3. / Imprimé en France.

343049